Édité par BoD, 12/14 rond-point des Champs Elysées, 75008 Paris
ISBN 978 232 203 2 822
© septembre 2013 y compris les illustrations :
Engelbertus G. P. van den Heuvel Ezn
Le Code de la propriété intellectuelle interdit les copies ou reproductions destinées à une utilisation collective. Toute représentation ou reproduction intégrale ou partielle faite par quelque procédé que se soit, sans le consentement de l'auteur ou de ses ayant cause, est illicite et constitue une contrefaçon, aux termes des articles L.335-2 et suivants du code de la propriété intellectuelle.
Histoires basées d'après des événements vécus. Toutefois, les ressemblances avec des personnes existantes ou ayant existé seraient fortuites ...
Imprimé en Allemagne - Printed in Germany par
BoD GmbH, Gutenbergring 53, D-22848, Norderstedt.
Dépôt légal : septembre 2013

Sternberger, D. (1959). Autorität, Freiheit und Befehlsgewalt. Vorträge und Aufsätze/Walter-Eucken-Institut, 3. Tübingen: Mohr Siebeck.

Troja, M. (2006). Konfliktkosten in Unternehmen. Zeitschrift für Konfliktmanagement, 9 (5), 150–154.

Ury, W. L., Brett, J. M., Goldberg, S. B. (1989). Getting disputes resolved. Designing systems to cut the costs of conflict (2nd ed.). San Francisco: Jossey-Bass.

Verhaeghe, P. (2016). Autorität und Verantwortung. München: Verlag Antje Kunstmann.

Wagner, U. (1978). Autorität und Motivation im Industriebetrieb unter den Bedingungen des institutionellen Wandels. Soziologische Schriften, 26. Berlin: Duncker & Humblot.

Weber, M. (1921/2000). Wirtschaft und Gesellschaft. Frankfurt a. M.: 2001-Verlag.

Wille, K. (2018). Feministische Theorie und Praxis der Autorität. In H. Landweer, C. Newmark (Hrsg.), Wie männlich ist Autorität? Feministische Kritik und Aneignung (S. 341–358). Frankfurt a. M.: Campus.

Wolfangel, E. (2018). Programmierter Rassismus. Die Zeit. https://www.zeit.de/digital/internet/2018-05/algorithmen-rassismus-diskriminierung-daten-vorurteile-alltagsrassismus (Zugriff am 31.03.2020).

Wright, N. (2018). How artificial intelligence will reshape the global order. The coming competition between digital authoritarianism and liberal democracy. Foreign Affairs. New York: Council on Foreign Relations. https://www.foreignaffairs.com/articles/world/2018-07-10/how-artificial-intelligence-will-reshape-global-order (Zugriff am 31.03.2020).

Ziegler, H. (1970). Strukturen und Prozesse der Autorität in der Unternehmung. Stuttgart: Enke.

Zülsdorf, R.-G. (2008). Strukturelle Konflikte in Unternehmen. Strategien für das Erkennen, Lösen, Vorbeugen. Wiesbaden: Gabler.

Revers, A., Streit, P. (2018). Positiv führen mit neuer Autorität. Wie Sie mit schwierigen Menschen, Missständen und Altlasten konstruktiv umgehen. Hamburg: Windmühle.

Rifkin, J. (2012). Die dritte industrielle Revolution. Die Zukunft der Wirtschaft nach dem Atomzeitalter. Frankfurt a. M.: Campus.

Rogers, C. R. (1942). Counseling and psychotherapy. Newer concepts in practice. Cambridge: Riverside Press.

Rosenberg, M. B. (2015). Nonviolent communication. A language of life (3rd ed.). Encitas: PuddleDancer Press.

Rothman, J., Olson, M. L. (2001). From interests to identities: Towards a new emphasis in interactive conflict resolution. Journal of Peace Research, 38 (3), 289–305.

Rubin, J. Z., Pruitt, D. G., Kim, S. H. (1994). Social conflict. Escalation, stalemate, and settlement (2nd ed.). New York: McGraw-Hill.

Rüther, C. (2017). Soziokratie. Ein Organisationsmodell: Grundlagen, Methoden und Praxis. Norderstedt: BoD.

Scharmer, C. O. (2008). Theory U: Leading from the future as it emerges. The social technology of presencing. San Francisco, CA: Berrett-Koehler.

Scharmer, O. (2019). Axial Shift: The decline of Trump, the rise of the greens, and the new coordinates of societal change. https://medium.com/presencing-institute-blog/axial-shift-the-decline-of-trump-the-rise-of-the-greens-and-the-new-coordinates-of-societal-b0bde2613a9e (Zugriff am 19.01.2020).

Schlippe, A. von (2014). Das kommt in den besten Familien vor … Systemische Konfliktbearbeitung in Familien und Familienunternehmen. Stuttgart: Concadora.

Schlippe, A. von (2015). Die Selbstorganisation eskalierender Konflikte – Reiseberichte aus Dämonistan. In Ch. Fischer (Hrsg.), Kommunikation im Konflikt (S. 43–59). München: C. H. Beck.

Schwarz, G. (2005). Die »Heilige Ordnung« der Männer. Hierarchie, Gruppendynamik und die neue Rolle der Frauen. Wiesbaden: VS Verlag für Sozialwissenschaften.

Schwarz, G. (2014). Konfliktmanagement. Konflikte erkennen, analysieren, lösen. Wiesbaden: Springer-Gabler.

Seel, N. (1991). Weltwissen und mentale Modelle. Göttingen: Hogrefe.

Sennett, R. (1990/2012). Autorität. Berlin: Berliner Taschenbuch-Verlag.

Siegel, D. J. (1999). Developing mind. How relationships and the brain interact to shape who we are. New York: Guilford.

Simon, F. B. (2010). Einführung in die Systemtheorie des Konflikts. Heidelberg: Carl-Auer.

Sofsky, W., Paris, R. (1994). Figurationen sozialer Macht. Autorität, Stellvertretung, Koalition. Frankfurt a. M.: Suhrkamp.

Spielkamp, M. (2019). Wenn Algorithmen über den Job entscheiden. Die Presse. https://www.diepresse.com/5662249/wenn-algorithmen-uber-den-job-entscheiden (Zugriff am 31.03.2020).

Kolodej, C., Wochele, C., Kallus, W. (2011). Inventar zum individuellen Konfliktlöseverhalten am Arbeitsplatz. Journal Psychologie des Alltagshandelns, 4 (2), 18–30.

Kovce, P. (2018). Fremdbestimmung – Das Arbeitsrecht hat ausgedient. http://www.deutschlandfunkkultur.de/fremdbestimmung-das-arbeitsrecht-hat-ausgedient.1005.de.html?dram:article_id=419725 (Zugriff am 12.01.2020).

KPMG (2009). Konfliktkostenstudie: Die Kosten von Reibungsverlusten in Industrieunternehmen. https://kpmg-law.de/content/uploads/2018/07/2009_Konfliktkosten_Reibungsverluste_in_Unternehmen.pdf (Zugriff am 13.01.2020).

Landweer, H., Newmark, C. (Hrsg.) (2018). Wie männlich ist Autorität? Feministische Kritik und Aneignung. Frankfurt a. M.: Campus.

Lemme, M., Körner, B. (2018). Neue Autorität in Haltung und Handlung. Ein Leitfaden für Pädagogik und Beratung. Heidelberg: Carl-Auer.

Lewin, K. (1951/1975). Field theory in social science. Selected theoretical papers. Westport.: Greenwood Pr.

Luhmann, N. (1964/1999). Funktionen und Folgen formaler Organisation (5. Aufl.). Berlin: Duncker & Humblot.

McCulloch, W. S. (1965). Embodiments of mind. Cambridge: The MIT Press.

Möhlmann, M., Zalmanson, L. (2017). Hands on the wheel: Navigating algorithmic management and Uber drivers' autonomy. International Conference on Information Systems. Seoul, 10.12.2017. https://www.researchgate.net/profile/Mareike_Moehlmann2/publication/319965259_Hands_on_the_wheel_Navigating_algorithmic_management_and_Uber_drivers'_autonomy/links/59c3eaf845851590b13c8ec2/Hands-on-the-wheel-Navigating-algorithmic-management-and-Uber-drivers-autonomy.pdf (Zugriff am 31.03.2020).

Moreno, J. L. (1934). Who shall survive? A new approach to the problem of human interrelations. Washington: Nervous and Mental Disease Publishing Co.

Ogden, P., Minton, K., Pain, C. (2006). Trauma and the body. A sensorimotor approach to psychotherapy. New York: Norton.

Omer, H. (2016). Wachsame Sorge. Wie Eltern ihren Kindern ein guter Anker sind. Göttingen: Vandenhoeck & Ruprecht.

Omer, H., Schlippe, A. von (2004). Autorität durch Beziehung. Die Praxis des gewaltlosen Widerstands in der Erziehung. Göttingen: Vandenhoeck & Ruprecht.

Omer, H., Schlippe, A. von (2009). Stärke statt Macht. »Neue Autorität« als Rahmen für Bindung. Familiendynamik, 34 (03), 246–254.

Omer, Schlippe, A. von (2010). Stärke statt Macht. Neue Autorität in Familie, Schule und Gemeinde. Göttingen: Vandenhoeck & Ruprecht.

Omer, H., Alon, N., Schlippe, A. von (2016). Feindbilder – Psychologie der Dämonisierung (4. Aufl). Göttingen: Vandenhoeck & Ruprecht.

Rahden, T. von (2005). Demokratie und väterliche Autorität. Zeithistorische Forschungen, (2), 160–179. https://zeithistorische-forschungen.de/2-2005/id %3D4645 (Zugriff am 10.02.2020).

Rahim, M. A. (1992). Managing conflict in organizations (2nd ed.). Westport: Praeger.

Duss-von Werdt, J. (2015). homo mediator. Geschichte und Menschenbilder der Mediation. Schriften zur Theorie und Praxis der Mediation, 3. Baltmannsweiler: Schneider Hohengehren.

Eichert, C., Hohn, S. (Hrsg.) (2011). Autorität heute – neue Formen, andere Akteure? 31. Sinclair-Haus-Gespräch. Freiburg: Herder.

Eschenburg, T. (1976). Über Autorität. Frankfurt a. M.: Suhrkamp.

Fisher, R., Ury, W., Patton, B. (Eds.) (1991). Getting to yes. Negotiating agreement without giving in (2nd ed.). Boston: Houghton Mifflin.

Folger, J. P., Bush, R. A. B. (2015). Transformative Mediation. Konfliktdynamik, 4 (4), 274–283.

Foucault, M. (1976/1993). Überwachen und Strafen. Die Geburt des Gefängnisses. Frankfurt a. M.: Suhrkamp.

Funke, H. (2017). Antiautoritär. 50 Jahre Studentenbewegung: Die politisch-kulturellen Umbrüche. Hamburg: VSA Verlag.

Galtung, J. (1969). Violence, peace, and peace research. Journal of Peace Research, 6 (3), 167–191.

Glasl, F. (1999). Konfliktmanagement. Ein Handbuch für Führungskräfte, Beraterinnen und Berater. Bern: Haupt.

Gläßer, U., Kirchhoff, L. (2009). Lehrmodul 14: Bestandsaufnahme. Zeitschrift für Konfliktmanagement, 12 (6), 186–190.

Gläßer, U., Kirchhoff, L., Wendenburg, F. (Hrsg.) (2009). Konfliktmanagement in der Wirtschaft. Baden-Baden: Nomos.

Horowitz, L. M., Dryer, D. C., Krasnoperova, E. N. (1997). The circumplex structure of interpersonal problems. In R. Plutchik, H. Conte (Eds.), Circumplex models of personality and emotions (pp. 347–387). Washington, D. C.: American Psychological Association.

Horowitz, L. M., Strauß, B., Thomas, A., Kordy, H. (2016). Inventar zur Erfassung interpersonaler Probleme (3., überarb. Aufl.). Göttingen: Hogrefe.

Hurtz, S. (2018). Diese Technologien können Angst machen. Süddeutsche Zeitung. http://www.sueddeutsche.de/digital/kuenstliche-intelligenz-diese-technologien-koennen-angst-machen-1.3985146 (Zugriff am 31.03.2020).

Imbusch, P. (2010). Sozialwissenschaftliche Konflikttheorien – ein Überblick. In P. Imbusch, R. Zoll (Hrsg.), Friedens- und Konfliktforschung. Eine Einführung (5. Aufl., S. 143–178). Wiesbaden: VS Verlag für Sozialwissenschaften.

Jakob, R., Tilmes, R., Schwartz, H., Welkoborsky, A., Wendenburg, F. (2016). Verhandlungsmanagement in Unternehmen in Deutschland: Von der Intuition zum System. http://www.verhandeln-mit-system.de (Zugriff am 31.03.2020).

Kernberg, O. F. (2000). Ideologie, Konflikt und Führung. Psychoanalyse von Gruppenprozessen und Persönlichkeitsstruktur. Stuttgart: Klett-Cotta.

Kilmann, R. H., Thomas, K. W. (1976). Thomas-Kilmann Conflict Mode Instrument. Group & Organization Studies, 1 (2), 249–251.

Kolodej, C., Palkovich, A. M., Kallus, K. W. (2016). Die Bedeutung von Konflikteskalation und Konfliktlöseverhalten für die Arbeitsfähigkeit von Erwerbstätigen. Konfliktdynamik, 5 (1), 44–54.

Literatur

Abels, H. (2017). Humanismus: Der Mensch lernt Zutrauen zu sich selbst. In H. Abels (Hrsg.), Identität (S. 67–79). Wiesbaden: Springer Fachmedien.

Adorno, T. W. (1950/2013). Studien zum autoritären Charakter (8. Aufl.). Frankfurt a. M.: Suhrkamp.

Arendt, H. (1970/2013). Macht und Gewalt. München: Piper.

Baumann-Habersack, F. (2015). Mit neuer Autorität in Führung. Warum wir heute präsenter, beharrlicher und vernetzter führen müssen. Wiesbaden: Springer-Gabler.

Baumann-Habersack, F. H. (2017). Mit neuer Autorität in Führung. Die Führungshaltung für das 21. Jahrhundert. Wiesbaden: Springer-Gabler.

Baumann-Habersack, F. H. (2019). Die Körbe-Methode zur wirksamen Themensammlung für die Konfliktbearbeitung im betrieblichen Kontext. Konfliktdynamik, 8 (3), 229–231.

Baumann-Habersack, F. H. (2020). Selbstorganisation braucht eine neue, eine horizontale Haltung zu Autorität. In O. Geramanis, S. Hutmacher (Hrsg.), Der Mensch in der Selbstorganisation (S. 215–227). Bd. 17. Wiesbaden: Springer Fachmedien.

Baumrind, D. (1971). Current patterns of parental authority. Developmental Psychology, 4 (1, Pt. 2), 1–103.

Bilsky, W., Wülker, A. (2000). Konfliktstile: Adaptation und Erprobung des Rahim Organizational Conflict Inventory (ROCI-II). Münster: Universität Münster.

Bocheński, J. M. (1974). Was ist Autorität? Einführung in die Logik der Autorität. Freiburg: Herder.

Bourdieu, P. (1992/2013). Reflexive Anthropologie. Frankfurt a. M.: Suhrkamp.

Cosier, R. A., Aplin, J. C. (1982). Intuition and decision making: Some empirical evidence. Psychological Reports, 51 (1), 275–281.

Crone, I., Girolstein, P., Quistorp, S. (2010). Führung in unsicheren Zeiten. Entschiedenes Plädoyer für ein neues Autoritätsverständnis. Systhema, 24 (1), 43–55.

Dalai Lama (2020). Anger and aggression. https://twitter.com/DalaiLama/status/1221742203581558785?s=20 (Zugriff am 02.04.2020).

Deeg, J., Weibler, J. (2008). Die Integration von Individuum und Organisation. Wiesbaden: VS Verlag für Sozialwissenschaften.

lichkeit im Sinne der transformativen Ausprägung von Autorität erscheint vor diesem Hintergrund als ein neuer Konfliktbearbeitungsstil, der weder einen Kompromiss noch einen Konsens darstellt, aber auch keine Dominanz oder Durchsetzung eigener Ziele verfolgt. Ich stelle mir die Frage, welche möglichen Erklärungen es für das Fehlen geben könnte.

Eine Erklärung könnte sein, dass die Haltung und das Konzept der neuen Autorität nach Omer und von Schlippe noch relativ »jung« ist – sie wurden im Jahr 2010 veröffentlicht (Omer, 2010) und erstmalig von mir im Jahr 2015 mit einem Buch auf den Führungskontext von Organisationen übertragen (Baumann-Habersack, 2015). Zwei von drei Konfliktinventaren konnten hierauf noch keinen Bezug nehmen, da sie bereits vor der Erstveröffentlichung existierten.

Eine andere Erklärung könnte mit den Biases (systematische Wahrnehmungs- beziehungsweise Bewertungsfehler) zu Autorität der Forscher:innen der jeweiligen Konfliktinventare zusammenhängen, die sie unbewusst in die Forschung beziehungsweise Items miteingebracht haben könnten. Diese Überlegung entsteht aus dem öffentlichen Eindruck von manchen universitären, wissenschaftlichen Einrichtungen, in denen nicht selten noch eine vertikale Hierarchie vorherrscht und in der oder die Lehrstuhlinhaber:in eine eher autoritäre Autoritätshaltung verkörpert.

Kontext

In keinem Konfliktstilinventar sind Kontextfaktoren berücksichtigt, die mit dem Verhalten der Konfliktbeteiligten wechselwirken. Insbesondere bei der Konfliktbearbeitung zwischen Führungskräften und Mitarbeiter:innen bekommen diese Faktoren jedoch eine besondere Bedeutung.

Einflüsse auf einer strukturellen Ebene finden keinen Niederschlag in den Inventaren. Daher sind die Item-Verhaltensbeschreibungen trotz empirischer Arbeit in der Praxis nicht immer relevant.

Inventar zur Erfassung interpersoneller Probleme								
transformative Haltung	autokratisch/ dominant	streitsüchtig/ konkurrierend	abweisend/ kalt	introvertiert/ sozial vermeidend	selbstunsicher/ unterwürfig	ausnutzbar/ nachgiebig	fürsorglich/ freundlich	expressiv/ aufdringlich
Nähe-Distanz- und Hierarchie-relation in der Beziehung								
Verständnis von Veränderungen								
Umgang mit Eskalationen								
Vereinzelung und Vernetzung								
Umgang mit Transparenz								
Verständnis von Ausgleich								
Umgang mit Selbstreflexion								

Inventar zum individuellen Konfliktlöseverhalten am Arbeitsplatz								
transformative Haltung	Dominanz	Kompromiss	Konsens	vermeiden	nachgeben	dulden	leugnen	Delegation
Nähe-Distanz- und Hierarchie-relation in der Beziehung		x						x
Verständnis von Veränderungen	x	x						x
Umgang mit Eskalationen		x						x
Vereinzelung und Vernetzung	x	x						
Umgang mit Transparenz	x	x						x
Verständnis von Ausgleich	x	x						x
Umgang mit Selbstreflexion		x						

Kommentierung meiner assoziativen Arbeit

In keinem der Inventare der Konfliktbearbeitungsstile tauchte ein Item auf, welches Beharrlichkeit im Element *Umgang mit Veränderung* in der transformativen Haltung zu Autorität repräsentiert, also die »beharrliche und einseitige Einhaltung von Grenzen, ohne dominieren oder Mitarbeiter:innen besiegen zu wollen«. Beharr-

Inventar zum individuellen Konfliktlöseverhalten am Arbeitsplatz								
Antiautoritäre Haltung	Dominanz	Kompromiss	Konsens	vermeiden	nachgeben	dulden	leugnen	Delegation
Nähe-Distanz- und Hierarchierelation in der Beziehung				x	x		x	
Verständnis von Veränderungen				x	x	x	x	
Umgang mit Eskalationen				x	x	x	x	
Vereinzelung und Vernetzung					x		x	
Umgang mit Transparenz				x	x	x	x	
Verständnis von Ausgleich				x	x	x	x	
Umgang mit Selbstreflexion							x	

Konfliktbearbeitungsstil transformative Autorität

Die Systematik untersucht assoziativ die sieben Elemente der transformativen Autoritätshaltung (siehe Seite 84–99). Trifft ein Item eines Konfliktbearbeitungsstils wahrscheinlich auf ein Element zu, findet sich in der Matrix ein »x«.

Tabelle A3: Konfliktbearbeitungsstil der transformativen Haltung

Rahims Verhaltensvarianten					
transformative Haltung	vermeiden	nachgeben	durchsetzen	gemeinsame Lösung	Kompromiss
Nähe-Distanz- und Hierarchierelation in der Beziehung				x	
Verständnis von Veränderungen				x	
Umgang mit Eskalationen				x	
Vereinzelung und Vernetzung				x	
Umgang mit Transparenz				x	
Verständnis von Ausgleich				x	
Umgang mit Selbstreflexion				x	

Antiautoritärer Konfliktbearbeitungsstil

Die Systematik untersucht assoziativ die sieben Elemente der antiautoritären Autoritätshaltung (siehe Seite 64 ff.). Trifft ein Item eines Konfliktbearbeitungsstils wahrscheinlich auf ein Element zu, findet sich in der Matrix ein »x«.

Tabelle A2: Konfliktbearbeitungsstil der antiautoritären Haltung

Rahims Verhaltensvarianten					
Antiautoritäre Haltung	vermeiden	nachgeben	durchsetzen	gemeinsame Lösung	Kompromiss
Nähe-Distanz- und Hierarchie-relation in der Beziehung	x	x			
Verständnis von Veränderungen	x	x			
Umgang mit Eskalationen	x	x			
Vereinzelung und Vernetzung		x			
Umgang mit Transparenz		x			
Verständnis von Ausgleich	x	x			
Umgang mit Selbstreflexion					

Inventar zur Erfassung interpersoneller Probleme								
Antiautoritäre Haltung	autokratisch/ dominant	streitsüchtig/ konkurrierend	abweisend/ kalt	introvertiert/ sozial vermeidend	selbstunsicher/ unterwürfig	ausnutzbar/ nachgiebig	fürsorglich/ freundlich	expressiv/ aufdringlich
Nähe-Distanz- und Hierarchie-relation in der Beziehung				x	x	x		
Verständnis von Veränderungen					x	x		
Umgang mit Eskalationen				x	x	x		
Vereinzelung und Vernetzung				x		x		
Umgang mit Transparenz					x			
Verständnis von Ausgleich					x	x		
Umgang mit Selbstreflexion								

Inventar zur Erfassung interpersoneller Probleme

autoritäre Haltung	autokratisch/ dominant	streitsüchtig/ konkurrierend	abweisend/ kalt	introvertiert/ sozial vermeidend	selbstunsicher/ unterwürfig	ausnutzbar/ nachgiebig	fürsorglich/ freundlich	expressiv/ aufdringlich
Nähe-Distanz- und Hierarchie-relation in der Beziehung	x	x	x					
Verständnis von Veränderungen	x							
Umgang mit Eskalationen	x	x						
Vereinzelung und Vernetzung		x						
Umgang mit Transparenz		x						
Verständnis von Ausgleich	x	x						x
Umgang mit Selbstreflexion								

Inventar zum individuellen Konfliktlöseverhalten am Arbeitsplatz

autoritäre Haltung	Dominanz	Kompromiss	Konsens	vermeiden	nachgeben	dulden	leugnen	Delegation
Nähe-Distanz- und Hierarchie-relation in der Beziehung	x						x	
Verständnis von Veränderungen	x							
Umgang mit Eskalationen	x							
Vereinzelung und Vernetzung							x	x
Umgang mit Transparenz				x			x	x
Verständnis von Ausgleich	x	x						
Umgang mit Selbstreflexion							x	x

Anhang

Hier lesen Sie in tabellarischer Form, wie die drei Konfliktstil-inventare (Seite 100) und ihre jeweiligen Konfliktbearbeitungsstile mit den sieben Elementen jeder Autoritätshaltung (autoritär, anti-autoritär, transformativ; Seite 106 ff.) korrespondieren.

Autoritärer Konfliktbearbeitungsstil

Die Systematik untersucht assoziativ die sieben Elemente der autoritären Autoritätshaltung (siehe Seite 59 ff.). Trifft ein Item eines Konfliktbearbeitungsstils wahrscheinlich auf ein Element zu, findet sich in der Matrix ein »**x**«.

Tabelle A1: Konfliktbearbeitungsstil der autoritären Haltung

Rahims Verhaltensvarianten					
autoritäre Haltung	vermeiden	nachgeben	durchsetzen	gemeinsame Lösung	Kompromiss
Nähe-Distanz- und Hierarchie-relation in der Beziehung	x				
Verständnis von Veränderungen			x		
Umgang mit Eskalationen			x		
Vereinzelung und Vernetzung			x		
Umgang mit Transparenz	x				
Verständnis von Ausgleich			x		
Umgang mit Selbstreflexion	x				

Dank

Ich danke sehr Haim Omer und Arist von Schlippe, dass ich auf deren Arbeiten zu »Neuer« Autorität sowie der Psychologie der Dämonisierung aufbauen kann: Ohne euch gäbe es dieses Buch nicht.

Insbesondere meinen Kolleg:innen Martin Fellacher, Dagmar Hoefs, Bruno Körner, Harald Kurp und Martin Lemme danke ich für die vielen anregenden Diskussionen und Reflexionen in der Ausarbeitung und Weiterentwicklung dieser Autoritätshaltung. Dan Dollberger, Angela Eberding und Peter Jacob danke ich für die Inspiration und Präzisierung im Rahmen von Diskussionsrunden und -papers. Dazu zählt auch Michaela Fried, die mich darüber hinaus mit ihrem Sein tief berührte, inspirierte und für meinen neuen Weg ermutigte.

Auch bin ich dankbar, dass ich von Tilman Metzger und Kirsten Schröter nicht nur in meinem Masterstudium an der Viadrina lernen konnte, sondern auch für deren Unterstützung und Resonanz zu meiner Masterarbeit, die in diesem Buch zu einem großen Teil miteingeflossen ist. Mit Georg Müller-Christ von der Universität Bremen weiß ich neben einem guten »Sparringspartner« für tiefere Systemerkenntnisse auch einen wohlwollenden Unterstützer und Begleiter meiner wissenschaftlichen Forschung an meiner Seite – danke sehr. Auch sei hier erneut und explizit Arist von Schlippe genannt, durch dessen Impuls und Unterstützung ich nun im wissenschaftlichen Feld unterwegs bin.

Die bewährte Zusammenarbeit mit meinem Lektor Thorsten Schulte war wieder von Leichtigkeit und Professionalität geprägt. Die Grafiken im Buch hat wieder Meike Vincentz erstellt. Nicht zuletzt habe ich mich während der gesamten Bucherstellung sehr unterstützt gefühlt durch Sandra Englisch und Günther Presting von Vandenhoeck & Ruprecht.

Vielen Dank allen Unterstützenden!

Meine Empfehlung: Nehmen Sie sich die Elemente oder Tools vor, die Sie in Ihrem Umfeld erst einmal im Kleinen ausprobieren können. So sammeln Sie Erfahrungen und lernen. Auch wenn natürlich nicht alles sofort »funktioniert« (wie das bei Neuem eigentlich immer ist): Bleiben Sie beharrlich auf Kurs. Und wenn Sie ein Element oder ein Tool zu Ihrem eigenen gemacht haben, nehmen Sie sich das nächste vor.

Aus meiner Erfahrung ein Tipp für Ihren Entwicklungsweg: Keine:r muss allein führen. Vernetzen Sie sich mit Kolleg:innen dazu, unterstützen und ermutigen Sie sich wechselseitig, Ihr Ziel weiterzuverfolgen. Und wenn Sie innerhalb Ihres Unternehmens (noch) allein mit den Ideen sind: Denken Sie daran, auch unternehmensübergreifende Führungskoalitionen (zum Lernen) sind möglich. Und sie sind durch andere Perspektiven und eine größere Offenheit aller häufig höchst wertvoll und produktiv.

Schreiben Sie mir gern, was Ihnen gelungen ist, was Ihnen geholfen hat, aber auch, was noch nicht so anwendbar war: kbuch@baumann-habersack.de. Ich erforsche und entwickle die transformative Autorität in der Führung kontinuierlich weiter und bin dankbar für die Resonanz.

Ich wünsche Ihnen positive Überraschungen in Konflikten mit dieser neuen Haltung.

- Wie behält eine menschliche Autoritätsfunktion die finale Entscheidungshoheit?
- Welche institutionellen Widerspruchswege braucht es für Menschen, um sich gegen schädigende Entscheidungen von ADM-Systemen zu wehren?
- Wie können wir dieses Spannungsfeld zwischen Chancen und Risiken von *algorithmic management* im humanistischen Sinne gestalten?
- Wie machen wir deutlich, dass die Gefahr einer digitalisierten, autoritären Führungsautorität schon heute existiert und dass die dadurch vermeintliche Effizienz in der Konfliktbearbeitung (über Anpassung) mittel- bis langfristig die Innovations- und damit Zukunftsfähigkeit von Unternehmen gefährdet?

  Denn diese ist nur mit Menschen erreichbar, die sich in ihrer Würde geschützt fühlen. Weil Menschen erst dann kreative Höchstleistungen bringen können, wenn sie sich sicher fühlen, nicht beschämt, ausgegrenzt oder gar nicht mehr als Mensch wahrgenommen zu werden.
- ...

Diese ersten Fragen sollen Sie anregen, um in Ihrem jeweiligen Arbeitsumfeld die Zukunft von Zusammenarbeit, Führung und Konfliktbearbeitung mitzugestalten. Sicher entstehen noch viele weitere Fragen daraus.

Die Haltung und das Konzept der transformativen Autorität in der Führung befähigen uns Menschen, auch weiterhin die gestaltende Kraft zu bleiben. Mehr noch: Sie tragen eine evolutionäre Kraft in sich, unsere zukünftige Zusammenarbeit und die Form der Konfliktbearbeitung aus den einengenden Denkmustern des vergangenen Jahrhunderts zu überwinden und sie nicht einfach unbewusst zu digitalisieren. Damit wir würdevoll zusammenarbeiten, Konflikte gewaltfrei wie auch nachhaltig bearbeiten und das menschliche Potenzial für die Zukunft von Unternehmen und Gesellschaft einsetzen.

Damit können Sie und ich heute schon beginnen. Das Buch liefert Ihnen dafür eine erste neue Landkarte und einige Tools zur neuen Praxis der Konfliktbearbeitung.

Introjektion (die innere, autoritäre Führungsautorität) sich selbst überwachen. Und da sie nicht mehr mit einem Menschen in Konflikt gehen können, weil es keine menschliche Führungsautorität dafür gibt, sind sie mehr oder weniger gezwungen, die Konflikte mit sich selbst in einer autoritären Form innerlich auszutragen. Das bedeutet, dass innere Anteile der Menschen miteinander in Konflikt kommen: ein Teil, der für Unternehmensinteressen steht, und der andere für die eigenen Interessen. Das käme einer noch größeren Überforderung gleich. Denn der bewusste und konstruktive Umgang mit inneren Anteilen oder Stimmen ist nur sehr wenigen Menschen bekannt. Was dazu führen könnte, dass sich Menschen eher anpassen und wieder »gehorsam« werden.

Das wäre gleichzusetzen mit einem Rückfall in die autoritäre Form der Führung in der Zeit der frühen Industrialisierung um 1900. Das Muster wäre ähnlich, nur eben digitalisiert. Dass durch Konflikte aber eigentlich entstehende kreative Potenzial könnte sich dabei überhaupt nicht zeigen.

Vor dem Hintergrund dieser Szenarien gilt in dieser aktuellen Entscheidungs- und Gestaltungsphase der digitalen Zusammenarbeit umso mehr: Wir müssen in der gegenwärtigen geschichtlichen Epoche die durch die digitale Transformation entstehenden Konflikte annehmen und bearbeiten. Noch können wir mitgestalten. Und zwar die Art, wie wir zusammenarbeiten, führen und Konflikte bearbeiten.

Die Zukunft aktiv gestalten

Was könnte das für Ihre Führungsaufgabe heißen? Es bedeutet meiner Meinung nach zunächst einmal, sich Fragen zu stellen. Tragen Sie diese Fragen doch einfach mal mit in Ihre Arbeits- und Führungskontexte und lassen Sie sich von den Antworten überraschen:

– Wie wollen wir zukünftig arbeiten und führen?
– Was wollen wir digital unterstützt, aber dennoch weiterhin menschlich entscheiden?
– Wo setzen wir dem Einsatz von ADM-Systemen Grenzen? Wo widersetzen wir uns?
– Welche Hybridformen von Entscheidungsverfahren von ADM-Systemen und Menschen könnte es alternativ geben?

arbeiter:innen das Gefühl vermittelt, statt mit einem Menschen mit einem System zu arbeiten (vgl. Möhlmann u. Zalmanson, 2017, S. 2).

Auch das Unternehmen *Amazon* ist ein Vorreiter einer neuen Managementlogik. Die Firma hatte sich vor einiger Zeit Patente für ein Armband gesichert, welches kontinuierlich mit Ultraschall alle Bewegungen von Mitarbeiter:innen überwacht und per Funk überträgt. Zunächst mit dem Ziel, der oder dem Mitarbeiter:in Echtzeitfeedback zu geben, ob er beziehungsweise sie richtig oder falsch gegriffen hat (vgl. Hurtz, 2018).

Diese neuen Technologien in Verbindung mit ADM-Systemen und anderen Managementlogiken ermöglichen damit ein hohes Maß an sozialer Kontrolle zu vertretbaren Kosten (vgl. Wright, 2018). Das kann dazu führen, dass durch vernetzte ADM-Systeme wie auch durch eine andere Managementlogik diese Taktik nicht nur dramatisch effektiver wird. Menschen ist auch bewusst, dass nicht nur Staaten, sondern auch Firmen die allgegenwärtige Überwachung ihrer physischen und digitalen Aktivitäten nutzen, um unerwünschtes Verhalten vorherzusagen – oder sogar Handlungen, die sie womöglich erst planen. In der Rückbetrachtung der ehemaligen ostdeutschen *Staatssicherheit* war die Selbstzensur der vielleicht wichtigste Mechanismus, um Menschen zu disziplinieren beziehungsweise zu führen (vgl. Wright, 2018).

Verlagern Konflikte sich nach innen?

Eine Hypothese für die nahe Zukunft ist, dass vor diesen Hintergründen die Konfliktbearbeitung von Führung, wenn überhaupt, sehr wahrscheinlich auch über ADM-Systeme und damit über autoritäre Entitäten erfolgt. Das ist nicht nur scheinbar »günstiger«, weil »man« sich nicht mehr mit »nervigen« Konflikten beschäftigen muss, die »Zeit kosten«. Es könnte auch für etliche Entscheider:innen eine elegante Möglichkeit sein, keine Verantwortung für die persönliche Weiterentwicklung als Führungskraft zu übernehmen. Denn wenn diese Führungsfunktion an eine Entität abgegeben wird, muss der Mensch sich zu dem Thema auch nicht fortbilden beziehungsweise weiterentwickeln.

Das Ziel beziehungsweise die Folge von Konflikt-»Bearbeitung« durch ADM-Systeme wäre dann, dass Mitarbeiter:innen durch eine

besetzte Entscheidungsgremien, Antidiskriminierungsgesetze oder auch Fortbildungen. Auch unterscheiden sich Menschen in Entscheidungssituationen von ADM-Systemen an einem im wahrsten Sinne des Wortes entscheidenden Faktor: Empathie und Intuition. Und es ist durch etliche Studien bekannt (vgl. bspw. Cosier u. Aplin, 1982), dass gerade auch in komplexen und noch nie zuvor da gewesenen (Entscheidungs-)Situationen die Kombination aus Intuition, Empathie und Kognition die hilfreichsten Ergebnisse für Ziele liefert. Maschinen können das nicht. Und wie Ihnen sicherlich klar ist, stellen Konfliktsituationen im Führungskontext genau solche Entscheidungssituationen dar, in denen Empathie, Intuition und Kognition von allen Seiten benötigt werden.

Verkürzt als Hypothese formuliert, könnte das bedeuten: Durch die Delegation von Entscheidungsverantwortung einer menschlichen Autoritätsfunktion oder -rolle hin zu einem ADM-System bleibt nicht nur das kreative Potenzial von Konflikten verborgen und dadurch ungenutzt für die Weiterentwicklung von Mensch und Organisation. Viele werden sich in ihrer Würde als Mensch verletzt erleben und sich ohnmächtig fühlen, wenn sie keine transparente, verlässliche und faire Widerspruchsmöglichkeit gegen solche Entscheidungen haben. Das wird in etlichen Fällen zu einer inneren Kündigung, »Dienst nach Vorschrift«, Krankheiten, kontraproduktivem Verhalten, tatsächlicher Kündigung oder auch kompletter Anpassung führen. In all diesen Fällen steht das menschliche Potenzial dem Unternehmen dann nicht mehr zur Verfügung.

Selbstzensur durch neue Managementlogiken?

Neben dem Umgang mit Vorurteilen in ADM-Systemen zeigen sich aber noch weitere Risiken. Neue Geschäftsmodelle der sogenannten Gig-Economy bringen andere Managementlogiken hervor, die des *algorithmic management,* wie sich an der Firma *Uber* und deren Fahrdienstleistungen zeigen lässt. Diese Managementlogik hat die einzigartige Fähigkeit, Arbeitsverhalten zu überwachen, kontinuierlich die Produktivität zu messen, zu belohnen und zu bestrafen, und führt automatisch Entscheidungen aus. Sie ist in den meisten Fällen charakterisiert durch wenig Transparenz. Dadurch wird Mit-

trifft nicht mehr eine menschliche Autoritätsfunktion, sie erfolgt durch die Systeme. Ein menschlicher Beziehungs- beziehungsweise Kommunikationsprozess wird dadurch zu einer Entität, zu einem abstrakten Etwas. Die Verantwortung für die Ergebnisse tragen die Auftraggeber:innen, meist noch repräsentiert durch Führungskräfte, die die Budgets für die Aufträge dazu verwalten. Denn durch die Beauftragung der Programmierung des ADM-Systems und den Aufbau der Datengrundlage für diese Entscheidungssituationen (»Daten-Lernen«), haben sie indirekt Einfluss auf die Ergebnisse (vgl. Spielkamp, 2019).

Das muss an sich erst einmal nicht schlecht sein. Doch diese Systeme bergen Gefahren. Denn wenn Entwickler:innen, für die die algorithmischen Verfahren häufig selbst eine Blackbox darstellen, die Trainingsdaten zum Lernen nicht sorgfältig oder beispielsweise bewusst divers auswählen, reproduzieren die Systeme diskriminierende Ergebnisse. Das wird jedoch häufig erst dann sichtbar, wenn am Ende etwas falsch gelaufen ist. So beschriftete beispielsweise eine Google-Software das Foto einer Afroamerikanerin mit »Gorilla«. Die Gefahr für Menschen, die von falschen Urteilen oder Vorurteilen betroffen sind: Es gibt zur Zeit noch keine Hilfe im Umgang mit diesen Fehlern (vgl. Wolfangel, 2018). Wer wäre in so einem Fall verantwortlich: der oder die Auftraggeber:in? Der oder die Hersteller:in der Software? Die Quelle der Trainingsdaten? Die Führungskraft vor Ort, die das Ergebnis zu erklären hätte? Eine Verantwortungsdiffusion entsteht – was in der Regel dazu führt, dass keine:r etwas zur Veränderung unternimmt und alles so bleibt, wie es ist.

Klar ist auch: Nicht nur Maschinen machen Fehler oder reproduzieren (rassistische) Vorurteile. Nahezu alle Menschen sind davon geprägt. Das ist leider ein struktureller Teil unserer Gesellschaften und eng mit dem vergangenen Feudalismus und unaufgearbeiteten Kolonialismus verbunden. Rassismus ist jedoch nur ein Beispiel für Vorurteile, wenn auch ein völlig unterschätztes. Doch im Unterschied zu den ADM-Systemen, die über keine Fähigkeit der Selbstreflexion verfügen, ist vielen Menschen bewusst, dass sie Fehler machen und zu Fehlurteilen neigen. Und sie versuchen, diese Risiken zu minimieren. Beispielsweise im Fall von Rassismus über divers

Zukunft: Konflikte und Algorithmen

Mit diesem letzten Kapitel wage ich einen Ausblick in die (sehr) nahe Zukunft von Führung und deren Umgang mit Konflikten. Meiner Überzeugung nach ist das ein sehr wichtiges Thema für die Würde und damit auch die Gesundheit von Menschen in Organisationen – und in der Konsequenz für deren Zukunftsfähigkeit.

Denn wie Sie bisher erkennen konnten, braucht es bereits heute schon eine andere, eine neue Praxis wirksamer Konfliktbearbeitung. Unterbleibt die Reflexion und die daraus folgende Evolution, geschieht mit zunehmender Digitalisierung von Konfliktbearbeitungsprozessen das, was Thorsten Dirks, Chief Executive Officer der Telefónica Deutschland Holding AG, im Jahr 2015 so treffend formuliert hatte: »Wenn Sie einen Scheißprozess digitalisieren, dann haben sie einen scheiß digitalen Prozess.« So ähnlich verhält es sich auch mit den aktuellen Konfliktbearbeitungsprozessen.

Zu diesem Thema braucht es daher eine breite Diskussion, wie wir die Zukunft unserer (digitalen) Zusammenarbeit *aktiv* gestalten wollen. Ganz bewusst gehe ich hier nur auf die Risiken der Digitalisierung ein, da über die Vorteile nahezu überall gesprochen und geschrieben wird.

Wenn ADM-Systeme Entscheidungen fällen

Algorithmen und ihr Einfluss auf Führung und den Umgang mit Konflikten sind kein fernes Zukunftsthema. Denn schon heute spielen Algorithmen bei Führungsthemen eine große Rolle, beziehungsweise fachlich korrekt ausgedrückt: automatische Entscheidungssysteme (ADM-Systeme: *a*utomated *d*ecision-*m*aking), die für Menschen (Vor-)Entscheidungen treffen oder sie dabei unterstützen, zum Beispiel bei der Auswahl von Bewerbern. Diese (Vor-)Entscheidung

- Untersuchen Sie gemeinsam mit den Konfliktbeteiligten, ob das auch eine Quelle für die Bearbeitung oder gar Lösung sein könnte.
- Erhöhen Sie Ihre Aufmerksamkeit, wenn bearbeitete Konflikte zum gleichen oder sehr ähnlichen Thema immer wieder auftauchen. Bringen Sie dann die Perspektive von strukturellen Konfliktursachen mit in den Bearbeitungsprozess.
- Wenn Sie an einem Kulturwandel interessiert sind oder daran arbeiten: Diskutieren Sie in der Organisation und mit Arbeitsrechtler:innen, wie Sie die Machtasymmetrie des Arbeitsrechts innerbetrieblich vermindern können.

zwischen Organisationsteilen. Zwischenmenschliche Bearbeitungsformen zur Lösung von Konflikten sind wenig erfolgreich, wenn die Produktwidersprüche nicht in den Lösungsprozess miteinbezogen werden. So übernehmen beispielsweise Versicherungen in ihren Produkten den Grundwiderspruch des Menschen, zwischen Sicherheit gegenüber dem Schicksal und der Freiheit zu handeln. Die Kunden möchten einerseits auf nichts verzichten und gehen dadurch zwangsläufig Risiken ein. Aber genau diese Risiken wollen sie eigentlich nicht tragen und versichern sich. Dieser Wertekonflikt wird sich auf vielfältige Art und Weise in der Organisation und den Konflikten zeigen (vgl. Schwarz, 2014, S. 341 ff.). In der Assekuranz kann er sich zum Beispiel in Konflikten zwischen unterschiedlichen Abteilungen fortsetzen: Während die Bereiche Risikobewertung und Controlling größtmögliche Sicherheit für den Versicherer selbst im Fokus haben und vieles aus der Haftung ausschließen, wollen Marketing und Vertrieb den Kunden möglichst viel Sicherheit über eine breite Haftung versprechen – was wiederum ein Risiko für das eigene Unternehmen darstellen kann.

Eine ganz andere grundlegende Quelle struktureller und gewalttätiger Konflikte ist das deutsche Arbeitsrecht. Darauf weist der Philosoph Philip Kovce hin. Unser Arbeitsrecht begründet kein Vertrauens-, sondern ein Schuldverhältnis, in dem die politisch längst überholte Feudalherrschaft ökonomisch weiterregiert (vgl. Kovce, 2018).

Die Begründung der Zugehörigkeit zu einer Organisation basiert in diesem Sinne auf einer vertikal autoritären Grundlage: Strukturell vertraglich ist damit eine autoritäre Dynamik zwischen der Führungskraft als Vertreterin von Unternehmensinteressen und Mitarbeiter:innen begründet. Dass das keinen Einfluss auf die Art der Konfliktbearbeitung hat, mindestens in der Wahrnehmung eines Konfliktbeteiligten, ist kaum vorstellbar.

Was bedeuten diese strukturellen Aspekte für die Führungspraxis bei der Konfliktbearbeitung?
- Behalten Sie in Erinnerung, dass sich insbesondere (stärkere) emotionale Konflikte auch in einem organisationalen Ursachenteil begründen können.

- Konflikte durch Organisationsstrukturen und Arbeitsprozesse,
- Konflikte durch unklare Schnittstellen zwischen Abteilungen,
- Konflikte durch ein Führungsduo, welches sich die Leitungs-
  funktion teilt,
- Konfliktpotenziale durch unterschiedliche Interessen, Macht und
  Politik.

Diese Kategorien gelten vor allem für nicht familiengeführte Unternehmen.

Nach Angaben der Stiftung Familienunternehmen sind in
Deutschland etwa 85 Prozent aller Unternehmen eigentümer:in-
nengeführt. Das heißt, dass eine überschaubare Zahl von Menschen
diese Firmen kontrolliert und mindestens ein:e Eigentümer:in diese
leitet. Vielen ist nicht bewusst, dass in eigentümergeführten Unternehmen drei Logiken immer vorhanden und miteinander strukturell im Konflikt sind (vgl. von Schlippe, 2014, S. 26 ff.):
- Die Funktionslogik des Unternehmens, die darauf abzielt, zu Entscheidungen zu kommen, unabhängig von Personen.
- Die Funktionslogik der Familie, die darauf abzielt, Beziehungen
  zu pflegen, zu wandeln beziehungsweise Bindung aufrechtzuerhalten.
- Die Funktionslogik des Gesellschafter:innen-Systems, die darauf abzielt, wie die eingesetzten Mittel bestmöglich ausgenutzt
  werden können.

Diese drei unterschiedlichen Logiken bleiben zwar für sich jeweils
einzeln wirksam, sind aber in der Praxis auf das Engste miteinander
verwoben. Sie erzeugen durch ihre Wechselwirkung die einzigartige
Charakteristik des Familienunternehmens. Und damit auch die Art
der Konflikte, die sich bei dieser besonderen Form von Unternehmen
nicht lösen, sondern nur bearbeiten und gestalten lassen.

Eine weitere Sicht auf strukturelle Konflikte bringt der Philosoph und
Gruppendynamiker Gerhard Schwarz mit ein. Er vertritt die Ansicht,
dass es eine Reihe von Konflikten in Organisationen gibt, die sich aus
dem Umgang der Organisation mit Produktwidersprüchen ergeben.
Die Widersprüche des Produkts reinszenieren sich in Konflikten

Wie Strukturen die Konfliktbearbeitung beeinflussen

Auch wenn die Führungskraft das Konzept der neuen transformativen Konfliktbearbeitung verfolgt, kann es sein, dass sie nicht erfolgreich ist. Unternehmenskultur und organisatorisch bedingte Konflikte sind nur zwei Beispiele für Konflikte, die nicht bilateral oder in der eigenen Abteilung zu lösen sind. Sich nur auf das Verhalten von Führungskräften beziehungsweise Mitarbeiter:innen in Organisationen zu konzentrieren, um Konflikte zu bearbeiten oder gar zu lösen, greift also zu kurz.

Häufig werden strukturelle beziehungsweise strukturbedingte Konflikte jedoch auf die individuelle Ebene verlagert, was in der Regel dazu führt, dass sich Positionen verhärten (vgl. Baumann-Habersack, 2017, S. 24 f.). Diese Perspektive wird bei Konfliktbearbeitungen so gut wie nicht miteinbezogen. Dadurch individualisieren Menschen strukturelle Probleme. Sie entstehen meist durch Machtunterschiede. Diese zeigen sich in der Regel in der ungleichen Verteilung von Ressourcen wie auch in der Entscheidungsmacht darüber, wie diese Ressourcen verteilt werden. Daraus folgen ungleiche Chancen, sich einzubringen und etwas zu bewirken. Der renommierte Friedensforscher Johann Galtung begründete dafür den Begriff »strukturelle Gewalt« (vgl. Galtung, 1969, S. 170 f.). In der Folge führt das häufig dazu, dass sich Mitarbeiter:innen wie auch Führungskräfte als inkompetent, weniger wert oder falsch empfinden oder es ihnen (dadurch indirekt) vermittelt wird. Diese Selbstwertverletzung ist alles andere als hilfreich für eine konstruktive Konfliktbearbeitung, weil sie in der Regel Menschen in die Emotionalität treibt und Wertekonflikte auslöst.

Doch nicht jeder strukturelle Konflikt muss zwangsläufig strukturelle Gewalt bewirken. Denn: »Strukturelle Konflikte in Unternehmen können sich aus administrativen Abläufen, aus Kontrollmechanismen, aus der Kompetenz- und Machtverteilung und aus unterschiedlichen Denkstilen ergeben. Sie sind Bestandteile konkurrierender oder sich widersprechender Systeme und werden meist zwischen Personengruppen ausgetragen« (vgl. Zülsdorf, 2008, S. 46). Der Unternehmensberater Ralf-Gerd Zülsdorf benennt vier Kategorien struktureller Konflikte (vgl. Zülsdorf, 2008, S. 12 f.):

Ich möchte erfahren, was er zu sagen hat. Das ist mir aber nicht möglich. Und ich möchte, dass wir hier den Umgang weiter pflegen, andere aussprechen zu lassen. Dann fällt es mir auch leichter, zu folgen.

4. Und bitten Sie schließlich den/die andere:n darum, etwas zu tun bzw. zu unterlassen.
Bitte warten Sie, bis andere ausgesprochen haben. Können wir uns darauf verständigen?

5. Wenn keine Zustimmung oder Akzeptanz erfolgt, ist das der Einstieg in eine Verhandlung. Oder, wenn es keine akute Situation ist, starten Sie ab Schritt fünf die Verhandlung, zum Beispiel mit der Frage:
Wie stellt sich denn die Situation für Sie dar und was ist Ihnen wichtig?

Wenn der kritisierte Mensch in diesem Beispiel nun nicht zustimmt, geht es für Sie in einer Führungsfunktion beziehungsweise -rolle darum, die Grenzen zu halten. Da Sie andere Menschen und damit auch ihr Verhalten nicht verändern können, bleibt Ihnen nur, sich selbst zu verändern. Je nachdem, welche Vorgeschichte es zu so einem Verhalten (im Beispiel: das Gegenüber nicht aussprechen lassen) gibt, welche Bedeutung das Thema hat oder auch in welchem Umfeld die Störung auftaucht, könnte es hilfreich sein, den »öffentlichen Raum« besetzt zu halten. Das heißt nichts anderes, als dass Sie sprachlich in den Widerstand gehen. Konkret würde das in diesem Beispiel bedeuten, dass Sie das Gespräch über das eigentliche, inhaltliche Thema pausieren lassen. Und Sie in einen Verhandlungsprozess mit dem Kollegen einsteigen, um herauszufinden, worum es ihm bei seinem Verhalten geht. Dadurch, dass Sie die Ebene gewechselt haben und fragen (dabei deeskaliert sowie beharrlich bleiben), kann der Kollege sein eigentliches Verhalten nicht fortsetzen. Wahrscheinlich ist dadurch eine Pattsituation entstanden, die zur Verhandlung einlädt.

Sie können diese Methode aber auch als Gesprächseinstieg nutzen, wenn Sie im Rahmen Ihrer Führungsverantwortung ein Konfliktklärungsgespräch einberufen haben.

gilt grundsätzlich (noch): »Jetzt hab' ich dem mal klar und deutlich die Meinung gegeigt. Auch wenn's wehtut: Es war ehrlich. Was hilft das Drumherum-Gerede?« Klarheit ohne Empathie tendiert dazu, dass Sprache beleidigend (gewalttätig) wird und Menschen sich dadurch zu Recht verletzt fühlen. Empathie ohne Klarheit führt in der Regel zu Verwirrung und Frust. Es braucht daher beides: Klarheit *und* Empathie. Doch diese Kombination wird uns in nahezu keiner Bildungseinrichtung systematisch und flächendeckend beigebracht. Daher sind auch die wenigsten Eltern, Lehrer:innen, Ausbilder:innen oder auch Professor:innen positive Modelle. Woher soll es auch kommen?

Dabei gibt es schon seit längerer Zeit eine wirksame und alltagstaugliche Methode, um einen Konflikt anzusprechen. Auch wenn diese Sprachformel für die meisten Menschen zunächst gewöhnungsbedürftig ist (was ja nicht verwunderlich ist, aus den eben skizzierten Gründen): Sie hat es in sich und integriert sich nach etwas Übung in die eigene Art zu sprechen.

Die Methode nennt sich *Gewaltfreie Kommunikation*. Der amerikanische Psychologe Marshal Rosenberg begann sie ab 1943, auch unter dem Eindruck der Gräueltaten der Nazis, zu entwickeln. Eine seiner Leitfragen war: Was befähigt uns, auch unter den schlimmsten Umständen mit unserer mitfühlenden Natur verbunden zu bleiben (vgl. Rosenberg, 2015, S. 2)? Diese Methode bietet die Möglichkeit, konflikthafte Themen Würde wahrend anzusprechen. Damit passt diese Kommunikationsmethode zu den Werten der transformativen Führungsautorität.

Der Ablauf (vgl. Rosenberg, 2015, S. 231):
1. Beschreiben Sie mit einer Ich-Aussage, was Sie an kritikwürdigem Verhalten konkret beobachten/beobachtet haben.
   Ich sehe bzw. höre, dass Sie zum wiederholten Mal zu sprechen beginnen, während Herrn Rübsam noch redet und er dann aufhört.
2. Sprechen Sie aus, was das, was Sie beobachten/beobachtet haben, bei Ihnen auslöst.
   Mich nervt das, dass Sie Herrn Rübsam nicht aussprechen lassen. Ich muss mich echt konzentrieren, dem Gedanken zu folgen.
3. Teilen Sie mit, was Sie brauchen bzw. was Ihnen wichtig ist.

- Lassen Sie diese Eindrücke alle zusammen auf sich und in Ihnen wirken. Fragen Sie sich dann: Wie fühlt mein Gegenüber sich wohl gerade? Was würde es am liebsten tun oder lassen? Was hat es ausgedrückt, ohne es auszusprechen?
- Fassen Sie diese inneren Antworten, die erst einmal nichts weiter als Ihre Vermutungen sind, in Ihren eigenen Worten zusammen.
- Spiegeln Sie Ihre Vermutungen zurück und fragen Sie Ihre:n Gesprächspartner:in, ob Sie sie oder ihn richtig verstanden haben.
- Sehr wichtig ist jetzt Ihre Haltung dabei: Ihr Gegenüber hat die volle Freiheit zu äußern, dass Ihre Vermutungen nicht zutreffen. In diesem Fall freuen Sie sich innerlich, dass Sie die Chance erhalten, Ihre Vermutungen zu verbessern. Fragen Sie dann zum Beispiel: »Ach okay, wie ist es denn dann?« und lassen Sie sich den Sachverhalt nochmals erklären. Bleiben Sie in der Haltung des aktiven Hinhörens und spiegeln Sie erneut Ihre Vermutung und fragen, ob Sie jetzt richtig verstanden haben. Sicherlich wandeln Sie die Phrase ab, ob Sie richtig verstanden haben, wenn Sie das ein paar Mal wiederholen müssen. Das ist nicht ungewöhnlich. Bleiben Sie dran.
- Wenn Ihr:e Gesprächspartner:in Ihren geäußerten Vermutungen zustimmt, sehen Sie das nicht nur an der bejahenden Körpersprache, zum Beispiel am Nicken. In der Regel sagen Menschen auch Worte wie »genau«, »ja«, »stimmt« und so weiter. Das ist ein Beleg dafür, dass sich der oder die andere wirklich, also auch emotional, verstanden fühlt.

Einen Konflikt ansprechen

In meiner langjährigen Arbeit fällt mir immer wieder auf (und zu Beginn natürlich auch bei mir): Ein Hauptproblem der Konfliktbearbeitung ist es, überhaupt erst einmal konfliktbeladene Themen zur Sprache zu bringen. Und zwar in einer Art, die es der anderen Seite emotional möglich macht, zuzuhören. Ohne diesen ersten entscheidenden Schritt ist eine Bearbeitung nicht möglich. Meist sprechen Menschen mit einer anschuldigenden Sprache Themen an, lassen ihrem Ärger freien Lauf. Insbesondere in Deutschland

Mittlerweile verwende ich eher den Begriff aktives *Hinhören*, weil das sich daraus ergebende Bild besser zu der Haltung passt, um die es dabei vor allem geht. Der Kern des aktiven Zuhörens, welches der Begründer Carl Rogers schon 1942 im Buch »Counseling and Psychotherapy« beschrieben hat, besteht in dem Sinn, einem Menschen zu helfen, seine emotionalen Einstellungen frei auszudrücken. Einstellungen, die grundlegend sind für seine Konflikte und Anpassungsprobleme an seine Umwelt. In erster Linie strebt der oder die Hinhörende an, stärker auf den Gefühlsausdruck des Gesagten zu reagieren und diesen zu würdigen als auf den intellektuellen Inhalt (vgl. Rogers, 1942, S. 133 ff.).

Es liegt nahe, warum diese Haltung und Gesprächsform gerade für Menschen mit Führungsverantwortung bei der Konfliktbearbeitung eine entscheidende Rolle einnimmt. Wenn Sie in eine Konfliktbearbeitung einsteigen, gleich in welcher Phase, nehmen Sie bewusst diese Haltung ein. Mir ist klar, dass das insbesondere im Berufsalltag mit einer Vielzahl an Terminen, Nachrichten auf allen Kanälen oder auch durch private beziehungsweise persönliche Themen, die mit in den Alltag hineinwirken, keine leichte Aufgabe ist. Mit diesen Hinweisen kann Ihnen das womöglich etwas leichter fallen, so meine Erfahrung:

- Machen Sie sich als Allererstes klar, dass es beim Hinhören nicht um Sie und Ihre Meinung geht. Es geht ausschließlich um den anderen Menschen.
- Bringen Sie sich gedanklich und emotional dafür in die Lage. In der Regel weiß jeder Mensch, wie ihm das gelingt. Der Kern dazu ist: Entscheiden Sie sich innerlich eindeutig für das Hinhören. Wenn Ihnen das nicht möglich ist, sollten Sie es zu diesem Zeitpunkt besser lassen.
- Machen Sie einen Termin an einem ruhigen Ort für das Hinhören aus.
- Achten Sie weniger auf den fachlichen Inhalt. Der ist zwar nicht unwichtig, steht hierbei aber nicht an erster Stelle. Denn je emotionaler Konflikte sind, desto mehr geht es um Emotionen.
- Achten Sie daher darauf, wie Ihr Gegenüber über eine Sache spricht. Was der Körper (Mimik und Gestik) vermutlich ausdrückt. Auch die Stimmlage und Sprechgeschwindigkeit sowie Schweigen sind relevante Informationen.

Wiedergutmachung von der einen Seite und Gesten der Versöhnung von der anderen Seite. In wenigen Fällen dreht es sich dabei um monetäre Ausgleiche. Meist geht es aber darum, »Beziehungskonten« auszugleichen. Erst wenn das geschehen ist, geht es in der Regel in dem Lösungsprozess weiter.

Verhandeln braucht Zeit

Gehen Sie bitte davon aus, dass Sie für einen Verhandlungsprozess mehrere Termine benötigen. Je länger der Konflikt besteht, je komplexer die Konfliktthemen sind oder je mehr Menschen am Konflikt beteiligt sind, desto länger kann es dauern. Hier hilft die Haltung der transformativen Autorität im Element *Deeskalation und Beharrlichkeit:* Die wenigsten Konflikte im betrieblichen Alltag müssen *schnell* entschieden werden – wenn es nicht gerade um eine Liquiditätskrise oder beispielsweise einen drohenden Unfall geht. Sollte der Druck auf schnelle Lösungen abseits dieser zwei Themen hoch sein, ist im Vorfeld viel verpasst worden. Oder es wurde aktiv daran gearbeitet, den Konflikt schwelen zu lassen, um Zeitdruck zu erzeugen. Das ist aus meiner Perspektive aber nur eine *plumpe* Verhandlungsstrategie (um nicht das Wort Überrumplungsstrategie zu verwenden), um in einer scheinbaren Verhandlung eine Position der Alternativlosigkeit aufzubauen. Das ist in den meisten Fällen durchschaubar und hat einen hohen Vertrauensverlust zwischen den Beteiligten zur Folge.

Es geht also stattdessen darum, in angemessener Emotionalität (optimale Erregungszone) mit kühlem Kopf und Ausdauer (Beharrlichkeit oder auch »dranbleiben«) die Interessen herauszuarbeiten und Lösungsideen zu verhandeln. Dann ist die Wahrscheinlichkeit sehr groß, dass es zu einer sogenannten nachhaltigen Konfliktbearbeitung kommt: Die Vereinbarungen halten, weil keine Partei gegen eine Lösung arbeitet, die ihre eigenen Interessen bedient.

Aktives Hinhören

Aktives Hinhören ist eine Methode, die die anderen Konfliktlösungsmethoden begleitet. Sie kennen sicher den Begriff *aktives Zuhören.*

3. Lösungsideen bewerten

Jetzt startet die vorletzte Phase: Jede Lösungsidee wird danach bewertet, wie viele Interessen aller Beteiligten sie trifft. Jetzt ist es von Vorteil, alle Interessen auf Karten zu haben. Denn so lässt sich relativ schnell visuell erkennen, welche Lösungen herausfallen, weil nur wenige oder keine Interessen damit einhergehen. Oder es wird sichtbar, welche Lösungen nur einseitigen Interessen dienen.

Am Ende bleibt meist eine Handvoll Lösungsideen übrig, die sehr viele Interessen aller bedienen. Nur mit diesen Lösungsideen wird in der letzten Phase, der Verhandlungsphase, weitergearbeitet.

4. Ausgewählte Lösungsideen ausverhandeln

Das heißt, jede Lösungsidee wird jetzt noch weiter ausgearbeitet. Möglicherweise geht es ab hier wie auf einem Markt zu: Es wird um Details gefeilscht und verhandelt. Es werden Bedingungen und Gegenbedingungen geäußert, die am Ende zu einem »Deal« führen: Eine Lösungsidee wird zu einer Lösungsvereinbarung. Ich empfehle ausdrücklich, diese Vereinbarungen für alle zu dokumentieren.

Manchmal sind Menschen aber noch nicht bereit, in Lösungen zu denken. Obwohl bis dahin der Prozess gut verlaufen ist, tritt dann Ratlosigkeit ein. Auf Lösungen zu drängen oder Parteien zu überreden, macht es nicht wirklich besser. Die Kommunikation wird immer zäher, bis sie am Ende sogar blockiert ist. Diese Zähigkeit oder Blockade kann auf ein wenig bekanntes und damit völlig unterschätztes Phänomen hinweisen: unausgeglichene »emotionale Konten«. Durch vorangegangene Verletzungen (auch durch Konflikte, aber nicht nur) stellen etliche Menschen innerlich ihre Kooperationsbereitschaft für die Lösungsfindung ein, solange die »Konten« noch nicht ausgeglichen wurden.

Mit dem Element *Wiedergutmachung/Ausgleich* der transformativen Autorität (siehe Seite 95) lässt sich dieser blinde Fleck erkennen. Um Lösungen auszuverhandeln und eine Vereinbarung zu treffen, gilt es zunächst, Verletzungen aus der Vergangenheit anzuerkennen. Aber auch wenn diese benannt und gesehen wurden, reicht das manchmal noch nicht. Dafür braucht es Gesten des Ausgleichs/der

wenn es manchmal nicht so scheint. Meine Empfehlung ist, dass jede:r am Konflikt Beteiligte eine Liste der eigenen Interessen pro Position erstellt. Da kommt einiges zusammen. Deshalb rate ich dazu, alle Interessen auf Moderationskarten oder Haftnotizen aufzuschreiben, damit Ähnlichkeiten und Unterschiede schneller sichtbar sind. Zudem sind diese in den späteren Phasen leichter veränderbar und sortierbar.

Häufig ist gerade diese Phase zentral, weil in dem Moment der Transparenz über die diversen Interessen Verständnis für die anderen Sichtweisen entstehen kann. Das ist aber kein *Selbstläufer*. Dieser Prozess braucht einen Raum, in dem Menschen sich sicher fühlen und offen sprechen können. Dafür muss jemand Verantwortung übernehmen, den Prozess führen und den Raum halten. Das bedeutet, Grenzverletzungen, Abwertungen, Polemik, Zynismus oder anderen Formen von Gewalt sofort entgegentreten.

2. Entwickeln von möglichen Ideen zur Konfliktlösung

Sind die Interessen transparent gemacht, geht es in die Phase der kreativen Ideenentwicklung über. Dazu sollten die Beteiligten idealerweise in einen anderen Raum gehen, in dem sie zunächst Ideen für die Lösung des Konflikts entwickeln. Der Raumwechsel erleichtert es allen, sich von den Interessen (und Positionen) zu lösen. Auch hier braucht es enge Führung. Denn in dieser Phase gilt nicht nur Quantität vor Qualität, sondern auch, dass die Bewertung der Ideen erst später, in einem getrennten Schritt, erfolgt. Das ist zentral für den Erfolg. Aus meiner Erfahrung fällt das schon den meisten Menschen im »normalen Alltag« schwer. In einer Konfliktsituation ist das noch eine größere Herausforderung. Ohne wohlwollende, enge und stellenweise direktive Führung ist das nahezu unmöglich.

Zu der Ideenentwicklung eignen sich so gut wie alle Kreativitätstechniken, die in etlichen guten Büchern beschrieben sind, z. B. klassisches Brainstorming, die 6-3-5-Methode, die Reizwort-/Bildmethode oder ähnliche. Wenn dann die Beteiligten eine Vielzahl an möglichen Lösungsideen unbewertet gesammelt haben, geht es mit diesen zurück in den Raum mit den Interessen.

Die Emotionen steigen, und der Weg wird frei für die eigentlich vermeidbare Eskalation, die relativ schnell die Beziehungsebene und damit Vertrauen schwächt oder gar zerstört. Meine Empfehlung ist daher, erst einmal auf die Karte der Verhandlung zu setzen. Dabei werden Konflikte in der Regel lediglich geregelt und nicht unbedingt gelöst. Das ist nicht wenig, aber auch nicht mehr. Für eine nachhaltige Lösung, gerade von (sehr) emotionalen Konflikten, braucht es bei jeder Konfliktpartei oftmals einen inneren Klärungs- und Transformationsprozess. Dieser ist eng verbunden mit der Biografie, dem Selbstkonzept und den tieferen Bedürfnissen der jeweiligen Menschen. Im betrieblichen Kontext ist das selten möglich. Ich stelle ihnen kurz vor, wie ein Verhandlungsprozess bei der Konfliktbearbeitung ablaufen kann.

1. Interessen identifizieren und Transparenz darüber herstellen

Aus meiner Erfahrung weiß ich, dass es vielen Menschen so geht wie mir vor etlichen Jahren: Was sind denn eigentlich Interessen? Und: Wie verhandelt mensch diese (vgl. Fisher et al., 1991, S. 40 ff.)?

Interessen sind die stillen Treiber hinter dem Getöse der Positionen. Denn Interessen veranlassen Menschen dazu, sich aktiv für eine Position zu entscheiden. Eine Position ist meist konkret, klar und in der Regel ausgesprochen, zum Beispiel: »Ich will am 13. Juni Urlaub haben.« Die darunterliegenden Interessen sind meist unausgesprochen, wenig greifbar und vielleicht sogar widersprüchlich. Um die Interessen hinter einer Position herauszufinden, sollten Menschen die Frage stellen: Was ist Ihnen daran [der Position] wichtig? Welche Bedeutung hat das für Sie? Was wollen Sie damit erreichen/sicherstellen? In dem Beispiel möglicherweise: »Ich möchte ausschlafen«, »Ich habe keine Kinderbetreuung und muss zu Hause bleiben« oder auch »Ich habe einen Arzttermin und möchte das geheimhalten«.

Selbstverständlich sollten Sie sich selbst auch diese Fragen nach Ihren Interessen stellen. Denn nur dann können Sie in der Verhandlung auch gut für Ihre Interessen eintreten.

Je mehr Menschen an dem Konflikt beteiligt sind, desto mehr Interessen gibt es. Denn jeder Mensch hat andere Interessen, auch

Hier braucht es von Ihnen wohlwollende Beharrlichkeit, Kreativität und Empathie.

Entweder zieht er jetzt bei der Veränderung mit oder es ist der Beweis, dass er gegen das Projekt arbeitet ...

Entdämonisierend: *Könnte es sein, dass der Kollege vielleicht noch unentschieden ist und grundsätzlich für die Veränderung ist, aber noch mehr Informationen oder Sicherheit braucht, um voll mit anzupacken? ...*

Entdämonisierende Fragen

Entdämonisierende Fragen suchen nach Ausnahmen oder anderen möglichen Gründen für ein Verhalten, das ein Mensch als dämonisch beschreibt.

Das ist ein schlechter Mensch. Das hängt sicher mit einer psychischen Krankheit zusammen. Da kann man nix machen.

Entdämonisierend: *Hat er sich schon immer so verhalten, oder gab es einen gewissen Zeitpunkt, ab dem dieses eher nicht so hilfreiche Verhalten begann? Legt er diese Verhaltensweisen immer an den Tag, oder gibt es Situationen oder Orte mit anderen Menschen, wo er sich auch mal anders gibt? ...*

Verhandlungsprozess

Konfliktbearbeitung bedeutet häufig, einen Verhandlungsprozess in Gang zu setzen. Denn hinter widerstreitenden Positionen, zum Beispiel Urlaub beantragen und ablehnen, stehen vielfältige Interessen beider Seiten, beispielsweise hier gesichtswahrend einen Arzttermin wahrzunehmen und faire Verteilung der Arbeitslast (es gibt natürlich immer mehr als nur ein Interesse hinter jeder Position). Verbliebe mensch nur auf der Position, entstünde in der Regel eine Sackgasse, was dann zur Verhärtung der Positionen führt. Die Folge:

Auf Fortschritte fokussieren

Aus meiner Erfahrung ist das eine Einstiegsintervention bei der Entdämonisierung. Das heißt, wann immer ich es mit tendenziell dämonischer Kommunikation zu tun habe, beginne ich mit dem Fortschrittsfokus. Aber: Zunächst wird dieser Fokus in der Regel abgelehnt. Das muss er auch, aus der Perspektive der dämonischen Sicht. Denn sie bewertet diese manchmal offensichtlichen, kleinen Verbesserungen als irrelevant. Denn die (vermuteten) *wirklichen,* tiefen Probleme oder Störungen sind ja nicht bearbeitet. Stellen Sie sich darauf ein und halten Sie beharrlich den Kurs, auch kleinste Fortschritte zu bemerken beziehungsweise zu benennen.

Wir haben jetzt schon den zweiten Teambuildingtermin, und es hat sich wirklich nichts geändert. All das, was wir am Ende des letzten Termins vereinbart hatten, wurde nicht eingehalten. Das sagt doch eigentlich alles: kein Interesse, nur leere Worte.

Entdämonisierend: *Nehmen Sie sich jetzt einmal 20 Minuten Zeit und schauen Sie nochmals genauer, tiefer, welche kleinste Kleinigkeit sich vielleicht nicht doch ein wenig verändert hat. Es gibt ja den Spruch: »Wenn sich nichts verändert hat, hast du noch nicht genau genug hingeguckt.« Es geht überhaupt nicht um riesige Sprünge. Vielleicht fällt Ihnen eine Mikroveränderung auf, nur darum geht es. Und klar, dass es noch ein langer Weg ist …*

Reframing

Wenn Sie in einem Gespräch neben eine dämonisch geprägte Entweder-oder-Polarität (schlecht oder gut) eine Sowohl-als-auch-Sicht (schlecht und gut) stellen können, Ihr Gegenüber ein (kleines) Aha-Erlebnis hat und ins Nachdenken kommt, haben Sie eine Aussage reframt. Das paraverbale Signal dafür ist in diesem Zusammenhang häufig ein »Hm« – oder Schweigen, das für kurze Zeit Nachdenklichkeit ausdrückt. Seien Sie sich bitte bewusst, dass es durchaus ein längerer Prozess ist, eine Aussage mit einer anderen Sichtweise zu finden, die der andere Mensch auch emotional annehmen kann.

4. Die Empörung über den Anderen (für einen kurzen Moment) überwinden und eine freundliche Geste zeigen, die an keine Bedingung geknüpft ist. Auch wenn das mitunter sicher nicht leicht ist. Diese kleine, bedingungslose Geste macht es für andere Menschen komplizierter, die »feindliche Wahrnehmung« aufrechtzuerhalten.

5. Auch und gerade Menschen, die eher dämonisierendes Verhalten zeigen, handeln aus ihrer Logik heraus in der Regel aus guter Absicht. Versuchen Sie, bei aller Empörung, bei allem Ärger auch diese Seite zu sehen. Und wenn es noch so schwerfällt.

Führungskräfte oder die Menschen, die in Führungskontexten beraten, können versuchen, bei schwach ausgeprägter Dämonisierung (siehe Abschnitt »Dämonische und tragische Sicht auf Konflikte«, Seite 39 ff.) die Kommunikation schrittweise zu entdämonisieren. Es ist jedoch nur eine Chance, mehr nicht. Um das leisten zu können, braucht es vor allem die vertiefte Kenntnis des dämonischen Paradigmas. Hierzu empfehle ich die intensive Auseinandersetzung mit dem Buch »Feindbilder« (Omer et al., 2016).

Handlungsideen, für den Versuch, Kommunikation zu entdämonisieren

Bei dem Versuch, Kommunikation zu entdämonisieren, geht es erst einmal nur darum, Zweifel zu erzeugen und aufzuzeigen, dass die scheinbar perfekte dämonische Logik nicht die einzige Möglichkeit bleiben muss, etwas zu erklären. Denn wenn ein Mensch mit einer dämonischen Brille allmählich beginnt, Situationen differenzierter zu betrachten, seine inneren Stimmen weniger zu unterdrücken, Verdächtigungen zu reduzieren, nicht mehr ständig auf der Suche nach radikalen oder perfekten Lösungen zu sein oder erste Anzeichen von Mitgefühl zu entwickeln – dann kann die dämonische Sicht für die tragische mit der Zeit Platz machen (vgl. Omer et al., 2016, S. 89).

An dieser Stelle skizziere ich drei Interventionen für entdämonisierende Dialoge (vgl. Omer et al., 2016, S. 90 ff.), die ich in der Praxis häufiger verwende. Wenn Sie sich ausführlich damit beschäftigen wollen, finden Sie in dem Buch »Feindbilder« weitere Interventionen und Details.

Was wir nicht mehr akzeptieren können und wollen, ist die Art, wie du deine Kritik äußerst. Die Lautstärke deiner Kritik, dein Monolog, der uns keinen Raum gibt, mit dir darüber zu sprechen. Dieses Verhalten verletzt uns, weil wir genauso wie du unser Bestes für die Firma geben. Mit diesem Verhalten von dir entfernst du dich aus unserem Team. Wir möchten, dass du Teil unseres Managementteams bleibst. Jedoch möchten wir dir mit diesem Brief mitteilen, dass wir uns deiner Art, Kritik zu äußern, ab sofort widersetzen werden, solltest du dieses Verhalten weiterhin zeigen. Wir werden uns in so einem Fall zurückziehen und beraten, wie wir darauf angemessen reagieren. dies werden wir dir danach mitteilen, um dich dabei zu unterstützen, Teil unseres Teams zu bleiben.
Wir freuen uns auf unsere gemeinsame Zukunft.

Nach dieser Ankündigung veränderte der CTO – ohne weitere Gespräche – sein Verhalten. Die emotionalen Ausbrüche kamen nicht mehr vor.

Entdämonisierung

Bevor Sie sich daran machen, andere einzuladen, ihre Sichtweisen zu entdämonisieren, fünf Tipps für den Umgang zunächst mit sich selbst (von Schlippe, 2015, S. 50 ff.):

1. Sich beobachten und erkennen, wie bei einem selbst diese psychologischen Prozesse verlaufen, wie beispielsweise anderen Motive unterstellen oder die Konfliktursache dem Wesen eines Menschen zuzuschreiben.

2. Die Kommunikation verlangsamen, nicht sofort auf eine Aktion reagieren, sondern zunächst einmal atmen, nachdenken und (angekündigt) darauf zurückkommen, wenn die Gemüter bei allen etwas abgekühlt sind.

3. Eine unterwartete und möglichst konstruktive Reaktion zeigen, statt in eine nahezu vorhersagbare Ping-Pong-Eskalation von Aktion und Reaktion zu schlittern. Aus dieser positiven Irritation kann sich der Moment ergeben, das Gespräch in eine andere beziehungsweise neue Richtung zu lenken.

Fehlern in seinem Verantwortungsbereich von dem CTO häufig in dieser Art kritisiert.

Im Gremium des Managementteams war man sich einig, dass die Analysen des CTO richtig und wichtig waren, auch wenn manche Ursachen der Fehler oder verpassten Chancen außerhalb des Einflusses des Unternehmens lagen. Jedoch war vor dem Hintergrund der konsensbasierten, freundlich wirkenden schwedischen Arbeitskultur nicht nur sein affektbeladener, aburteilender Kritikstil immer weniger akzeptabel, auch fühlten sich die Mitglieder des Gremiums in ihrem vollen Einsatz für das Unternehmen nicht gewürdigt. Das führte dazu, dass das Verhalten des CTO nicht mehr akzeptiert wurde, obgleich man ihn als Menschen und technisches Genie grundsätzlich sehr schätzte.

Wenn Einzelne aus dem Managementteam das Verhalten des CTOs kritisierten, kam es häufiger vor, dass er sich aus dem Social Intranet demonstrativ entfernte, was die gesamte Firma mitbekam. Die Mitarbeitenden fragten sich dann, ob der CTO nicht mehr im Unternehmen sei. Auch tauchte er plötzlich ohne Absprache für zwei Wochen unter und war nicht mehr zu erreichen.

Gerade am Anfang wusste keine:r seiner Managementkolleg:innen damit umzugehen. Der CEO befand sich in einem Dilemma: Sein Impuls war, den CTO aus dessen Funktion und dem Managementteam zu entlassen, um die Arbeitsfähigkeit und -kultur zu schützen. Gleichzeitig war der CTO wichtig, um das Technikteam weiterzubringen, Fehler zu analysieren und Lösungen zu finden, damit das einzigartige Produkt wie auch die Firma weiterwuchsen. So erarbeitete ich mit dem CEO eine Ankündigung, die den Widerstand des restlichen Managementteams formulierte. Diese Ankündigung wurde als Entwurf im übrigen Managementteam beraten. In einer der Folgesitzungen las der CEO im Beisein der restlichen Managementteammitglieder dem CTO vor.

Lieber XY,
wir schätzen dich sehr, deinen Humor und deine Kollegialität, uns bei Problemen zu helfen. Deine Analysen bei Fehlern sind immer passend, und sie helfen uns und damit unserem Unternehmen echt weiter.

legitimieren Sie sich damit in Ihrer institutionellen Autoritätsfunktion beziehungsweise -rolle *(potestas)*.

– Die Reaktionen auf den Prozess der Ankündigung (verlesen und
übergeben) können ganz unterschiedlich ausfallen. Wichtig ist für
Sie: Die Ankündigung ist kein Verhandlungs- oder Diskussions-
angebot. Sie ist eine einseitige Entscheidung der institutionellen Autorität, repräsentiert und legitimiert durch Sie, schädigendes Verhalten nicht mehr zu akzeptieren. Je langfristiger oder
»unkündbarer« Ihre Arbeitsbeziehung ist und je mehr es eine
wechselseitige Notwendigkeit gibt, im Alltag miteinander »auskommen« zu müssen, desto stärker kann diese Strategie wirken.

– Bei starken emotionalen Reaktionen oder Provokationen reagieren Sie im Sinne des Elements *Deeskalation und Beharrlichkeit*
(siehe Seite 89) mit Verzögerung. Äußern Sie, dass Sie den Termin nun beenden, den Raum verlassen werden, aber am nächsten Tag wieder auf den beziehungsweise die Kolleg:in zukommen.
Mit dem Ziel, gemeinsam zu schauen, was der oder die andere
bei sich tun kann, um sein oder ihr schädigendes Verhalten zu
verändern, wenn er oder sie das möchte. Möglicherweise braucht
es mehrere solcher Termine.

**Ein Fall aus meiner Praxis als Beispiel: Die Ankündigung von
Widerstand innerhalb eines Managementteams**
Der Mitgründer und brillante technische Entwickler eines schnell
wachsenden internationalen Start-up-Unternehmens in Schweden,
mit mittlerweile rund fünfzig Mitarbeiter:innen, ist nicht nur dessen
Anteilseigner. Er sitzt auch im sogenannten Board, einer Art Ver-
waltungsrat, an welchen das Managementteam zu berichten hat.
Parallel dazu bekleidet er die Funktion des Technikchefs (Chief
Technology Officer). Im Managementteam um den CEO schätzt man
den CTO für sein technisches Know-how, ohne die das Unternehmen kein innovatives Produkt und damit auch keine Zukunft hätte.
Bei mehreren Managementteamsitzungen äußerte der CTO Kritik
gegenüber der Vertriebschefin im Gremium, weil sie einige poten-
zielle Aufträge nicht zum Abschluss gebracht habe. Seine Kritik
schüttete er meist in einem lautstarken, affektbeladenen Monolog aus. Doch auch der Engineeringchef im Gremium wurde bei

arbeiterin zusammen. Und formulieren Sie konkret auch das störende beziehungsweise schädigende Verhalten. Benennen Sie, dass Sie als Repräsentant:in der Führungskoalition (und damit auch der gesamten Organisation) nicht mehr bereit sind, dieses Verhalten zu akzeptieren, Sie sich aber auch darüber im Klaren sind, das Verhalten eines oder einer anderen von außen weder verändern zu können noch zu wollen. Der oder die Mitarbeiter:in solle sich nun in Ruhe überlegen, ob und was er oder sie ändern möchte oder auch nicht. Davon hängen die nächsten Schritte der Führungskoalition ab, über die mensch sich dann beraten würde. Ein Beispiel einer Ankündigung lesen Sie auf Seite 138.

– Formulieren Sie die Ankündigung nach der Beratung in der Führungskoalition schriftlich und machen Sie einen Termin mit der Konfliktpartei aus. In sehr stark eskalierten Konflikten kann es hilfreich sein, noch weitere Menschen (von beiden Seiten) zu diesem Termin mitzunehmen. Eine interne Öffentlichkeit vermindert das Risiko gewalttätigen Verhaltens (Beleidigungen, Rumschreien …). Grundsätzlich sollten Sie ein Vier- beziehungsweise maximal Achtaugengespräch führen.

– Bevor Sie die Ankündigung laut vorlesen, versichern Sie, dass von Ihrer Seite keine Kopien in der Organisation in Umlauf gebracht wurden und werden. Sie sichern auch zu, dass diese Ankündigung weder in einer Personalakte noch in sonst einer informellen Mitarbeiter:innen-Akte geführt wird. Das würde jegliche Bestrebungen unterlaufen, in einen Wiedergutmachungs- und Versöhnungsprozess zu gelangen. Und die Ankündigung soll ja den Wendepunkt markieren, um die Beziehung wieder zu verbessern. Machen Sie ebenfalls transparent, dass Sie sich innerhalb einer Führungskoalition wohlwollend beraten haben, um eine konstruktive wie auch sehr klare Ankündigung zu verfassen. Damit können Sie die Wahrscheinlichkeit minimieren, dass ihr Gegenüber die Ankündigung als willkürliche Einzelmeinung interpretiert.

– Lesen Sie die Ankündigung vor. Auch wenn das Gegenüber auf »Durchzug« schaltet, erzeugt diese Form eine Wirkung. Denn nachdem Sie die Ankündigung verlesen haben, übergeben Sie diese an den anderen Menschen. Auf einer symbolischen Ebene

ren. Menschen mit Führungsverantwortung arbeiten damit daran, Beziehungen zu verbessern und sich dem schädigenden Verhalten eines Menschen zu widersetzen. Es geht in *keinem* Fall darum, gegen einen Menschen an sich vorzugehen, ihn zu besiegen oder zu beschämen. Denn das widerspricht fundamental den Werten der transformativen Autorität.

Vorgehensweise für Menschen mit Führungsverantwortung
(vgl. Omer u. von Schlippe, 2004, S. 235 ff.):

- Bevor Sie eine Ankündigung verfassen, beraten sie sich in ihrer Führungskoalition (siehe Seite 91) oder beginnen Sie zunächst, eine zu gründen. Finden Sie Informationen, gegebenenfalls auch außerhalb der Führungskoalition, die positive Verhaltensweisen und positive Arbeitsergebnisse des Menschen belegen. Die gibt es immer, auch wenn sie noch so klein oder unbedeutend erscheinen und sie in der aktuellen, eskalierten Phase (sehr) schwer wahrzunehmen sind.
- Mit dem Schulterschluss in Ihrer Führungskoalition verbinden Sie sich nicht nur erneut mit Ihrer Verpflichtung, als Repräsentant:in der institutionellen Autorität *(potestas)* für gemeinschaftlich legitimierte Werte, Prinzipien, Leitlinien oder Regeln der Organisation einzutreten. Ihre Kolleg:innen legitimieren Sie dadurch nochmals zusätzlich. Das trägt dazu bei, dass Sie eine Haltung der Ruhe, Klarheit und Nichtverhandelbarkeit entwickeln können, kurz: innere, systemische und interaktionale Präsenz.
- Die Führungskoalition trägt dazu bei, dass Sie sich kraftvoll fühlen und sich nicht in Machtkämpfe, beispielsweise durch Provokationen, verwickeln lassen. Auch brauchen Sie kein *schlechtes Gewissen* zu haben, wenn Sie gegen schädigendes, destruktives Verhalten vorgehen. Denn Sie handeln für die Ziele oder auch Werte der Organisation. Da diese Vorgehensweise abgestimmt und legitimiert ist, minimiert das die Wirkung von Willkür, einem häufigen Konflikt- und Aggressionstreiber. Durch die Beratung innerhalb der Führungskoalition ist das Motiv transparent (siehe Seite 93).
- Tragen Sie nach der Beratung mit Ihren Kolleg:innen zentrale positive Verhaltensweisen des Mitarbeiters oder der Mit-

dies ermöglicht in der Folge, dass sich die Parteien von der Positions-
verteidigung hin zu einer Selbstreflexion bewegen (vgl. Gläßer u.
Kirchhoff, 2009, S. 187).

Die 3-Körbe-Methode fußt nicht nur auf der Annahme, dass es
eigentlich nur ganz wenige wirklich wichtige Streitpunkte gibt, die
intensiv zu verhandeln sind. Auch die Praxis bestätigt das häufig.
Aus diesem Grund haben die Körbe auch unterschiedliche Größen.

Die Konfliktbeteiligten beziehungsweise diejenigen, die die
Moderationsrolle einnehmen, können die drei (farbigen) Körbe als
Behälter für die Moderationskarten verwenden, auf denen die Par-
teien ihre Streitthemen sammeln. Oder sie legen die Karten nach
Farben pragmatisch an drei unterschiedlichen Stellen im Raum aus.

Die Ankündigung

Eine wichtige Vorbemerkung zu dieser Methode: Die Ankündigung
ist eine einseitige Maßnahme, die im Sinne der Werte der transformativen Autorität nur dann eingesetzt wird, wenn zuvor alle dia-
logischen Verhandlungsansätze von einer Konfliktpartei (z. B. ein:e
Mitarbeiter:in oder ein:e Kolleg:in mit Führungsverantwortung)
abgelehnt oder ignoriert wurden. Die Kooperation zur Bearbeitung
des Konflikts wurde faktisch eingestellt. Damit befindet sich ein Konflikt meist schon in Phase drei der Konflikteskalation (siehe Seite 29).
Sie wird somit erst zu einem relativ späten Zeitpunkt der Konfliktbearbeitung eingesetzt. Die Führungsintensität ist dabei schon relativ
hoch, zwischen »fokussierter Aufmerksamkeit« und auf der Schwelle
zu »einseitigen, direktiven Maßnahmen« (siehe Seite 79) durch die
Führungskraft.

Eine Führungskraft verfasst eine Ankündigung zunächst schriftlich, um sie in einem Gespräch mit der grenzüberschreitenden, möglicherweise gewalttätig kommunizierenden Konfliktpartei vorzulesen
und dann an sie zu übergeben. Sie ist eine informelle Strategie, einen
fortgeschrittenen Konflikt mit eingeschränkter Kooperation wieder
bearbeitbar zu machen.

Das Ziel der Ankündigung ist es, die Beziehung wieder hin zu
einer kooperativen und Würde wahrenden Form zu transformie-

Arbeitsalltag mit dazugehören. Diese mögliche Erkenntnis kann zu einer Veränderung der Sichtweise auf den Konflikt und damit auch die Konfliktbearbeitung führen.

Neben den drei Körben mit Konfliktthemen gibt es noch einen vierten Korb (grün), der keine Streitthemen aufnimmt, sondern positive Aspekte der Zusammenarbeit, der sogenannte +1-Korb:

– Der *grüne Korb* nimmt all die Themen auf, die nach wie vor positiv in der Zusammenarbeit wirken – trotz des Konflikts. Diese Perspektive soll der Gefahr der Dämonisierung (siehe Seite 39 ff.) entgegenwirken, denn durch den zunehmenden Stress wird die Wahrnehmung jeder Seite immer selektiver. Sie bewertet das andere Verhalten fast nur noch feindlich (vgl. Omer et al., 2016, S. 138 ff.). In der späteren Lösungsphase können die Konfliktparteien die Themen dieses Korbs würdigen sowie als Ermutigung einsetzen. Dieser Korb sollte mindestens die Größe des gelben Korbs haben.

Vorteile der 3-Körbe-Methode

Bei einer Themensammlung geht es nicht nur um das Auflisten der relevanten Streitpunkte. Damit ist auch das Ziel verbunden, dass Menschen wahrhaftig und möglichst umfassend ihre Aspekte des Streits (emotional) schildern können (vgl. Gläßer u. Kirchhoff, 2009, S. 186). Denn sie erwarten häufig zunächst einmal von der jeweils anderen Partei, in ihrer Position, in ihrem Leiden, in ihrer erfahrenen Ungerechtigkeit gesehen zu werden. Ihr emotionales Verhalten im Konflikt hat eben auch eine Signal- und Ventilfunktion (vgl. Glasl, 1999, S. 43 ff.). Wenn sich die Konfliktbeteiligten durch eine fundierte (emotionale) Phase der Themensammlung jeweils erkannt und respektiert fühlen, fördert das die Entspannung. Das bereitet eine wichtige Grundlage vor für die spätere Phase der Entwicklung von Lösungen (vgl. Glasl, 1999, S. 45).

Für eine produktivere Konfliktbearbeitung ist es nötig, dass sich alle gleichberechtigt äußern und sich sicher sein können, dass auch die Person in einer moderierenden Rolle – beispielsweise die Führungskraft – die jeweilige Perspektive verstanden hat. Gerade

sammlung an, die der Kinderpsychologe Ross Greene entwickelt hat und die Psychologen Haim Omer sowie Arist von Schlippe für die neue Autorität weiterentwickelt haben (vgl. Omer u. von Schlippe, 2010, S. 223 ff.). Die Methode sortiert strittige Themen des Konflikts in unterschiedliche »Körbe« (blau, gelb, rot), um schneller für alle herauszuarbeiten, was die wirklich zentralen Konfliktthemen sind.

Ablauf der Themensammlung

– Der *blaue Korb,* der größte, nimmt all die Themen jeder Konflikt-partei auf, die zwar nerven, jedoch Teil des »normalen« Arbeits-alltags sind. Die Parteien vereinbaren in den späteren Phasen der Konfliktbearbeitung, den Inhalt des blauen Korbs nicht mehr für Eskalationen zu benutzen. Gleichwohl ist es allen erlaubt, zu den Inhalten weiterhin eine Verbesserung anzustreben.
– Der *gelbe Korb* ist bereits deutlich kleiner als der blaue. Er beinhaltet konfliktreiche Themen, die wichtige Werte in der Zusammenarbeit stören, bei denen die Konfliktparteien aber bereits Verhandlungsspielraum sehen. Das ist für alle eine wich-tige Information in Bezug auf die weitere Konfliktbearbeitung.
– Der *rote Korb* ist der kleinste und nimmt pro Konfliktpartei maximal drei Themen auf. Sie betreffen Verhaltensweisen, die die andere Partei unter keinen Umständen akzeptieren kann und die die Grundwerte der Zusammenarbeit massiv stören. Nur an den Themen des roten Korbs wird intensiv gearbeitet. Die Prio-risierung auf maximal drei Themen im roten Korb lenkt den Fokus der Konfliktparteien auf das, was ihnen wirklich wich-tig ist (vgl. Omer u. von Schlippe, 2010, S. 223 ff.). Wenn das gut gelingt, haben meist die Themen aus den anderen Körben ihre Relevanz verloren, so meine Erfahrung. Auch deshalb, weil sie meist auf einer anderen Ebene mit den Themen des roten Korbs (unbewusst) vernetzt sind.

Durch die Korbgrößen nimmt die Anzahl der Themen vom blauen zum roten Korb kontinuierlich ab. Dadurch erleben die Parteien, dass es eigentlich gar nicht so viele zentrale Konfliktthemen gibt. Und sie realisieren auch, dass ein paar nervige Verhaltensweisen zum

Methoden für die Konfliktbearbeitung

Nachdem ich die Theorie der transformativen Konfliktbearbeitung und deren Grundlagen vorgestellt habe, möchte ich Ihnen nun einige konkrete Methoden für Konfliktbearbeitung vorstellen. Eines vorweg: Es gibt nicht *die* Methode für eine *richtige* Konfliktbearbeitung, weil es nicht *den* Konflikt gibt. Für eine Konfliktbearbeitung mit der Haltung der transformativen Autorität in der Führung ist in jedem Fall wichtig, die Werte dieser Haltung zu wahren. Diese Werte sind:

– Gewaltlosigkeit,
– Gleichwertigkeit,
– Würde,
– Transparenz,
– Vertrauen.

Eine Methode beziehungsweise eine Vorgehensweise zu nutzen, die einen oder gar mehrere dieser Werte verletzt, basiert damit auf keinen Fall auf der Haltung der neuen, transformativen Autorität – und ist daher auch nicht geeignet, Konflikte nachhaltig und transformativ zu bearbeiten.

Mit der transformativen Haltung können Sie dagegen sehr viele Methoden nutzen – wie es für den Konflikt, für die Beteiligten und in dem jeweiligen Kontext hilfreich erscheint.

Die 3-Körbe-Methode

Wie können Menschen aus der Vielzahl von Anschuldigungen, entweder selbst oder durch eine:n Moderator:in angeleitet, die wirklich relevanten Themen herausarbeiten (vgl. Baumann-Habersack, 2019)? Die sogenannte *3-Körbe-Methode* bietet sich zur Themen-

Phase	Merkmal	Mögliche Handlungen/Methoden und Ziele	Wechsel- wirkung mit den sieben Elementen
7	Vereinbarun- gen treffen	– Die ausverhandelten Lösungen schriftlich dokumentieren, inklusive Verantwortlichen für bestimmte Aufgaben/Handlungen, Termine, Ausgleichs-/Wiedergutmachungs- wie auch Versöhnungsgesten sowie vereinbarten, deeska- lierenden Reaktionen, wenn die Vereinbarung doch nicht halten sollte (Prävention). Ziele: Sicherheit und Transparenz darüber schaffen, was erreicht wurde. Eine verlässliche Rückgriff- ebene haben, wie die Parteien damit umgehen, wenn sie Vereinbarungen nicht einhalten	Präsenz, Führungs- koalition, Transparenz, Beharrlichkeit und Deeskala- tion, Ausgleich/ Wiedergut- machung

Wenn ein Konflikt nicht angesprochen wurde oder irgendwie »ver-
sandet« ist, können Sie sich auch nach diesen Phasen richten. In diesen Fällen geht es für den Menschen in einer Führungsfunktion oder
-rolle jedoch eher darum, die Konfliktbeteiligten wieder für eine
(nachträgliche) Konfliktbearbeitung zu gewinnen. Das heißt, sich
den Vorfall beziehungsweise den Konflikt nochmals anzuschauen.
Möglicherweise braucht es dafür zunächst erst Ausgleichs-/Wieder-
gutmachungs- wie auch Versöhnungsgesten, um in der eigenen Ver-
letztheit, Unfairness und dem eigenen Leid als Mensch gesehen zu
werden. Grundsätzlich gilt: Je länger ein Konflikt unbearbeitet bleibt,
desto eher steigt das Risiko, dass ein ehemals heißer Konflikt erkaltet.
Kalte Konflikte (siehe Seite 34 ff.) brauchen in der
Regel eine:n qualifizierte:n Dritte:n, um die
Konflikttemperatur bei allen Beteiligten
für die Bearbeitung wieder hilfreich zu
erhöhen.

Die Phase nachträglicher (nichtakuter) Konflikt- bearbeitung können Sie sich kostenfrei downloaden: https://btkb.autoritum.de.

Phase	Merkmal	Mögliche Handlungen/Methoden und Ziele	Wechsel-wirkung mit den sieben Elementen
4	(Konflikt-) Themen identifizieren	– Mit der *3-Körbe-Methode* (siehe Seite 132) die Konfliktbeteiligten ihre individuellen Konfliktpunkte benennen und nach Bedeutung sortieren lassen Ziel: zügige Identifikation der zentralen Konflikt-themen der Beteiligten	Präsenz, Be-harrlichkeit und Deeskalation, Selbstführung, Transparenz
5	Interessen identifizieren	– Mit der Frage »Was ist Ihnen wichtig daran?« die Interessen hinter dem jeweiligen Thema/ der Position herausarbeiten – Ab dieser Phase können Sie sich an dem Ablauf aus »Konflikte wollen verhandelt, nicht entschieden werden« (siehe Seite 51) orientieren Ziele: Das Konfliktfeld und die Hintergründe erhellen, Verständnis zwischen den Beteiligten er-möglichen, festgefahrene Positionen aufweichen.	Präsenz, Be-harrlichkeit und Deeskalation, Selbstführung, Selbstreflexion, Transparenz
6	(Lösungs-) Ideen ent-wickeln und verhandeln	– Eventuell kann es in dieser Phase (oder auch schon früher) hilfreich sein, sich intensiver mit dem Element Ausgleich/Wiedergutmachung auseinanderzusetzen. Denn häufig sind durch destruktiv ausgetragene Konflikte bei Menschen Verletzungen entstanden (auch, wenn dies unbeabsichtigt war). Diese »sozialen Schäden« gilt es u. a. anzuerkennen und »auszugleichen/ wiedergutzumachen«. (Mehr zu diesem Thema im Abschnitt »Verhandlungsprozess«, Seite 143) Ziele: Lösungen gemeinschaftlich entwickeln, die von den Interessen der Beteiligten gedeckt sind. Diese Lösungen miteinander über eine Verhand-lung konkretisieren	Präsenz, Selbstführung, Transparenz, Führungskoali-tion, Ausgleich/ Wiedergut-machung

Tabelle 1: Erklärung der einzelnen Phasen akuter Konfliktbearbeitung

Phase	Merkmal	Mögliche Handlungen/Methoden und Ziele	Wechsel-wirkung mit den sieben Elementen
1a	Selbstwahr-nehmung: zu hohe Erregung, zu starke Affekte	– Körperliche Signale (somatische Marker) ernst nehmen (flache Atmung, Druck in der Brust, Muskelanspannung …) Ziel: Wahrnehmung der Hinweissignale auf zu hohe Emotionalität und nicht hilfreiche Bearbei-tungsenergie	Selbstreflexion, Selbstführung, Präsenz
1b	Selbstwahr-nehmung: zu niedrige Erregung, zu schwache Affekte	– Somatische Marker ernst nehmen (Gedanken-leere, Gleichgültigkeitsgefühl, Erschlaffung von Körper und Gedanken, kaum oder kein Kontakt zum Gegenüber …) Ziel: Wahrnehmung der Hinweissignale auf zu niedrige Emotionalität und damit nicht hilfreiche Bearbeitungsenergie	Selbstreflexion, Selbstführung, Präsenz
2a	Selbst-führung und Verzögerung	– Reduzierung der Emotionalität über körper-orientierte Verfahren (Atmung, Bewegung …) Ziel: Ausstieg aus der inneren Eskalationsspirale in Richtung optimale Erregungszone	Präsenz, De-eskalation und Beharrlichkeit, Selbstführung
2b	Selbst-führung und Erhöhung der inneren Präsenz	– Erhöhung der Emotionalität über körperorien-tierte (Atmung, Bewegung …) oder auch über kognitive Verfahren (innere Dialoge, um sich zu »empören« – Werte triggern). Ziel: Zugang zum eigenen Ärger als Hinweisgeber für Grenzverletzungen und Erhöhung der Emotio-nalität in Richtung optimale Erregungszone	Präsenz, Selbst-führung
3	Widerstand zeigen	– Die Präsenz körperlich zeigen (relative Körper-spannung und Lautstärke der Stimme), lang-samere Bewegungen – Je nach Umfang und Bedeutung ggf. auch Kolleg:innen aus dem Führungskreis mitein-beziehen – als Symbol für den Schulterschluss – Transparent machen, dass die Intervention des Widerstands aus der institutionellen Autoritäts-funktion bzw. -rolle heraus erfolgt (nicht ver-handelbare Legitimation) Ziel: Grenze bzw. Grenzüberschreitung deutlich und ggf. auch lauter aussprechen und dabei ruhig agieren sowie den Raum besetzt halten (körperlich wie auch verbal).	Präsenz, Be-harrlichkeit und Deeskalation, Selbstführung, Führungs-koalition, Transparenz

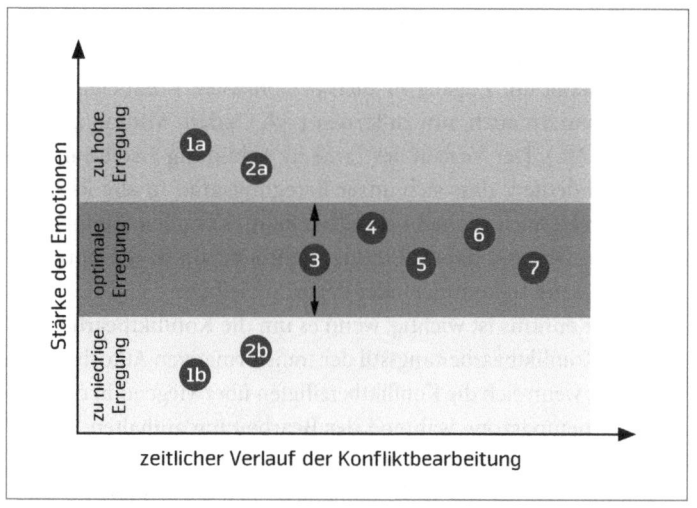

Abbildung 10: Phasenverlauf akuter Konfliktbearbeitung

Bei einem akuten Konflikt geht es darum, dass sich zunächst die Führung selbst aus der zu hohen Erregungszone in die optimale Erregungszone bringt, also die eigene Empörung, den eigenen Ärger zuvorderst bei sich selbst bemerkt und reduziert. Wichtig ist, dass es nicht darum geht, sich nicht mehr zu ärgern oder sich zu empören. Die Intensität dieser Emotionen ist entscheidend. Nicht nur für die Führungskraft, um mit einem kühleren Kopf klug und zielorientiert handeln zu können. Sondern auch, um das Gegenüber nicht durch die eigene zu hohe Erregung auch in die hohe Erregungszone hinein-zuziehen. Denn damit wäre überhaupt nichts gewonnen im Sinne einer konstruktiven Konfliktbearbeitung.

Wenn es der Führungskraft gelungen ist, in der optimalen Erregungszone zu bleiben oder dorthin zu gelangen und über die eigene deeskalierende, angemessen emotionale Verhaltensweise das Gegenüber ebenfalls zur Deeskalation einzuladen, ist sehr wahr-scheinlich der Weg frei für die Konfliktbearbeitung beziehungsweise Verhandlung. Die Erklärung des genauen Ablaufs dieses Konfliktbe-arbeitungsprozesses finden Sie in Tabelle 1.

Zone, die sich bei jedem Menschen anders darstellt, findet die volle Verarbeitung aller Umweltreize statt. Das ist nicht nur die Voraussetzung dafür, um Zugang zu allen persönlichen Kompetenzen zu haben, sondern auch, um zu lernen (vgl. Ogden, Minton u. Pain, 2006, S. 27 ff.). Der Verlauf der Linie in Abbildung 9 soll nur symbolisch andeuten, dass sich unser Erregungsgrad in alle Richtungen, teilweise auch schnell, verändern kann. Vor allem können wir Menschen bewusst darauf Einfluss nehmen, um in die optimale Erregungszone zu kommen oder darin zu bleiben.

Diese Kenntnis ist wichtig, wenn es um die Konfliktbearbeitung mit dem Konfliktbearbeitungsstil der transformativen Autorität geht. Denn nur, wenn sich die Konfliktbeteiligten überwiegend in der optimalen Erregungszone während der Bearbeitung aufhalten, gibt es die Chance für eine nachhaltige Vereinbarung.

Mit den Worten des *Dalai Lama* lässt sich diese Strategie ebenfalls beschreiben: Ärger und Aggressionen erzeugen zwar Energie. Doch diese Energie ist blind. Es braucht einen ruhigen Geist, um Situationen aus unterschiedlichen Blickwinkeln betrachten zu können (vgl. Dalai Lama, 2020).

Zunächst ist das die Hauptaufgabe von Führung: Den Klärungsprozess auf Basis dieser Strategie in die Zone der optimalen Erregung zu führen. Führungskräfte sollten diese Aufgabe aber mit der Zeit an alle anderen abgeben. Denn je mehr Menschen über dieses Wissen (zu der optimalen emotionalen Zone) und die Kompetenz (um in diese zu gelangen) verfügen, desto eher kann jede:r dazu beitragen, in die optimale Erregungszone zu gelangen.

Bei dem folgenden idealtypischen Ablauf habe ich vor Augen, dass eine Führungskraft in einem Konflikt mit einer beziehungsweise einem Mitarbeiter:in gefordert ist, auf eine Grenzverletzung (Verstoß gegen ein nicht verhandelbares Arbeitsprinzip, Entwertung, Beleidigung, rassistische Äußerung …) zu reagieren. Situationen, in denen *sofortiges* Eingreifen gefragt ist, zum Beispiel ein drohender Arbeitsunfall oder körperlicher Angriff, folgen einem anderen, direktiven Ablauf. Dieser lässt sich jedoch in einem Buch wie diesem nicht abbilden, weil es vor allem um die innere und äußere Haltung geht. Falls Sie dazu Bedarf haben, nehmen Sie gerne mit meiner Akademie Kontakt auf (post@autoritum.de).

Phasen akuter Konfliktbearbeitung

Die Phasen des Konfliktbearbeitungsprozesses können Ihnen in Ihrer Führungsaufgabe helfen, sich zu Beginn Sicherheit in der Vorgehensweise zu verschaffen. Nach einer gewissen Zeit wollen Sie sich aber sicherlich davon lösen und Ihren eigenen Weg finden. Denn jeder Konflikt – und die damit beschäftigten Menschen und deren jeweiliges Umfeld – ist anders: Das heißt, passen Sie bitte diesen Ablauf so an, dass er zu Ihnen wie auch dem Kontext passt *und* Sie gleichzeitig die fundamentalen Werte dieser Autoritätshaltung dabei einhalten – insbesondere absolute Gewaltlosigkeit (siehe »Werte«, Seite 81). Sonst ist es vieles, aber nicht die Haltung der transformativen Autorität in der Führung. Vor allem gilt es, dass Sie im akuten Konfliktfall Ihren inneren Stress (Erregungsgrad) regulieren und sich selbst in einen für die Konfliktbearbeitung optimalen emotionalen Zustand bringen.

Das ursprünglich vom amerikanischen Psychiater Daniel Siegel benannte »Window of Tolerance« (Siegel, 1999) beschreibt, dass es eine Zone der optimalen emotionalen Erregung gibt. In dieser

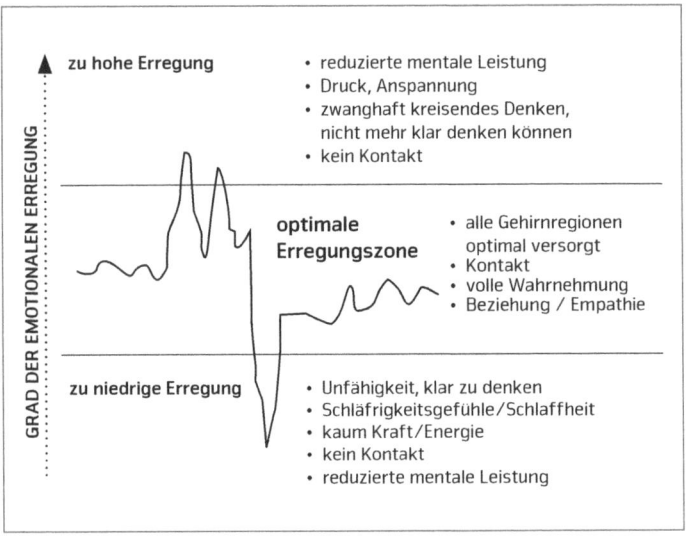

Abbildung 9: Window of Tolerance

zu bleiben, so kann sich nur schwerlich eine destruktive Dynamik aufrechterhalten.

–   Wenn eine Führungskraft im Element *Umgang mit Transparenz* auch als Rollenmodell selbst die eigenen Interessen transparent macht und die Mitarbeiter:innen ebenfalls dazu ermutigt, ist die Gestaltung einer Konsenslösung, mindestens aber eines Kompromisses, viel wahrscheinlicher.

–   Wenn Mitarbeiter:innen wahrnehmen, dass die Führungskraft im Element *Umgang mit Selbstreflexion* auch eigene Anteile an destruktiver Dynamik reflektiert, kann es Mitarbeiter:innen nicht nur leichter fallen, ebenfalls eigene Anteile zu reflektieren und zuzugeben, sondern auch bei der Gestaltung einer konstruktiven Interaktion zu kooperieren.

Den Konfliktbearbeitungsstil der transformativen Autorität bezeichne ich, vor dem Hintergrund der Kriterien des transformativen Ansatzes, auch als die Operationalisierung transformativer Konfliktbearbeitung von Menschen in Autoritätsfunktionen beziehungsweise -rollen in Organisationen.

Er strebt danach, durch die Konfliktbearbeitung und die Integration möglichst vieler oder gar aller Interessen in die Lösungsfindung, von der Ich- in die Wir-Zentrierung zu führen. Abbildung 8 illustriert das.

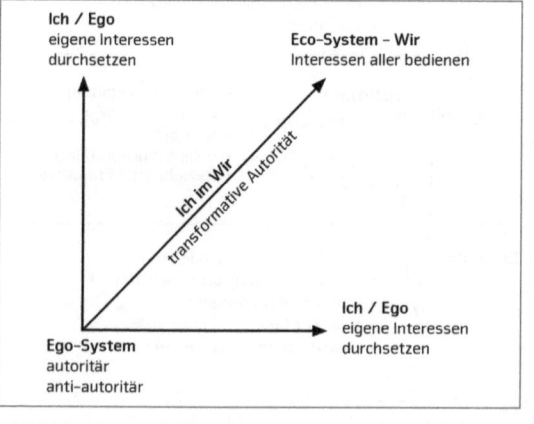

Abbildung 8: Konfliktbearbeitungsstil transformative Autorität

gen. Zukunftsorientierung und Einigung zeigen sich damit auch als Würdekriterien für den Konfliktbearbeitungsstil in diesem Element.

Warum dieser Konfliktbearbeitungsstil ein transformativer ist

Der transformative Ansatz in der Mediation verfolgt das Ziel, miteinander produktiver und konstruktiver zu kommunizieren beziehungsweise zu kooperieren. Das Transformative darin ist, tiefer unter der Oberfläche wirkende destruktive Konfliktdynamiken in Richtung größerer Stärke und Offenheit in Bewegung zu bringen. Nahezu allen destruktiven Konflikten liegen unausgesprochene Annahmen über die andere Partei zugrunde, zum Beispiel: »Der andere will ja nur auf meine Kosten seinen Vorteil erzielen. Das, was der jetzt gewinnt, verliere ich im gleichen Maße. Und wenn ich jetzt nachgebe, nimmt der mich nicht mehr ernst.« Aus diesen ungeprüften Annahmen folgen in der Regel Misstrauen, so gut wie keine Kooperationsbereitschaft, Anklagen und das Ausblenden eigener Anteile. Erst wenn beispielsweise diese Annahmen (vgl. auch den Abschnitt »Dämonische und tragische Sicht auf Konflikte«, Seite 39) an die Oberfläche treten und mit in den Bearbeitungsprozess einfließen, kann sich im Ergebnis konstruktives Konfliktverhalten entfalten (vgl. Folger u. Bush, 2015, S. 277).

Der Konfliktbearbeitungsstil der transformativen Autorität bringt einige positive Effekte mit sich. So trägt er dazu bei, entweder die im Konflikt gestresste Beziehungsebene zu stabilisieren und zu pflegen oder eine gestörte Beziehungsebene wieder zu heilen. Nahezu jedes Element dieser Autoritätsausprägung zielt auf diesen Beziehungsfokus in dem Bestreben, gelingendes und wertschätzendes Zusammenwirken zu gestalten – während der Mensch in einer Autoritätsrolle dabei die Konfliktthemen verhandelt.

Insbesondere die Elemente *Umgang mit Eskalationen, Umgang mit Transparenz* sowie *Umgang mit Selbstreflexion* weisen konkret darauf hin, wie sich destruktive Dynamiken der Interaktion durch den Konfliktbearbeitungsstil der transformativen Autorität *transformieren* lassen:

- Wenn eine Führungskraft im Element *Umgang mit Eskalation* auf die Eskalation verzichtet oder diese unterbricht, mit dem Ziel, gleichwohl in Kontakt und Beziehung zu den Mitarbeiter:innen

Die Grundierung des Konfliktbearbeitungsstils

Warum der Wert Würde als Basis so zentral ist

Der Schutz der Würde ist ein wichtiges Kriterium für eine konstruktive Konfliktbearbeitung. Der Pionier der Mediation, der Philosoph und Theologe Joseph Duss-von Werdt, konkretisiert Würde im Kontext von Konfliktbearbeitung unter anderem mit Begriffen wie Gleichwertigkeit, loslassen, vergeben, zukunftsorientiert, Ausgleich, Einigung (vgl. Duss-von Werdt, 2015, S. 269). Vor diesem Hintergrund ist es sehr interessant, zu betrachten, welche Wechselwirkung *Würde* mit den Elementen der transformativen Führungsautorität aufweist.

Das Element *Nähe-Distanz- und Hierarchierelation* zielt mit einer Gleichwertigkeit der Beteiligten darauf, gemeinsame Lösungen zu erarbeiten, um sich für die Zukunft zu einigen. Die Gleichwertigkeit als ein Aspekt von Würde können wir im Element *Verständnis von Veränderungen* so verstehen, dass alle Beteiligten am Konflikt ihren Beitrag zur Veränderung beizutragen haben. Darüber hinaus hält die Führungskraft beharrlich und einseitig Grenzen ein, wenn nötig, jedoch ohne Mitarbeiter:innen dominieren oder besiegen zu wollen. Gerade der Verzicht auf Dominanz und Sieg repräsentiert das Würdekriterium Gleichwertigkeit. Dieser Konfliktbearbeitungsstil ermöglicht, mit einem Kompromiss oder Konsens zu einer Einigung zu gelangen.

Mit dem Element *Umgang mit Eskalation* strebt die Führungskraft nach aktiver Deeskalation, um in Kontakt und Beziehung zu bleiben. Damit verfolgt die Autoritätsperson das Ziel, gemeinsame, tragfähige Lösungen zu finden. Ihr ist trotz der Eskalation an einer Einigung gelegen, was ebenfalls eine Facette von Würde darstellt.

Bereits die Bezeichnung des Elements *Verständnis von Ausgleich* spiegelt das Würdemerkmal Ausgleich wider. Denn bei diesem Element arbeitet die Führungskraft darauf hin – trotz Ausgleichsforderungen für Schäden oder Verletzungen – Gesten der Wertschätzung und Versöhnung zu zeigen. Das sind zwei weitere relevante Würdekriterien, wenn wir Versöhnung im Assoziationsraum von Vergebung sehen. Das Ziel ist, sich für die Zukunft zu eini-

Die neue Praxis wirksamer Konfliktbearbeitung

In diesem Kapitel entwerfe ich erstmalig den Konfliktbearbeitungsstil der transformativen Autorität für Führungskontexte in Organisationen. Der zentrale Unterschied zu bisherigen Stilen besteht darin, dass er nicht nur rein auf eine hilfreichere Bearbeitung eines konkreten Konflikts durch eine Führungskraft oder -rolle zielt. Sondern darüber hinaus auch danach strebt, die Autoritätsbeziehung hin zu Gewaltlosigkeit, Gleichwertigkeit und Co-Führung wachsen zu lassen. Es könnte sein, dass sich daraufhin in Organisationen eine neue Streitkultur entwickelt, die Interessensgegensätze nicht mehr in den Status eines Konflikts bringt (Stichwort: Gefühl der Handlungseinschränkung). Im besten Fall könnte dies dazu führen, dass Konflikte in der Organisation zum Teil gar nicht erst entstehen und weniger werden, dass Meinungsverschiedenheiten und Streits um Sachthemen erfolgreich von den Beteiligten selbst gelöst werden. Es ist spannend, in den nächsten Jahren zu beobachten (vielleicht auch mit weiteren Forschungsprojekten), wie sich diese Transformation entwickelt.

Ihnen wird während des Lesens wahrscheinlich auffallen, dass einige Modelle, die ich für die Anwendung in der Praxis empfehle, nicht neu sind. Im Übrigen gibt es in der Sozialpsychologie kaum etwas wirklich Neues. In der Hochzeit dieser Wissenschaftsdisziplin im 20. Jahrhundert ist bereits das Wesentliche entwickelt worden. Entweder ist das jedoch bislang belächelt und nicht ernst genommen worden, oder es war sehr vielen Menschen unbekannt. Die Modelle, die ich für Anwendung in Ihrer Praxis empfehle, eint eine zentrale Wurzel mit der transformativen Haltung zu Autorität: der Humanismus. Der Humanismus geht unter anderem davon aus, dass Menschen entwicklungsfähig sind und einander als Vorbilder dienen können (vgl. Abels, 2017, S. 68 ff.).

von Würde zeigt sich in dem Element *Nähe-Distanz- und Hierarchie-relation,* um gemeinsame Lösungen für die Zukunft zu erarbeiten. Im Element *Verständnis von Veränderungen* zeigt sich die Würde-orientierung daran, dass alle Beteiligten am Konflikt ihren Beitrag zur Veränderung beizutragen haben. Dabei bietet dieser Konflikt-bearbeitungsstil die Möglichkeiten an, mit einem Kompromiss oder Konsens eine Einigung zu erzielen. Der Verzicht auf Domi-nanz und Sieg repräsentiert das Würdekriterium Gleichwertigkeit in besonderer Art und Weise. Im Element des *Umgangs mit Eskala-tion* verfolgt die Autoritätsperson das Ziel, gemeinsame, tragfähige Lösungen zu finden.

Ihr ist trotz der Eskalation an einer Einigung gelegen, was eben-falls ein Würdekriterium darstellt. In der Bezeichnung des Elements der Autoritätsausprägung *Verständnis von Ausgleich* ist bereits das Würdekriterium »Ausgleich« enthalten. Denn bei diesem Element strebt die Führungskraft danach, trotz Ausgleichsforderungen Ges-ten der Wertschätzung und Versöhnung zu zeigen, auch und gerade für die Zukunft. Zukunftsorientierung und Einigung stellen eben-falls Würdekriterien dar.

Aus der transformativen Perspektive zeichnet sich der Konfliktbe-arbeitungsstil dieser Autoritätshaltung dadurch aus, entweder die im Konflikt gestresste Beziehungsebene zu stabilisieren und zu pflegen oder eine gestörte Beziehungsebene wieder zu heilen. Nahezu jedes Element dieser Autoritätshaltung zielt auf diesen Beziehungsfokus in dem Bestreben, gelingende und wertschätzende Interaktion zu gestalten – während die Autoritätsperson gleichzeitig die Konflikt-themen verhandelt.

Die Transformation beruht bei diesem Konfliktbearbeitungsstil darauf, destruktive Dynamiken der Konfliktinteraktion in einen Zustand größerer Stärke und Offenheit zu bewegen – für die kon-struktive Bearbeitung von Konflikten. Konzeptionell deckt sich das mit den Arbeiten der Begründer der neuen Autorität. Denn Omer und von Schlippe haben den gewaltfreien Widerstand von Ghandi und Luther King aus dem Politischen mit ihrem Konzept verwoben (vgl. Omer u. von Schlippe, 2010, S. 259 f.): »[…] die frühere Situ-ation [wird] nicht mehr so sein, wie sie einmal war – und auch Sie werden sich verändert haben« (Omer u. von Schlippe, 2010, S. 260).

dazu führen, dass Mitarbeiter:innen die Beziehungsebene zu den Autoritätspersonen trotz der angespannten Situation als sicher wahrnehmen. Das wirkt wiederum stressreduzierend und trägt zur Deeskalation bei. Sehr wahrscheinlich ist das ein Beitrag zur Erhöhung der Kooperationsbereitschaft bei den Mitarbeiter:innen.

- Dies ist die Basis, um die Belange aller Beteiligten auf den Tisch zu bringen und im Sinne einer Konsenssuche eine bestmögliche Lösung für alle zu erarbeiten.
- Da bei Fehlern eine eindimensionale Zuordnung von Verantwortung häufig schwierig ist, können die Führungskräfte auch das Ziel verfolgen, einen Kompromiss zu finden, sodass die Verantwortung für den Ausgleich auf alle Beteiligten verteilt wird.
- Wenn es um materielle Schäden geht, die es auszugleichen gilt, können die Führungskräfte auch externe Sachverständige hinzuziehen. Diese bewerten zum Beispiel in der Rolle eines Gutachters beziehungsweise einer Gutachterin den Schaden. Wenn es sich ausschließlich um sogenannte soziale Schäden handelt, wie beispielsweise die Verletzung der Würde, ist eher ein:e Mediator:in ein:e geeignetere:r Sachverständige:r, die oder der dann die Konfliktbearbeitung anleitet.

7. Umgang mit Selbstreflexion

- Führungskräfte mit einer transformativen, horizontalen Ausprägung von Autorität reflektieren auch ihre eigenen Anteile an der Führungsbeziehung, insbesondere in Konflikten.
- Dies trägt dazu bei, dass Mitarbeiter:innen nicht einseitig die komplette Verantwortung für den Konflikt tragen.
- Im Sinne des Konsenses ist die Autoritätsperson bestrebt, die Belange aller Beteiligten auf den Tisch zu bringen, um für alle eine gemeinsame Lösung zu erarbeiten und die Thematik bestmöglich zu lösen.

Meine Bewertung dieses Konfliktbearbeitungsstils:

Der *Konfliktbearbeitungsstil der transformativen Autorität* ist deutlich geprägt durch Würdeaspekte. Gleichwertigkeit als ein Kriterium

ren Seite entstehen zu lassen und um Vertrauen (wieder) aufzubauen.

- So wird eine Autoritätsperson bei dem Versuch, einen Kompromiss zu verhandeln oder die Belange aller Beteiligten auf den Tisch zu bringen, nicht nur selbst als Rollenmodell Transparenz vorleben. Sondern sie ermutigt Mitarbeiter:innen beziehungsweise lädt sie ein, ihre Motive, Sorgen oder Wünsche transparent zu machen.
- Die wechselseitige Nachvollziehbarkeit von Interessen erhöht im ersten Schritt die Wahrscheinlichkeit, auf allen Seiten Verständnis zu erzeugen. Darauf aufbauend erarbeiten Führungskräfte im zweiten Schritt nachhaltige Lösungen.
- Doch nicht nur im Fall der akuten Konfliktbearbeitung kann Transparenz hilfreich sein. Wenn Autoritätspersonen die Hintergründe ihrer Entscheidungen transparent machen, kann dies zu einer Deeskalation bei Mitarbeiter:innen beitragen. Denn diese folgt möglicherweise aus der Erkenntnis, dass es bei der Entscheidung nicht um Willkür ging, sondern um einen Beitrag zur Verfolgung gemeinsamer Ziele.
- Denkbar ist es auch, dass Führungskräfte sich Unterstützung von Sachverständigen einholen. Deren Aufgabe, beispielsweise als Mediator:innen, könnte es sein, die Vorgehensweise der Konfliktbearbeitung transparent zu machen oder auch die Konfliktthemen zu erhellen. Die Schaffung von Transparenz wird in diesem Sinne an externe Sachverständige delegiert.

6. Verständnis von Ausgleich

- Bei diesem Element ist der Konfliktbearbeitungsstil von Führungskräften von dem Ziel geprägt, dass Mitarbeiter:innen ihre verursachten Fehler korrigieren beziehungsweise Schäden, die durch die Fehler entstanden sind, ausgleichen (materiell und/ oder sozial).
- Um die Beziehungsebene zu Mitarbeiter:innen zu stärken, zeigen Autoritätspersonen trotz der Benennung des Fehlers und der möglichen Forderung auf Ausgleich des Schadens Gesten der Wertschätzung und Versöhnung. Diese Doppelstrategie kann

tragfähige Lösungen zu finden. Durch verzögertes Handeln erhalten Führungskräfte Zeit, umsichtige Lösungen für die Belange aller betroffenen Menschen gemeinsam mit diesen zu erarbeiten.

– Eine umsichtige Lösung kann auch bedeuten, eine:n externe:n Sachverständige:n, wie beispielsweise eine:n Mediator:in, für die Konfliktbearbeitung hinzuzuziehen.

– Durch die Erarbeitung von Lösungsalternativen steigen für alle Beteiligten die Wahlmöglichkeiten, der Stress sinkt und die Wahrscheinlichkeit steigt, einen Konsens zu erzielen.

4. Vereinzelung und Vernetzung

– Im Kern beruht das transformative Verständnis von Autorität auf Verbundenheit und Vernetzung. Diese Haltung ist hilfreich, um gemeinsame Lösungen für den Konflikt zu entwickeln.

– Das kann in Form von Konsens geschehen, indem Führungskräfte für eine bestmögliche Lösung der Thematik die Belange aller Beteiligten auf den Tisch bringen oder indem sie mit allen Beteiligten verhandeln, um einen Kompromiss zu erzielen.

– Wenn Autoritätspersonen sich in einem Netzwerk als Führungskoalition verstehen und sich dabei wechselseitig unterstützen, muss der Konflikt nicht allein bewältigt werden.

– Wahrscheinlich reduziert das den Stress. Führungskräften kann es dadurch leichter fallen, konstruktive Gespräche zu führen oder auch bestimmte Werte und Ziele gegenüber Mitarbeiter:innen zu vertreten oder gar einzufordern.

– Die Vernetzung bietet die Chance, dass Führungskräfte sich im Rahmen ihrer Führungskoalition Unterstützung (fachlich, methodisch, emotional) von anderen Führungskräften einholen, um den Konflikt zu bearbeiten. So gesehen ist das Einbeziehen von Sachverständigen zu diesem Element nicht nur auf externe Mediator:innen beschränkt.

5. Umgang mit Transparenz

– Transparenz ist bei der Konfliktbearbeitung entscheidend, um Verständnis für die Position oder Interessen der jeweils ande-

die unterschiedlichen Faktoren der Beziehungsdimension zu klären, sodass sich eine neu verhandelte Nähe-Distanz-Regelung ergibt.

2. Verständnis von Veränderungen

- Da sich im Verständnis der horizontalen Autorität nicht allein nur der oder die Mitarbeiter:in beziehungsweise Kolleg:in zu verändern hat, um den Konflikt zu lösen, akzeptieren Führungskräfte auch mögliche eigene Anteile an den Konfliktursachen und deren Bearbeitung oder Lösung. Diese Grundhaltung drückt sich in der Suche nach einer gemeinsamen Lösung aus.
- Je nach Thema sind die Führungskräfte bestrebt, möglichst die Belange und Interessen aller Beteiligten auf den Tisch zu bringen, um den Konflikt konstruktiv zu bearbeiten. Ist eine echte Konfliktlösung nicht möglich, arbeitet die Autoritätsperson daran, einen Kompromiss zu verhandeln.
- In Verbindung mit dem Element *Vereinzelung und Vernetzung* in der transformativen Autorität ist es ebenfalls denkbar, dass sich Führungskräfte im Rahmen ihrer Führungskoalition Unterstützung für die Konfliktbearbeitung holen. Beispielsweise durch eine Moderation einer Kollegin oder eines Kollegen beziehungsweise durch Einzelgespräche mit einer anderen Führungskraft, die mit den im Konflikt befindlichen Mitarbeiter:innen in einem besonderen Vertrauensverhältnis steht.
- Das Ziel eines Einzelgesprächs wäre es, das Vertrauensverhältnis zu nutzen, um beispielsweise die Kooperationsbereitschaft oder die Selbstreflexion anzuregen. Die aktive und wohlwollende Nutzung der Führungskoalition ist in dieser Autoritätsausprägung von Vorteil.

3. Umgang mit Eskalationen

- Führungskräfte mit einer transformativen Haltung von Autorität versuchen im Konfliktfall, eine Eskalation zu vermeiden.
- Vielmehr verfolgen die Autoritätspersonen mit der Deeskalation das Ziel, in Kontakt und Beziehung zu bleiben, um gemeinsame,

Konfliktbearbeitungsstil transformative Autorität

Sie können den Konfliktbearbeitungsstil der transformativen Haltung zu Führungsautorität tendenziell an diesen Ausprägungen erkennen:

1. Nähe-Distanz- und Hierarchierelation in der Beziehung

–   Da die transformative Autorität grundsätzlich durch ein heterarchisches Hierarchieverständnis geprägt ist, welches – unabhängig von ihren Funktionen und Rollen – auf der Gleichwertigkeit von Menschen beruht, sind Führungskräfte mit diesem Konfliktbearbeitungsstil bestrebt, eine gemeinsame Lösung zu erarbeiten.
–   Indem die Autoritätsperson versucht, die Belange aller Personen auf den Tisch zu bringen, um die Thematik bestmöglich zu lösen, bleibt sie trotz Gleichwertigkeit in Führung. Das bedeutet im Vorgehen, alle für dieses Konfliktthema relevanten Interessen in Verbindung zu bringen: die des Unternehmens, der Führungskraft selbst wie auch der Kolleg:innen beziehungsweise Mitarbeiter:innen.
–   Führungskräfte mit transformativer Autoritätshaltung führen eher über Nähe beziehungsweise Nahbarkeit. Dadurch entsteht meist mehr Beziehungssicherheit, weil die Mitarbeiter:innen die Führungshandlungen – nicht nur im Konflikt – leichter einschätzen können. Dies minimiert den Stress aller Beteiligten, was es für sie leichter macht, konfliktäre Themen anzusprechen und zu bearbeiten.
–   In manchen Fällen kann es jedoch auch fraglich sein, ob Führungskräfte überhaupt selbst den Konflikt bearbeiten können. Denn gerade durch die Näheorientierung von Führungskräften kann eine Bearbeitung des Konflikts durch sie selbst nicht oder nur eingeschränkt möglich sein. Es fehlt in diesem Fall die relative Distanz, um einerseits die Funktions- oder Rollenfaktoren von den persönlichen Beziehungsfaktoren als Mensch zu unterscheiden.
–   Dann kann es hilfreich sein, eine:n Sachverständige:n (zum Beispiel ein:en Supervisor:in oder Mediator:in) zu beauftragen, um

7. Umgang mit Selbstreflexion

– Da zu diesem Element der antiautoritären Autoritätshaltung bislang noch keine Quellen existieren, lässt sich nur vermuten, dass Selbstreflexion der Autoritätsperson zu ihrem Konfliktbearbeitungsstil nicht stattfindet oder sie diesen leugnet. Denn wenn Führungskräfte durch die Selbstreflexion erkennen würden, dass sie mit dem antiautoritären Konfliktbearbeitungsstil ihre Führungsverantwortung nicht wahrnehmen und vermutlich sogar komplementäre wie auch symmetrische Konflikte in der Organisation fördern, könnte diese Erkenntnis möglicherweise zu Veränderung führen.

– Für nicht wenige Menschen sind intensive persönliche Veränderungen unter anderem mit Ängsten wie auch weiteren Konflikten im eigenen sozialen Umfeld verbunden. Mit der Leugnung eigener Anteile ließe sich auch diese kognitive Dissonanz vermeiden.

Meine Bewertung dieses Konfliktbearbeitungsstils:

Der *Konfliktbearbeitungsstil der antiautoritären Haltung von Autorität* ist eher geprägt davon, dass es Autoritätspersonen im Konflikt mit Mitarbeiter:innen schwerfällt, Ärger zu fühlen und zu zeigen, aus Angst, den anderen zu kränken. Oder dass sie unfähig sind, sich gegenüber Mitarbeiter:innen zu behaupten. Ebenfalls scheint es, dass Führungskräfte mit diesem Stil so tun, als ob es keine Auseinandersetzung gäbe, sie sich hilflos fühlen beziehungsweise die eigenen Wünsche hintanstellen, um dem Konflikt aus dem Weg zu gehen.

Nicht nur, dass damit eine Autoritätsperson sehr wahrscheinlich für diese Führungsaufgabe ungeeignet ist. Dieser Konfliktbearbeitungsstil ist weit entfernt von einer würdevollen Art und Weise des Umgangs mit Konflikten.

Er führt in der Regel zu komplementärer Eskalation, die möglicherweise am Ende des Übergangs in eine symmetrische Eskalation zwischen Führungskräften und Mitarbeiter:innen mündet. Komplementäre wie auch symmetrische Eskalationen sind aber das Gegenteil von transformativer Konfliktbearbeitung.

5. Umgang mit Transparenz

- Die durch mangelnde Transparenz und fehlende Arbeitsorganisation auftretenden Doppelarbeiten sowie unklaren Grenzen führen sehr wahrscheinlich zu Frust bei Mitarbeiter:innen. Die Quelle dieses Ärgers lässt sich auf die ungenügende oder fehlende Übernahme von Führungsaufgaben der Autoritätsperson zurückverfolgen.
- Für Mitarbeiter:innen kann das wie eine Leugnung der Führungsaufgabe wirken. Auseinandersetzungen zu diesen Themen werden die Führungskräfte in dieser Autoritätsausprägung vermutlich vermeiden. Und wenn es doch einmal zu Auseinandersetzungen kommt, wird der Konfliktstil eher nachgebend, unterwürfig sein.
- Auch hier droht eine komplementäre Eskalationsdynamik, in der die Autoritätsperson zu selbstunsicher erlebt wird.

6. Verständnis von Ausgleich

- Da in diesem Konfliktbearbeitungsstil Autoritätspersonen nahezu keine Forderungen nach Veränderungen an Mitarbeiter:innen stellen oder den Forderungen nicht nachgegangen wird, kann der Effekt entstehen, dass Führungskräfte als zu nachgiebig wahrgenommen werden.
- Die Forderungen nach Veränderungen beziehen sich hierbei auf die zukünftige Vermeidung von Fehlern durch Mitarbeiter:innen oder auf den materiellen und/oder sozialen Ausgleich von Schäden.
- Möglicherweise leugnen Führungskräfte auch die Notwendigkeit eines Ausgleichs, um ihre kognitive Dissonanz zu bewältigen: einerseits zu wissen, dass es eine Aufgabe ihrer Führungsfunktion ist, für Schadensausgleich zu sorgen – und andererseits zu spüren, dass sie sich zu unsicher oder gar zu unterwürfig verhalten, um diese Verhandlung oder Auseinandersetzung mit Mitarbeiter:innen zu führen.

metrischer Eskalation statt. Denn dann kippt die komplementäre Eskalationsdynamik in eine symmetrische: Führungskräfte werden dann zunehmend von ihrer eigenen Nachgiebigkeit frustrierter, hilfloser und wütender (vgl. Omer u. von Schlippe, 2010, S. 31 f.). Sie schlagen dann »drauf« und wechseln damit eher in den Konfliktstil der autoritären Autorität: »Wer für die sanfte Art [der Konfliktbearbeitung, Anm. des Autors] ist, wird mit einiger Sicherheit zu heftigen Ausbrüchen provoziert« (vgl. Omer u. von Schlippe, 2010, S. 32).

- Obwohl es paradox erscheint, ist auch der Weg von symmetrischer in komplementäre Eskalation denkbar: »Die Unterstützer der harten Vorgehensweise [in Konflikten, Anm. des Autors] fliehen schließlich voller Panik in die Unterwerfung«, wenn Mitarbeitende sich nicht unterwerfen und in Gegeneskalation bleiben. In diesem Fall findet (temporär) ein Tausch der Führungsrolle statt (vgl. Omer u. von Schlippe, 2010, S. 32).

4. Vereinzelung und Vernetzung

- Auch bei diesem Element ist es wahrscheinlich, dass sich eine komplementäre Eskalation entwickelt, die durch das konfliktvermeidende oder gar -leugnende Verhalten der Führungskräfte geprägt ist.
- Verstärkt wird das vermutlich auch noch durch das Gefühl der Mitarbeiter:innen, alleingelassen zu werden, welches sich in Ärger oder Aggression widerspiegelt.
- Auf mögliche Forderungen von Mitarbeiter:innen, für Gemeinsamkeiten oder Vernetzung zu sorgen, reagiert die sich entziehende Autoritätsperson tendenziell vermeidend beziehungsweise leugnend oder übernimmt selbst die anstehenden Aufgaben. Das wird wiederum von etlichen Mitarbeiter:innen als zu ausnutzbar oder nachgiebig wahrgenommen.
- Wenn ein ganzes Organisationssystem eine sich entziehende Konfliktkultur aufweist, ist auch die Führungsebene in sich fragmentiert oder sogar vereinzelt. Das kann bei etlichen Führungskräften die gleichen Gefühle auslösen, die auch bei Mitarbeiter:innen entstehen, wenn Vernetzung fehlt.

2. Verständnis von Veränderungen

- Dadurch, dass Führungskräfte eher nicht darauf achten, dass Mitarbeiter:innen Aufgaben erledigen oder bei Gegenforderungen schnell nachgeben beziehungsweise gar selbst die Aufgaben übernehmen, kann dieses Führungsverhalten auf Mitarbeiter:innen schnell als zu unterwürfig oder auch als zu nachgiebig wirken.
- Eine notwendige, vielleicht sogar konfliktäre Auseinandersetzung über die wechselseitigen Erwartungen an die Rolle der Mitarbeiter:innen wie auch an die der Führungskräfte vermeidet die Autoritätsperson dadurch.
- In der Summe kommt dies einer Leugnung der Führungsaufgabe und damit auch der Verantwortung gleich.

3. Umgang mit Eskalationen

- Wie schon bei dem Element *Nähe-Distanz- und Hierarchierelation in der Beziehung* erkennbar, ist der Konfliktbearbeitungsstil dieser Autoritätshaltung von Vermeidung oder Nachgiebigkeit gekennzeichnet. Diese Dynamiken lassen sich gut mit komplementärer Eskalation erklären, in Unterscheidung zu symmetrischer Eskalation, die das wechselseitige Aufschaukeln von Aggression beschreibt (vgl. Omer u. von Schlippe, 2010, S. 31 f.).
- Wenn Führungskräfte nicht »Nein« sagen können, führt das häufig bei Mitarbeiter:innen dazu, dass sie die Grenzen immer weiter austesten – sehr wahrscheinlich, um die Gefühle von Chaos und Orientierungslosigkeit oder von Frustration zu beseitigen und weil sie die Führungskräfte vermutlich als zu selbstunsicher oder zu ausnutzbar erleben. Provokationen scheinen dann geeignete Mittel für den Grenzentest.
- Die Eskalation wird hier nicht von Führungskräften aktiv getrieben, wie in der autoritären Ausprägung, sondern eher zunächst einseitig von Mitarbeiter:innen.
- Wenn sich Autoritätspersonen überhaupt diesen Provokationen oder Grenzverletzungen widersetzen, findet das meist erst gegen Ende des Übergangs von komplementärer zu sym-

Konfliktbearbeitungsstil antiautoritäre Autorität

Sie können den Konfliktbearbeitungsstil der antiautoritären Haltung zu Führungsautorität tendenziell an diesen Ausprägungen erkennen:

1. Nähe-Distanz- und Hierarchierelation in der Beziehung

- Führungskräfte in dieser Autoritätshaltung lehnen es häufig ab, Regeln zu setzen oder die Einhaltung von Regeln zu kontrollieren. Zusätzlich überlassen sie Mitarbeiter:innen auch sich selbst. So kann für einen symmetrischen Konflikt (das wechselseitige Aufschaukeln von Aggression, vgl. Omer u. von Schlippe, 2010, S. 31 f.) kaum eine notwendige Gegenposition entstehen.
- Mitarbeiter:innen erleben Führungskräfte damit als zu nachgiebig und sind in der Folge ohne Orientierung, in welcher Beziehung die Autoritätsperson zu ihnen steht. Faktisch leugnen Führungskräfte damit nicht nur ihre Funktion, sondern auch ihre Verantwortung für die Gesamtorganisation. Dies kann bei vielen Menschen zu regressivem Verhalten führen, was nicht selten in symmetrische Konflikte untereinander und in komplementäre Konflikte mit Führungskräften mündet.
- Komplementäre Eskalation ist gekennzeichnet von zunehmenden Forderungen oder sogar Provokationen von Mitarbeiter:innen, um überhaupt einen Widerstand, eine Gegenposition zu erhalten – insbesondere dann, wenn sie die Autoritätsperson als zu unsicher oder gar unterwürfig wahrnehmen.
- Auch kann es vorkommen, dass Führungskräfte überhaupt nicht in Kontakt und Beziehung zu Mitarbeiter:innen sind – sie sind schlicht abwesend beziehungsweise nicht greifbar für die Konfliktaustragung.
- Das stört die Kommunikation, die aber für Konfliktbearbeitung notwendig ist, wodurch in diesem Fall die Bearbeitung von Konflikten sehr erschwert oder gar unmöglich wird.

- So kann es Vorgesetzten in Konflikten leichter fallen, Schuld oder Fehler bei Untergebenen zu suchen, da der Fokus ihrer Aufmerksamkeit vorwiegend nach außen gerichtet ist.
- Den Konfliktbearbeitungsstil durch Delegation könnte mensch auch als externalisierte, materialisierte Leugnungs- oder auch Vermeidungsstrategie (von Konflikten) skizzieren. Denn wenn es Vorgesetzten gelingt, Sachverständige für die Bearbeitung des Konflikts zu gewinnen (meist wohl eher unbewusst), die selbst einen sogenannten *blinden Fleck* in der Reflexion ihrer Persönlichkeit oder auch ihrer Beratungsleistung aufweisen, so bleibt die Mitverantwortung für eigene Anteile an dem Konflikt unbeachtet.

Meine Bewertung dieses Konfliktbearbeitungsstils

Der *Konfliktbearbeitungsstil der autoritären Haltung von Autorität* ist eher geprägt davon, dass Führungskräfte – diesem Verständnis nach handelt es sich eher um *Vorgesetzte* – ihre Ziele dominant verfolgen und durchsetzen. Damit wirkt dieser Konfliktbearbeitungsstil streitsüchtig sowie konkurrenzbasiert. Die Dysfunktionalität dieses Konfliktbearbeitungsstils für eine konstruktive Konfliktbearbeitung bringt eine Itembeschreibung des »Inventars zur Erfassung interpersonaler Probleme« treffend auf den Punkt: »Unfähigkeit, großzügig zu sein, mit anderen auszukommen und anderen zu vergeben« (siehe Kapitel »Konfliktbearbeitungsstile«, Seite 100). Von Gleichwertigkeit, Einigung oder Vergebung ist dieser Konfliktbearbeitungsstil weit entfernt, was sehr wahrscheinlich kontinuierlich die Würde von »Untergebenen«, früher oder später aber auch von Vorgesetzten, verletzt.

Die in den meisten Konflikten bereits vorherrschende destruktive Dynamik in der Interaktion wird durch Vorgesetzte mit einem Konfliktbearbeitungsstil autoritärer Haltung eher aufrechterhalten. Daraus kann sich kein konstruktives Miteinander entwickeln, das für eine transformative Konfliktbearbeitung nötig ist.

ein Konkurrenzverhältnis zwischen Autoritätspersonen in der Hierarchie gibt.

– Transparenz ist in diesem Verständnis bedrohlich, wenn die Fehler eines oder einer einzelnen Vorgesetzten für das berufliche Fortkommen eines oder einer anderen genutzt werden können. Es gibt somit gute Gründe, Auseinandersetzungen zu vermeiden oder gar zu leugnen.

6. Verständnis von Ausgleich

– Im autoritären Verständnis von Autorität versuchen Vorgesetzte zunächst, durch Beschuldigung, Beschämung und Sanktionierung Untergebene für Fehler oder Schäden zu bestrafen – nicht selten mit unangemessener Offenheit und interner Öffentlichkeit.

– Strafen erfüllen in einer autoritären Logik zwei Funktionen: Sie sollen unangenehm sein und deutlich machen, dass sich Untergebene Autoritätspersonen zu unterwerfen haben. Durch die Akzeptanz der Strafe soll der Ausgleich erfolgen.

– Durch diese Logik ist es Vorgesetzten nahezu unmöglich, großzügig über Fehler hinwegzusehen oder Untergebenen zu vergeben.

– Daher ist vermutlich bei vielen Vorgesetzten das Misstrauen und der Argwohn hoch, ob die Akzeptanz der Strafe durch Untergebene wirklich ernst gemeint ist.

– Autoritätspersonen, die bereits öfter die Erfahrung gemacht haben, dass Untergebene die Schuld nicht (vollständig) akzeptieren, könnten eher geneigt sein, einen Kompromiss in diesem Konflikt anzustreben – um mindestens einen Teil ihrer Autoritätsfunktion zu wahren.

7. Umgang mit Selbstreflexion

– Der Umgang mit Selbstreflexion ist für die meisten Autoritätspersonen bei Problemen mit Untergebenen eher irrelevant. Eigene Anteile an der Führungsbeziehung lassen sich vor diesem Hintergrund so kaum erkennen.

dürfnisse der Mitarbeiter verbergen, können Vorgesetzte mit autoritärem Konfliktbearbeitungsstil eher nicht wahrnehmen.
- Sie sind so mit der Durchsetzung ihrer eigenen Ziele beschäftigt, dass sie sich nicht um die Bedürfnisse anderer kümmern können oder wollen.

4. Vereinzelung und Vernetzung

- Vorgesetzte mit einer autoritären Haltung zu Autorität haben ein Interesse daran, dass ihre Untergebenen keine Koalition gegen sie bilden. Daher führt häufig das Verhalten, ihre eigenen Interessen durchzusetzen, ohne dabei auch die Interessen oder gar Bedürfnisse anderer wahrzunehmen, zu Spaltung und Vereinzelung.
- Das wird unterstützt beziehungsweise verstärkt durch strukturelle Konkurrenzsituationen, in denen sich Vorgesetzte befinden, wenn es um die Verteilung von Ressourcen, Budgets, Räumlichkeiten u. Ä. geht: Jede:r kämpft für seinen beziehungsweise ihren Bereich.
- So entsteht eine Arbeitsatmosphäre, die von *Misstrauen* und *Argwohn* geprägt ist.
- Nicht selten ist zu beobachten, dass Konflikte, die sich aus diesen (strukturellen) Konkurrenzsituationen ergeben, von Vorgesetzten negiert beziehungsweise geleugnet werden. Oder die Bearbeitung von (solchen) Konflikten wird von den Vorgesetzten an externe Sachverständige, wie Mediator:innen oder Coaches, delegiert.

5. Umgang mit Transparenz

- Intransparenz nutzt Vorgesetzten mit einer autoritären Autoritätshaltung, um Auseinandersetzungen zu vermeiden oder zu negieren. Denn Transparenz würde bedeuten, dass die Autoritätsperson sich legitimieren müsste – für die Existenz der Funktion oder Rolle beziehungsweise für Entscheidungen.
- Auch Fehler von Vorgesetzten beziehungsweise Fehler, die in seinem beziehungsweise ihrem Bereich entstehen, bleiben durch Intransparenz verdeckt. Besonders relevant könnte die Leugnung oder Vermeidung von Fehlern sein, wenn es in der Organisation

- Auch nutzen Vorgesetzte ihre Autoritätsfunktion, um Entscheidungen zu ihren Gunsten herbeizuführen.
- Auf der anderen Seite kommt es vor, dass Führungskräfte mit einem autoritären Konfliktbearbeitungsstil Konflikte vermeiden oder leugnen. In diesen Fällen wollen sie vermeiden, dass die Beziehungsrelation beziehungsweise das Herrschaftsverhältnis überhaupt zum Thema wird. Denn wenn ein Thema nicht zum Konfliktthema wird, kann sich daraus nur schwerlich eine Veränderung ergeben.
- Um die Hemmschwelle für Untergebene (unbewusst) zu erhöhen, mit Vorgesetzten in Konflikt zu gehen, bauen diese eine Distanz zu ihren Untergebenen auf. Abweisendes beziehungsweise kühles Verhalten verstärkt diesen Effekt zusätzlich.

2. Verständnis von Veränderungen

- Die autoritäre Haltung von Autorität geht davon aus, dass Untergebene sich zu verändern haben.
- Vorgesetzte nutzen die Dominanz ihrer Autoritätsfunktion, um die Ziele des Unternehmens und/oder ihre eigenen Ziele durchzusetzen.
- Dazu setzen Autoritätspersonen unter anderem Kontrolle und die Manipulation anderer ein.
- Vorgesetzte geraten schnell unter Handlungsdruck, wenn Untergebene Anweisungen nicht befolgen – sie haben Sorge vor Autoritätsverlust. Darauf reagieren sie häufig mit aggressivem Verhalten.

3. Umgang mit Eskalationen

- Wenn auf abweichendes Verhalten von Untergebenen nicht schnell eine vergeltende Reaktion der Autoritätsperson erfolgt, könnte das von Untergebenen als Schwäche ausgelegt werden – so der Argwohn von Vorgesetzten. Daher reagieren sie oft aggressiv und treiben die Eskalation.
- Ob sich hinter abweichendem Verhalten von Untergebenen und daraus entstehender Eskalation möglicherweise unerfüllte Be-

Konfliktbearbeitungsstile von Autoritätsausprägungen

In diesem Kapitel arbeite ich erstmalig den spezifischen Konfliktbearbeitungsstil jeder Autoritätshaltung aus. Dafür verbinde ich die Haltungen von Autorität aus Kapitel »Basiswissen Autorität« (Seite 58) mit den Konfliktstilinventaren aus Kapitel »Konfliktbearbeitungsstile« (Seite 100). Hierdurch wird sichtbar, wie sich Menschen mit einer der drei Autoritätshaltungen in einer Autoritätsrolle tendenziell im Konflikt verhalten. Da diese Ausarbeitung selbst nicht auf einer empirischen, sondern auf einer theoriebasierten wissenschaftlichen Arbeit beruht, stellen diese Konfliktbearbeitungsstile zunächst Hypothesen dar. Im Rahmen meiner Forschung arbeite ich an diesem Themenkomplex empirisch weiter. Wie ich die Autoritätshaltungen mit den Konfliktstilinventaren systematisch untersucht habe, finden Sie in den Tabellen im Anhang ab Seite 164. In dem jetzt folgenden Teil beschreibe ich je charakterisierendem Element einer Autoritätshaltung eher typisches Konfliktverhalten von Führungskräften.

Konfliktbearbeitungsstil autoritäre Autorität

Sie können den Konfliktbearbeitungsstil der autoritären Haltung zu Führungsautorität tendenziell an diesen Ausprägungen erkennen:

1. Nähe-Distanz- und Hierarchierelation in der Beziehung

- Die autoritäre Haltung von Autorität baut auf die Über- und Unterordnung in der Hierarchie. Jedes Infragestellen dieser Beziehungsrelation wird durch die Autoritätsperson als Angriff beziehungsweise Eskalation (auf die *autokratische* Herrschaftsfunktion) verstanden.

Die acht Konfliktlösestile (Kolodej et al., 2011, S. 25):

1. Dominanz   ... Ich nutzte meine Autorität, um eine Entscheidung zu meinen Gunsten herbeizuführen.

2. Kompromiss ... Ich verhandelte, um einen Kompromiss zu erreichen.

3. Konsens   ... Ich versuchte, die Belange aller Personen auf den Tisch zu bringen, um eine Thematik bestmöglich zu lösen.

4. Vermeiden ... Ich versuchte, Auseinandersetzungen mit den anderen zu vermeiden.

5. Nachgeben ... Ich stellte meine Wünsche hinten an, um dem Konflikt aus dem Weg zu gehen.

6. Dulden   ... Ich fühlte mich hilflos.

7. Leugnen   ... Ich tat so, als ob es keine Auseinandersetzung gäbe.

8. Delegation ... Es fiel mir leicht, externe Sachverständige für einen bestehenden Konflikt zu bemühen.

langfristige Verpflichtungen einzugehen; Unfähigkeit, großzügig zu sein, mit anderen auszukommen und anderen zu vergeben.

zu introvertiert/sozial vermeidend

… Bedeutet: Personen fühlen sich ängstlich und verlegen in der Gegenwart anderer und haben Schwierigkeiten, soziale Interaktionen einzuleiten, Empfindungen auszudrücken und gesellschaftlich mit anderen zu verkehren.

zu selbstunsicher/unterwürfig

… Bedeutet: Menschen haben Schwierigkeiten, eigene Bedürfnisse zum Ausdruck zu bringen; Unbehagen in autoritären Rollen; Unfähigkeit, sich zu behaupten.

zu ausnutzbar/nachgiebig

… Bedeutet: Menschen haben Schwierigkeiten, Ärger zu fühlen und zu zeigen, aus Angst, andere zu kränken; Personen beschreiben sich als leichtgläubig und lassen sich leicht ausnutzen.

zu fürsorglich/freundlich

… Bedeutet: Personen ist es sehr wichtig, anderen zu gefallen, sie sind zu großzügig, vertrauensvoll im Umgang mit anderen und sorgen sich zu viel.

zu expressiv/aufdringlich

… Bedeutet: Menschen zeigen unangemessene Offenheit, Aufmerksamkeitssuche; sie haben Schwierigkeiten, allein zu sein.

Inventar zum individuellen Konfliktlöseverhalten am Arbeitsplatz

Das »Inventar zum individuellen Konfliktlöseverhalten am Arbeitsplatz« vernetzt unterschiedliche Analyseverfahren und koppelt diese zusätzlich noch mit zwei weiteren Inventaren zur Persönlichkeitsbefragung sowie zum Eskalationsgrad von Konflikten. Daraus generierten die Forscher:innen für das Inventar eine neue Itemstruktur zu Konfliktverhaltensstilen, die explizit auch *Konsens* und *Kompromiss* als Konfliktverhalten ausweisen (vgl. Kolodej et al., 2011, S. 18). Dieses Inventar erfasst damit acht unterschiedliche Konfliktlösestile während einer Konfliktaustragung (vgl. Kolodej, Palkovich u. Kallus, 2016, S. 46 f.).

Inventar zur Erfassung interpersonaler Probleme

Ein interpersonales beziehungsweise zwischenmenschliches Problem entsteht aus dem Unterschied zwischen der Rolle, die ein Mensch gerne ausüben würde, und der Rolle, die er typischerweise ausübt. Wenn sich ein Mensch eine bestimmte Art der Interaktion wünscht, sich diese aber nicht realisieren lässt, entsteht ein interpersonales Problem (vgl. Horowitz, Dryer u. Krasnaperova, 1997, S. 352).

Und aus unterschiedlichen Arten der Interaktion lässt sich das Modell der Circumplexstruktur interpersonaler Probleme ableiten (vgl. Bilsky u. Wülker, 2000, S. 15). Dieses stellt die Basis für das Inventar dar.

Da das »Inventar zur Erfassung interpersonaler Probleme« jedoch überwiegend im klinischen Bereich der Psychologie zur individuellen Status- und Veränderungsdiagnostik angewendet wird, haben Forscher:innen der Universität Münster sich die Frage gestellt, ob es auch im betrieblichen Bereich hilfreiche Erklärungsansätze liefern kann. Sie haben die Frage positiv beantwortet (vgl. Bilsky u. Wülker, 2000, S. 18), sodass ich die acht Konfliktstile als Typologie verwende.

Typologie menschlicher Konfliktbearbeitungsstile

Auf Basis der Itemstruktur und deren Beschreibung der deutschen Übersetzung des »Inventory of Interpersonal Problems« (IIP; Horowitz et al., 2016) definieren sich acht Konfliktbearbeitungsstile (vgl. Bilsky u. Wülker, 2000, S. 16), die jeweils in der hohen Ausprägung beschrieben sind:

zu autokratisch/dominant
… Bedeutet: Menschen haben Probleme, die verbunden sind mit Kontrolle und Manipulation anderer, Aggressionen und Versuchen, andere zu verändern.

zu streitsüchtig/konkurrierend
… Bedeutet: Misstrauen und Argwohn der Betreffenden; ihre Unfähigkeit, sich um Bedürfnisse und das Glück anderer zu kümmern.

zu abweisend/kalt
… Bedeutet: Menschen sind unfähig, Gefühle auszudrücken und Liebe für eine andere Person zu empfinden; Schwierigkeiten,

Wirkfaktoren bei der Forschung auszuschließen hat Gründe: Hätte mensch sie einbezogen, dann würde die Komplexität und damit auch Zeitdauer der Studien so ansteigen, dass es kaum zu praktikablen Ergebnissen kommen könnte. Es gilt also auch hier: Wissenschaftliche Modelle sind keine Wahrheit, sondern Landkarten, die Menschen helfen können, sich in ihrer Umwelt besser zu orientieren.

Rahim Organizational Conflict Inventory

Nach Afzalur Rahim, einem amerikanischen Professor für Management, führen zwei grundlegende, unabhängige Dimensionen zu den individuellen Formen des Umgangs mit zwischenmenschlichen Konflikten (Konfliktbearbeitungsstile): *concern for self* (eigenen Interessen folgen) und *concern for others* (Interessen anderer folgen).

Konfliktbearbeitungsstile lassen sich auch durch ein symmetrisches oder asymmetrisches Verhältnis kennzeichnen, wie Menschen ihre und die Interessen anderer berücksichtigen: *Integrativ* (symmetrisch) bedeutet, bestmöglich die Interessen aller miteinander zu verfolgen, und *distributiv* (asymmetrisch) bedeutet, die eigenen Interessen in Konkurrenz gegeneinander durchzusetzen (vgl. Rahim, 1992, S. 28 ff.).

Je nachdem, wie hoch oder niedrig die beiden Dimensionen (symmetrisch/asymmetrisch) jeweils in diesem *dual concern model* ausgeprägt sind (vgl. Rubin, Pruitt u. Kim, 1994, S. 29 f.), ergeben sich insgesamt vier eher typische Konfliktbearbeitungsstile. Rahim bezeichnet sie mit *integrating* (integrierend), *obliging* (entgegenkommend), *dominating* (dominierend) sowie *avoiding* (vermeidend). Ein fünfter Konfliktstil *compromising* (kompromissbereit) ergänzt sie, der sich durch mittlere Ausprägung auf beiden Dimensionen auszeichnet (vgl. Rahim, 1992, S. 28 ff.). Damit weist das »Rahim Organizational Conflict Inventory« fünf Verhaltensvarianten zur Konfliktbearbeitung auf:

1. Vermeiden einer Auseinandersetzung,
2. Nachgeben gegenüber dem Gegner,
3. Durchsetzen der eigenen Ziele,
4. Erarbeiten einer gemeinsamen Lösung,
5. Entwickeln eines Kompromisses.

an. Ähnlich wie der Lichtkegel einer Taschenlampe im Dunkeln, der nur einen begrenzten Ausschnitt sichtbar macht. Gleichzeitig sich ereignendes Verhalten wird dadurch indirekt ausgeblendet und bleibt »im Dunkeln«. Mit dieser »Packungsbeilage« zu Konfliktbearbeitungsstilen beziehungsweise Konfliktstilinventaren im Hintergrund, können wir uns dem hilfreichen Teil dazu widmen.

Wissenschaftler:innen haben sich seit Jahrzehnten damit beschäftigt, wie sich zwischenmenschliches Verhalten in Konfliktsituationen in *Schubladen,* sogenannte Konfliktstilinventare, einordnen und erklären lassen könnte. Hieraus sind etliche Konfliktbearbeitungsstile entstanden. Es ist wichtig, um sie zu wissen. Denn darauf bauen Konfliktbearbeitungsempfehlungen häufig auf – und blenden damit unbeabsichtigt alternative Bearbeitungsformen aus.

Ich habe drei Konfliktstilinventare ausgewählt, die besonders für das betriebliche Umfeld als hilfreich anerkannt sind und auf die zwischenmenschliche Ebene fokussieren:

- Das »Rahim Organizational Conflict Inventory« ist eines der am umfangreichsten erforschten und bekanntesten Verfahren.
- Bei dem »Inventar zur Erfassung interpersonaler Probleme« handelt es sich ebenfalls um ein international anerkanntes Verfahren, zwar eher aus dem Kontext der klinischen Psychologie, jedoch validiert für Arbeitskontexte.
- Das »Inventar zum individuellen Konfliktlöseverhalten am Arbeitsplatz« bezieht sich einerseits speziell auf den betrieblichen Kontext und weist andererseits explizit die zwei Konfliktbearbeitungsstile *Kompromiss* und *Konsens* auf.

Im Anhang (Seite 164 ff.) finden Sie in tabellarischer Form eine Übersicht, wie die drei Konfliktstilinventare und ihre jeweiligen Konfliktbearbeitungsstile mit den sieben Elementen jeder Autoritätshaltung (autoritär, antiautoritär, transformativ) korrespondieren.

Noch ein letzter Blick auf die *Packungsbeilage* von vielen wissenschaftlichen Modellen zu menschlichem Verhalten: Bei vielen gilt, dass Kontextfaktoren nicht berücksichtigt sind, wie beispielsweise Kultur und Struktur. Diese beeinflussen aber mehr oder weniger stark das Verhalten von Menschen. Kulturelle und strukturelle

Konfliktbearbeitungsstile

Wer sich intensiv mit Konfliktmanagement und Mediation beschäftigt, hat sich möglicherweise bereits mit Konfliktbearbeitungsstilen und Konfliktstilinventaren auseinandergesetzt, die als theoretischer Background für die Bearbeitung von Konflikten dienen. Darum geht es in diesem Kapitel. Auch für Praktiker:innen im Führungsalltag, die sich etwas mehr für Theorie interessieren, könnte dieser Teil erkenntnisreich sein. Sie können ihn aber auch einfach überspringen. Das Hintergrundwissen wird Ihnen im weiteren Verlauf nicht für das Verständnis fehlen.

Auch wenn es eigentlich unmöglich ist, Verhalten in eine bewusste Form, also in eine Art von *Schubladen* stecken zu wollen, streben die meisten Menschen danach, vor allem im beruflichen Umfeld. Das ist verständlich, denn solche *Schubladen* helfen uns dabei, die Vielzahl an unterschiedlichen Umweltreizen halbwegs zu sortieren und zu verarbeiten. Und das macht es leichter, Entscheidungen zu treffen. Doch jede Form von *Schubladen* wird an den vielfältigen menschlichen Realitäten scheitern – gleich wie gut und (wissenschaftlich) ausgefeilt sie zu sein scheint. Allein schon deshalb, weil die Welt und damit auch wir Menschen uns kontinuierlich weiterentwickeln.

Veränderungen sind bei biologischen beziehungsweise sozialen Systemen die Normalität. Gleichwohl können *Schubladen,* die versuchen, Verhalten zu kategorisieren und einzuordnen, eine Orientierung bieten und die Sinne schärfen. Mehr aber auch nicht. Schubladen bilden weder die Wahrheit ab, noch lösen sie irgendein Problem. Im Gegenteil: Sie tragen das Risiko in sich, den offenen Blick für Verhalten und mögliche alternative Erklärungen dafür zu versperren. Denn diese eigentlich gut gemeinten *Schubladen* lenken unsere Aufmerksamkeit nur auf einen Ausschnitt des Verhaltens eines Menschen und bieten dafür Erklärungsmöglichkeiten

zepten überzeugt waren. Es liegt auf der Hand, dass eine Führungskraft mit einer solchen Vergangenheit Reflexionsbedarf rund um das Thema Autorität hat.

Ehrliche Reflexion verleiht Autorität

Im Idealfall reflektieren Führungskräfte ihren eigenen Umgang mit Autorität und die damit verbundene innere Haltung. Außerdem stellen sie auch ihr eigenes Verhalten in den Beziehungen zu ihren Mitarbeiter:innen infrage. Wenn Probleme oder Konflikte mit Mitarbeiter:innen in Bezug auf Arbeitsaufträge auftauchen, geht es für sie nicht mehr um die »Schuldfrage«. Stattdessen reflektiert die Führungskraft das eigene Vorgehen, die aktuelle Beziehung, und sie sucht den Dialog mit ihren Mitarbeiter:innen (um mehr über deren Haltung und die Gründe für das Verhalten zu erfahren). Mit dieser Einstellung werden Mitarbeiter:innen-Gespräche weniger genutzt, um formalistisch Gesprächsbögen abzuarbeiten und auszufüllen, sondern vor allem dazu, um gemeinsam die Qualität der Führungsbeziehung zu reflektieren und zu entwickeln.

Beispielhafte Fragen für beide Seiten könnten sein: »Wovon sollte es mehr geben?«, »Wovon sollte es weniger geben?«, »Was soll so bleiben?«. Und wie im richtigen Leben: Nicht jeder Wunsch geht in Erfüllung. Er ist ein Ausgangspunkt für einen gemeinsamen Dialog zwischen Führungskraft und Mitarbeiter:in.

kann jederzeit zum Stillstand kommen und sich verhärten, wenn sie nicht gezielt im Fluss gehalten wird. Insbesondere Unternehmensspitzen neigen dazu, bestimmte Vorstellungen über Autorität in Beton zu gießen (Stichwort »Corporate Architecture«) oder in Ritualen zu verfestigen. Im Kern soll dies dazu beitragen, nicht immer wieder neu über die Art der Führung verhandeln zu müssen, sondern langfristig sicherstellen zu können, dass der aktuelle Stil der Führung der Zielerreichung dient.

Doch eine fehlende Reflexion von aktuellen Führungsmustern und -verhaltensweisen kann schnell zum Nachteil für das Unternehmen werden. Bedingungen sowie Ziele wandeln sich ständig und erfordern oft ein ganz neues Führungsverhalten. Unbewegliche Vorgesetzte, die Führung nicht regelmäßig reflektieren, werden dann nicht nur zu einer autoritären Instanz, deren Werte »der Geschichte und der Zeit [...] trotzen« sollen (vgl. Sennett, 2012, S. 24), sondern auch zum Bremsklotz der Unternehmensentwicklung.

Autorität muss ein ständiger Such- und Verhandlungsprozess bleiben, auch wenn das Energie kostet. Nur so ist sie mit den jeweiligen Herausforderungen der globalen Wirtschaft, des lokalen Markts und den konkreten Mitarbeiter:innen immer wieder neu in Einklang zu bringen. Das gilt auch für das Konzept der transformativen Autorität als Ganzes. Die Weiterentwicklung in den letzten fünf Jahren zeigt das eindrücklich. Dieses Buch ist der Beleg dafür. Aus den Erfahrungen mit »antiautoritären« Konzepten in den 1970er Jahren wissen wir jedenfalls, dass sich nicht jede neue Idee zum Thema Autorität bewährt. Eine kritische Begleitung und Reflexion neuer Experimente ist also jederzeit ratsam.

Gerade vor dem Hintergrund der Geschichte Deutschlands ist es elementar, dass Führungskräfte ihre eigenen Erfahrungen mit Autorität reflektieren. Wer heute mit Mitte vierzig oder fünfzig auf dem Höhepunkt der eigenen Karriere steht, hat womöglich in der Kindheit beides erlebt: Auf der einen Seite stand ein negativer Umgang mit Autorität durch die eigenen, noch von der Ära der autoritären Persönlichkeiten geprägten Eltern und Großeltern. Demgegenüber wurde gleichzeitig ein ebenfalls wenig hilfreicher Umgang mit Autorität durch Freund:innen der Eltern, Lehrer:innen oder Erzieher:innen praktiziert, die von radikal antiautoritären Kon-

Gemeinschaft zu rehabilitieren. Das heißt: Auch wenn das Fehlverhalten nicht toleriert wird, bleibt die Beziehung zu dem Menschen positiv. Die Führungskraft ist nur Begleiter:in und Unterstützer:in der Mitarbeiterin beziehungsweise des Mitarbeiters in der Phase des (Schadens-)Ausgleichs. Sie zeigt auch öffentlich Gesten der Wertschätzung, um die Beziehung zu stärken, und behält damit ihre Position als Repräsentant:in des Unternehmens und wohlwollende:r »Hüter:in« der Gemeinschaft sowie der Unternehmensziele.

In dieser Position der Stärke hat er oder sie es nicht nötig, vergangene Fehler immer wieder zu thematisieren. Seine oder ihre Aufgabe liegt vielmehr darin, die blockierten Energien der Mitarbeiter:innen für die Zukunft freizusetzen.

In den Jahren der Arbeit mit dem Konzept der transformativen Autorität in der Führung hat sich zumindest in Wirtschaftsunternehmen immer mehr gezeigt, dass das Wort »Wiedergutmachung« zu Irritationen führt, weil es häufig mit einem historischen Kontext vermischt wird. Mittlerweile spreche ich vom »Ausgleich sozialer Konten«.

7. Umgang mit Selbstreflexion   (Element Reflexion)

Die Dimension *Umgang mit Selbstreflexion* ist zentraler Teil der transformativen Ausprägung von Autorität. Gerade weil Autorität »sich in einer Beziehung zwischen Menschen immer durch einen permanenten, nie endenden Verhandlungsprozess über Führung und Gefolgschaft [entwickelt]« (Baumann-Habersack, 2017, S. 115). Vor allem Menschen mit Führungsverantwortung reflektieren in dieser Autoritätsausprägung nicht nur ihre Rollenvorbilder zu Autorität, von denen sie sich möglicherweise »Führung« abgeschaut haben. Von Zeit zu Zeit reflektieren sie auch die eigenen Anteile an der Art der Führungsbeziehung, insbesondere dann, wenn Konflikte mit Mitarbeiter:innen auftauchen (vgl. Baumann-Habersack, 2017, S. 116 f.).

Selbstreflexion ist im Rahmen von Entwicklung unverzichtbar. Autorität entwickelt sich in einer Beziehung zwischen Menschen immer durch einen permanenten, nie endenden Verhandlungsprozess über Führung und Gefolgschaft. Eine solche Entwicklung

sphäre finden keine hilfreichen Lernprozesse statt. Der wahrscheinlich einzige Lernprozess, der dann weiter perfektioniert ist, ist der der Fehlervertuschung.

Die transformative Autorität lehnt alle Formen von Bestrafung ab. Für viele Führungskräfte mit einer autoritären Haltung ist das schwer vorstellbar. Anfangs auch für mich, immerhin gehöre ich selbst noch zu einer Generation, in deren Kindheit Ohrfeigen, In-der-Ecke-Stehen und Stubenarrest zu den normalen Erziehungsmethoden zählten.

Omer und von Schlippe sprechen sich konsequent gegen solche Maßnahmen aus und stellen an die Stelle der Sanktion die Wiedergutmachung. Das Ziel sei es, ineinander verbissene Kontrahent:innen voneinander zu lösen:»Versöhnungsgesten […] dienen dazu, die verfestigten Erwartungen der Konfliktpartner, die als ›feindselige Wahrnehmungsfelder‹ […] in die Dynamik selbsterfüllender negativer Prophezeiungen hineinführen, aufzuweichen« (Omer u. von Schlippe, 2009, S. 248). Wiedergutmachung beziehungsweise Ausgleich können auch Führungskräfte selbst leisten. Dabei geht es um eine selbst erbrachte und nicht gekaufte Leistung als Geste, sich wieder in die Gemeinschaft zu integrieren. Da Menschen und damit auch Gruppen sehr unterschiedlich sind, gilt es, die Geste zu finden, die zu den Menschen und zur Kultur im Unternehmen passt. Und natürlich soll sie auch zur Persönlichkeit derjenigen passen, die die Wiedergutmachung leisten. Alles andere ist unglaubwürdig und erreicht nicht die gewünschte Wirkung. Eine einfache Geste, die enorm wirkt, ist allein schon, einen Fehler oder ein falsches Verhalten Mitarbeiter:innen gegenüber zuzugeben und sich und anderen den Fehler einzugestehen sowie gegebenenfalls um Entschuldigung zu *bitten*.

Versöhnung setzt Energien frei

Wenn einem Mitarbeiter beziehungsweise einer Mitarbeiterin ein Fehler unterläuft – sei es bewusst oder versehentlich –, wird diese:r nicht bestraft, nicht ausgegrenzt. Vielmehr erhält er oder sie die Chance, den entstandenen Schaden »wiedergutzumachen« beziehungsweise auszugleichen und sich auf diese Weise in der

Unternehmen, die mit Transparenz auf allen Ebenen arbeiten, kommen nicht nur mit Fehlentwicklungen auf der Sachebene besser zurecht. Sie wissen auch, mit Herausforderungen im zwischenmenschlichen Bereich erfolgreich umzugehen. Bringt etwa ein:e Mitarbeiter:in kontinuierlich nicht die erwartete Leistung, so wird diese nicht auf einem unbedeutenden Posten »geparkt« und dort quasi versteckt. Das Gleiche gilt für unterforderte Mitarbeiter:innen. Sie werden nicht mehr auf ihren Positionen beschwichtigt und auf bessere Zeiten vertröstet. Führungskräfte, die sich für Transparenz starkmachen, haben keine Angst, ihre Probleme offenzulegen. Darin liegt eine große Chance für alle Beteiligten. So finden im Idealfall alle eine Position, auf der sie ihre Potenziale besser zum Wohle des Unternehmens und ihrer Entwicklung einbringen können. Der wichtigste Aspekt der Transparenz liegt allerdings darin, dass Mitarbeiter:innen ihren eigenen Beitrag zum Ganzen begreifen und somit Motivation durch Sinn entsteht.

6. Verständnis von Ausgleich   (Element Wiedergutmachung)

Die Dimension *Verständnis von Ausgleich* charakterisiert in der transformativen Autorität den Umgang mit Fehlern beziehungsweise Lernen. Wenn Mitarbeiter:innen (un-)bewusst Fehler machen (gleiches gilt auch für Führungskräfte selbst), erhalten sie die Gelegenheit, die Fehler zu korrigieren und mögliche Schäden »wiedergutzumachen« (vgl. Baumann-Habersack, 2017, S. 109 f.).

Auch wenn Führungsrollen kontinuierliche Fehlerentstehung wie auch Fehlverhalten (Grenzverletzungen) nicht tolerieren dürfen, verzichten sie auf Sanktionierung und jegliche Form von Gewalt (vgl. Omer u. von Schlippe, 2010, S. 30 ff.). Sollte ein (sozialer) Schaden entstanden sein, ist der Mensch in der Führungsrolle in der Phase des Ausgleichs nur in der Rolle als Unterstützer:in und achtet auch darauf, dass der Ausgleich erfolgt. Die Führungskraft zeigt Gesten der Wertschätzung und Versöhnung auf der Beziehungsebene, um diese zu stärken (vgl. Baumann-Habersack, 2017, S. 110). Damit wird ein häufig vorherrschendes Muster aufgeweicht, dass Menschen die Sorge haben, für Fehler oder Schäden ausgegrenzt, beschämt oder in der Folge in Unsicherheit gehalten zu werden. In solch einer Atmo-

schen seit der Industrialisierung sozialisiert hat. Sie wurden darauf
gepolt, nur auf ihren unmittelbaren Arbeitsbereich zu schauen. Und
wessen Fehler durch Transparenz erzeugende Systeme aufgedeckt
wurde, sah sich früher oder später damit konfrontiert, mit einer
»Ersatzinvestition« durch eine nachfolgende »Humanressource«
ersetzt zu werden. Im Zeitalter der digitalen Transformation, wo
alles miteinander vernetzt wird, was vernetzt werden kann, gelten
die Regeln von vernetzter Software: Unter anderem braucht jedes
Systemelement zu jeder Zeit transparenten Zugriff auf alle Informationen. Sonst funktionieren sich selbst steuernde und lernende
Systeme nicht.

Durch die Vernetzung von »Maschine« und Mensch werden
die Regeln der Software auch zu sozialen Regeln. Erst dann ist das
Gesamtsystem wirksam. Das bedeutet für Transparenz: Alle Informationen müssen für alle Beteiligten verfügbar sein. Dass das keine
theoretische Überlegung ist, weiß jede:r, der oder die schon erfolgreich mit agilen Arbeitsformen wie *Scrum, Kanban* oder *Design Thinking* gearbeitet hat. Denn eines der zentralen Erfolgskriterien dieser
Methoden ist schnelles Lernen aus Fehlern, ohne beschämt zu werden – unter anderem durch Transparenz in einem sicheren Raum.

Transparenz als Zeichen gemeinsamer Verantwortung

Fehler werden mit der Führung einer transformativen Autorität
als Chancen verstanden, gemeinsam weiter zu lernen. Es unter-
bleiben die Schuldsuche oder die Beschämung. Genau damit ver-
leihen Mitarbeiter:innen Führungskräften jedoch Autorität: Wer
auch in schwierigen Situationen bereit ist, Präsenz zu zeigen, wer
Verantwortung übernimmt und dabei das Gewicht seiner ethischen
Verpflichtung wie auch seiner persönlichen Involviertheit voll in die
Waagschale wirft, der verfügt mit hoher Wahrscheinlichkeit in den
Augen seiner Mitarbeiter:innen über Stärke.

Weil (Fach-)Wissen in einem solchen System nur noch als *eine*
mögliche Quelle der Wertschätzung gilt, relativiert sich dessen
Bedeutung. Eine fachliche Fehleinschätzung führt nicht gleich zum
Verlust der Autorität. Im Gegenteil, wer offen mit seinen Fehlern
umgeht, stärkt jene sogar.

koalition die innere Verpflichtung und die persönliche Involviertheit jeder einzelnen Führungskraft zu einer enormen Stärke – zu echter, transformativer Autorität, die in ihrer Wirkung kilometerweit über die zuweilen sinn- und herzlose *potestas* hinausreicht. In solch einer solidarischen Kultur müssen Mitarbeiter:innen nicht mehr gezwungen werden, sich einer Führungskraft unterzuordnen. Sie fügen sich vielmehr freiwillig in die Gemeinschaft ein, folgen den gemeinsamen Regeln und Zielen – aus Überzeugung, für gemeinschaftliche Werte und Ziele einzutreten.

5. Umgang mit Transparenz　　　　(Element Transparenz)

Die Dimension *Umgang mit Transparenz* verdeutlicht, dass sich auch und gerade die transformative Ausprägung von Autorität legitimieren muss – sowohl für ihre Existenz als Funktion oder Rolle als auch für ihre Entscheidungen (vgl. Omer u. von Schlippe, 2009, S. 250). Daraus entsteht für die meisten Mitarbeiter:innen die Erkenntnis, dass Entscheidungen nicht auf Willkür basieren, sondern dazu dienen, gemeinsame Ziele zu verfolgen. Darüber hinaus ermöglicht es Transparenz allen, zu verstehen, welchen Beitrag sie für die Gesamtorganisation leisten. Transparenz bedeutet für Menschen mit Führungsverantwortung auch, als *Role Model* nicht nur über ihre eigenen Fehler zu berichten, sondern zusätzlich auch dafür zu sorgen, dass Mitarbeiter:innen über Fehler sprechen können und dass dies als Chance für gemeinsames Lernen erlebt wird (vgl. Baumann-Habersack, 2017, S. 112).

In einer Unternehmenskultur, in der das Aufdecken von Fehlern anderer ein Karrierebeschleuniger ist, kann der Wunsch nach Transparenz kaum Wirklichkeit werden. Das Gleiche gilt für Strukturen, in denen sogenannte Abteilungssilos einen Vorteil daraus ziehen, Informationen vor anderen Abteilungen zurückzuhalten. Etwa weil ein Informationsvorsprung zu einem höheren Budget im Folgejahr führt, weil weniger Mitarbeiter:innen entlassen werden müssen – oder sei es nur, weil der oder die »Silo-Chef:in« durch den Informationsvorsprung seinen oder ihren Vertrag verlängert bekommt …

Mangelnde Transparenz liegt häufig auch in der starken tayloristischen Fragmentierung von Organisationen begründet, die die Men-

kräfte kooperieren gerade aus taktischen Gründen nicht miteinander, weil sie sich immer auch in einem Konkurrenzverhältnis zueinander sehen. Viele kämpfen schließlich täglich gegeneinander um Budgets, Personal und andere Ressourcen. Die Vertreter:innen einer traditionellen, autoritären Führung lassen somit eine wichtige Ressource ungenutzt: den Schulterschluss mit anderen Führungskräften.

Die Stärke der Kooperation

In den Unternehmen, die sich intern stark auf vertikale Hierarchien und Machtdynamiken fokussieren, gibt es tendenziell keine Koalitionen unter Führungskräften. Der Grund: Wer um Hilfe bittet, gilt in einer solchen Führungskultur als schwach. Ich erlebe ich es immer wieder, dass Koalitionen unter Führungskräften sogar von der Geschäftsleitung bewusst gestört und unterbunden werden. Zum Beispiel, indem Führungskräfte nicht nur auf der mittleren Ebene regelmäßig ausgetauscht werden, wobei die Hintergründe der Personalentscheidungen vielfach intransparent bleiben. Diese Willkür erzeugt sowohl bei den Mitarbeiter:innen an der Basis als auch bei den Führungskräften auf den mittleren Ebenen das Gefühl, der Macht der Unternehmensleitung hilflos ausgeliefert zu sein.

Unternehmen, deren Führungskräfte nach den Prinzipien der transformativen Autorität führen, agieren bewusst im Verbund mit anderen Führungskräften. »Im Gegensatz zur Autorität früherer Zeiten betrachtet sich die Vertreterin der neuen Autorität nicht mehr als einsame Führungskraft, die über ihre Untergebenen herrscht, sondern als Mitglied einer Arbeitsgemeinschaft, die Stärke und Legitimität aus der gegenseitigen Unterstützung schöpft« (Omer u. von Schlippe, 2010, S. 52).

Wer sich in einen Kreis von Führungskräften eingebunden fühlt, dem fällt es viel leichter, bestimmte Werte und die Ausrichtung auf bestimmte Ziele gegenüber seinen Mitarbeiter:innen einzufordern – besonders, wenn es um Grenzverletzungen wie beispielsweise Sexismus oder Rassismus geht. Kollegialität, der Schulterschluss mit Gleichgesinnten, schafft Sicherheit und ein Gefühl der Rückendeckung. Ist *potestas* nur eine leblose Amtsgewalt, die sich aus einer bürokratischen Struktur ergibt, so verbinden sich in einer Führungs-

transformativen Autorität (siehe Seite 116) ist besonders stark von diesem Element geprägt.

4. Vereinzelung und Vernetzung   (Element Führungskoalition)

In dem transformativen Verständnis von Autorität ist die Dimension *Vereinzelung und Vernetzung* geprägt von Verbundenheit und Vernetzung. »Diese [Haltung zu] Autorität sieht [eher aus] wie ein Hologramm: Jeder Punkt in diesem Netzwerk spiegelt die anderen Punkte wider, verstärkt sie und ist durch sie wiederum verstärkt« (Omer u. von Schlippe, 2009, S. 250). Ich bezeichne dieses Netzwerk als Führungskoalition (systemische Präsenz), in der jede Führungskraft Stärke und Legitimität aus der wechselseitigen Unterstützung durch andere Führungskräfte erlebt (vgl. Baumann-Habersack, 2017, S. 106). Das Prinzip lautet: Keine:r muss allein führen.

Wenn sich eine Führungskraft in solch einen Kreis eingebunden fühlt, fällt es ihr leichter, bestimmte Werte und Ziele gegenüber Mitarbeiter:innen zu vertreten oder gar einzufordern. Denn Kollegialität erhöht das Gefühl der Beziehungssicherheit und der Rückendeckung. Dadurch steigt die Wahrscheinlichkeit, dass Mitarbeiter:innen sich eher freiwillig in die Gemeinschaft einfügen, um gemeinsamen oder gemeinsam legitimierten Regeln, Prinzipien und Zielen zu folgen (vgl. Baumann-Habersack, 2017, S. 106 f.).

Dieses Element ist aktuell noch in vielen Organisationen am schwierigsten umzusetzen. Der Prozess ist auch sehr langwierig, denn vielerorts arbeiten Führungskräfte eher gegeneinander als miteinander. Meist aufgrund der langen Konkurrenzsozialisierung in Schulen, Bildungseinrichtungen und fortgeführt in Managementsystemen aus dem letzten Jahrhundert. Haim Omer und Arist von Schlippe beschreiben eindrucksvoll, dass in der Erziehung gerade die Einbeziehung der Öffentlichkeit und die Vernetzung von Eltern, Schule, Jugendamt sowie Freund:innen dazu führen können, dass sich schwierig verhaltende Jugendliche wieder in ihr Umfeld integriert werden. Dies setzt aber bei allen Unterstützer:innen Wohlwollen und den Willen zur Kooperation mit und für die Jugendlichen voraus. Genau diese Haltung gibt es jedoch in den typischen Unternehmen der westlichen Welt zumeist nicht. Viele Führungs-

- außerdem nicht auf das Resultat der Maßnahme (»Sie werden sich verändern!«), sondern auf die Maßnahme selbst (»Es ist meine Pflicht als Führungskraft, mich Ihrem Verhalten zu widersetzen«).

Ziele erreichen mit Beharrlichkeit und Deeskalation

In einer brisanten, konfliktbeladenen Situation empfiehlt es sich daher, nicht sofort zu eskalieren, sondern abzuwarten, bis die Emotionen wieder auf einem normalen Level angekommen sind und mensch wieder vernünftig miteinander sprechen kann: »Abwarten ist wichtig, impulsive Reaktionen können verwunden werden; das Streben nach Sieg wird durch die Haltung einer Präsenz mit langem Atem ersetzt« (Omer u. von Schlippe, 2010, S. 250). Häufig wird hierbei das Bild gebraucht: Das Eisen schmieden, wenn es kalt ist – oder zumindest lauwarm, möchte ich hinzufügen. Das gilt für die eigene emotionale Selbstregulation (Selbstführung), aber auch für die Art der Beziehungsgestaltung im Konflikt.

Mit dieser Haltung kann die Führungskraft in Ruhe und mit Blick auf die gemeinsamen Ziele die betroffenen Menschen involvieren sowie sich auf ihre ethische Verpflichtung als Führungskraft besinnen. Außerdem positioniert sie sich auf diese Weise als sichere:r Repräsentant:in des Hierarchiesystems (auch wenn das im Konzept der transformativen Autorität nicht mehr an erster Stelle steht), sofern das in der Struktur und Kultur der betreffenden Organisation noch notwendig ist. Statt in einen Machtkampf einzusteigen, unterstreicht die Führungskraft also lediglich, dass ein bestimmtes Verhalten nicht toleriert wird – von ihr nicht und auch von der Führungskoalition sowie dem gesamten Team nicht. So markiert sie beharrlich und unbeirrt die gemeinsam definierten Grenzen, und alle Beteiligten können ihr Gesicht wahren. Die Führungskraft bleibt mit dieser Haltung in Führung und stützt ihre eigene Stärke, indem sie ankündigt, sich die nächsten Schritte selbst in Ruhe zu überlegen – oder sich in schwierigen Fällen gemeinsam mit anderen Führungskräften zu beraten. Mithilfe des verzögerten Handelns erhält die Führungskraft Zeit für angemessene und umsichtige Lösungen – die Wahlmöglichkeiten steigen, der Stress sinkt. Zeit wird zu einer Quelle der Stärke. Der Konfliktbearbeitungsstil der

und dort zu bleiben, braucht es ein hohes Maß an Impulskontrolle, an Selbstbeherrschung.

3. Umgang mit Eskalationen
(Element Deeskalation und Beharrlichkeit)

Transformative Autorität prägt das Element *Umgang mit Eskalationen* in der Art, dass Führungskräfte bei Fehltritten von Mitarbeiter:innen auf Eskalationen verzichten und stattdessen Fehlverhalten benennen, in Kontakt bleiben und sich Zeit nehmen für überlegte, abgestimmte Antworten (vgl. Baumann-Habersack, 2017, S. 113 f.). Auf Provokationen von Mitarbeiter:innen reagieren Menschen mit Führungsverantwortung nicht mit schnellen Reaktionen, sondern mit Verzögerung und Beharrlichkeit im Streben, eine gemeinsame, tragfähige Lösung zu finden (vgl. Omer u. von Schlippe, 2009, S. 250 f.). Dadurch ist die Wahrscheinlichkeit hoch, sich der Eskalationsspirale zu entziehen. »Mithilfe des verzögerten Handelns erhält die Führungskraft Zeit für angemessene und umsichtige Lösungen – die Wahlmöglichkeiten steigen, der Stress sinkt. Zeit wird zu einer Quelle der Stärke« (Baumann-Habersack, 2017, S. 114).

Wer aus dem Teufelskreis der Machtkämpfe aussteigen will, findet meiner Erfahrung nach einen echten Rettungsanker in den Prinzipien der Beharrlichkeit und der Deeskalation. Dahinter steht ein kompletter Perspektivenwechsel: Statt nach einem Fehltritt eines Mitarbeiters beziehungsweise einer Mitarbeiterin sofort zum Vergeltungsschlag auszuholen, tut die Führungskraft erst einmal gar nichts Dramatisches. Sie bekräftigt lediglich ihre Position der Stärke (»Ich kann und will dieses Verhalten nicht akzeptieren, werde mich möglicherweise mit Kolleg:innen aus dem Führungskreis beraten und komme wieder auf Sie zu« – in Fällen von Ratlosigkeit) und bleibt auf der Beziehungsebene präsent sowie im Kontakt mit ihrem Gegenüber (hierbei wird deutlich, wie die einzelnen Elemente ineinander wirken).

Im Sinne der Selbstführung konzentriert sich das Verhalten der Führungskraft (vgl. Omer u. von Schlippe, 2010, S. 71)
- nicht auf den oder die Mitarbeiter:in (»Sie müssen sich verändern!«), sondern auf sich selbst (»Ich bin nicht bereit, das länger hinzunehmen«),

Starke Führungskräfte kontrollieren sich selbst

Traditionelle Führungsansätze setzen auf Kontrolle und Gehorsam – und deren Vertreter:innen können sich auch nichts anderes vorstellen, um sich selbst zu behaupten. Denn wenn ein:e Mitarbeiter:in den Anweisungen des Chefs oder der Chefin nicht folgt, erlebt diese:r das als Kontroll- und Autoritätsverlust.

Die Vertreter:innen einer transformativen Autorität in der Führung verzichten dagegen auf Kontrolle und Gehorsam. Stattdessen versuchen sie konsequent, nur über Selbstkontrolle zu führen. Dahinter steht die Überzeugung, dass das Verhalten eines Menschen nur irritiert und inspiriert, niemals jedoch wirksam kontrolliert werden kann.

Die Führungskraft agiert aus der Verantwortung heraus, sowohl für den beziehungsweise die einzelne:n Mitarbeiter:in als auch für das Gesamtunternehmen, also für die Gemeinschaft aller Mitarbeiter:innen und die gemeinsamen Unternehmensziele. Sie kann deshalb nicht nur, sondern sie muss Entscheidungen treffen, Grenzen ziehen, Leistung einfordern – im Sinne der unternehmerischen Ziele. Von willkürlichen Entscheidungen kann dann nicht die Rede sein.

Sobald sich die Führungskraft auf ihre Verantwortung besinnt und ihr eigenes Verhalten hinterfragt, gewinnt sie Freiheit. Sie ist dann nicht mehr gefangen im Hin und Her zwischen Anordnen, Kontrollieren und Bestrafen. Stattdessen stößt sie Prozesse an, zeigt Notwendigkeiten auf und beharrt darauf, dass Leistung entsprechend den Vereinbarungen erbracht wird. All das geschieht nicht, um ihre Macht zu demonstrieren, sondern weil nur so der Erfolg des Unternehmens möglich wird. Darunter liegt das tiefe Entwicklungsziel, die Mitarbeiter:innen darin zu unterstützen, dass sie diese Führungsaufgaben ebenfalls einmal ausführen und damit Co-Führung übernehmen können.

Jedes Unternehmen ist sofort produktiver, wenn Führungskräfte sich nicht auf ihre eigene Ehre, ihren Stolz und auf den Sieg über ihre Mitarbeiter:innen fokussieren, sondern auf das, wofür sie bezahlt werden: Rahmenbedingungen für die Transformation zu schaffen, zu ermutigen und zuzulassen, sich als Modell zur Verfügung stellen, sodass Ziele erreicht werden. Um auf diesen Kurs zu kommen

essiert einmischt und sich immer wieder als konstruktive »Reibe-fläche« anbietet.

2. Verständnis von Veränderungen   (Element Selbstführung)

Die Dimension *Verständnis von Veränderungen* zeigt sich in der trans-formativen Form als Selbstführung eines Menschen mit Führungs-verantwortung. Diese Haltung akzeptiert, dass andere nie wirksam kontrolliert und verändert werden können. Führungskräfte sehen bei Veränderungsbedarf in der Zusammenarbeit auch eigene Anteile (vgl. Baumann-Habersack, 2017, S. 104; Omer u. von Schlippe, 2010, S. 34). Im transformativen Verständnis ist Autorität von Gehorsam entkoppelt. »Das Ansehen einer Autoritätsperson wird nicht durch den ihr entgegengebrachten Gehorsam definiert, sondern durch die ihr erteilte Vollmacht, die eine Legitimation, Unterstützung und Mittel für die Durchführung der Aufgabe beinhaltet« (Omer u. von Schlippe, 2010, S. 33). Gegebenenfalls verfolgt eine Führungskraft oder ein Mensch in einer Führungsrolle beharrlich die Ziele oder die Einhaltung von Grenzen, jedoch ohne Handlungsdruck (vgl. Bau-mann-Habersack, 2017, S. 104).

Führung konzentrierte sich in den Vorstellungen einer tradi-tionellen, autoritären Haltung gern darauf, dass jemand anderes über Kontrolle gelenkt werden müsse. Ein Kind hatte zu gehorchen, ein:e Mitarbeiter:in das zu tun, was ihm oder ihr aufgetragen wurde. Punkt. Dies führte und führt zu zahlreichen Frustrationen, denn mein:e Gegenüber ist prinzipiell immer ein freier, von mir unabhängiger Mensch. Es steht nicht in meiner Macht, sie oder ihn wie eine Marionette zu führen.

In der Vergangenheit wurden zahllose »Tools« entwickelt, mit denen Führungskräfte versuchten, diese Kontrollkluft zwischen Füh-rendem und zu Führenden zu überwinden. Zumeist vergeblich. Statt aber das sinnlose Unterfangen der Führung via Kontrolle aufzu-geben, verstärkten viele ihre Bemühungen – um das Ausbleiben des Erfolgs dann als eigenes Scheitern zu erleben.

– Die persönliche Involviertheit: Einer für die Ziele des gesamten Unternehmens eintretenden Führungskraft ist es persönlich wichtig, dass sich ihre Mitarbeiter:innen weiterentwickeln und gute Arbeit leisten.

Sobald beides vorhanden ist, entsteht ein hohes Maß an Präsenz.

Autorität und der damit verbundene Respekt entwickeln sich aus Nähe, Interesse und Fürsorge. Wenn beziehungsgestaltende Führungshandlungen berechenbar, erkennbar und nachvollziehbar sind, dann entwickelt sich auf der Beziehungsebene ein Gefühl der Sicherheit bei den Mitarbeiter:innen.

Auf menschlicher Ebene gestaltet sich eine Arbeitsbeziehung prinzipiell unabhängig von den Inhalten oder den Ergebnissen. Sie führt dann zum gemeinsamen Erfolg, wenn sie wertschätzend, konstant und sogar fördernd ist. Eine Führungskraft mit der Haltung der transformativen Autorität vergrößert gezielt die Autonomie von Mitarbeiter:innen, damit diese sich persönlich weiterentwickeln und auf einer gleichwertigeren Ebene Nähe zur Führungskraft aufbauen können. »Zusammenarbeit wird nicht mehr als Gehorsam erlebt, sondern als Wahlmöglichkeit« (Omer u. von Schlippe, 2010, S. 46). Das ist kein Widerspruch zu dem Streben nach guten oder gar exzellenten Arbeitsergebnissen – im Gegenteil. Erfolg ist erfüllend und stärkt das Gefühl von Selbstwirksamkeit. Die Maßstäbe der ethischen Verantwortung und der persönlichen Involviertheit werden natürlich auch auf der Seite der Mitarbeiter:innen angelegt.

Die Präsenz der Führungskraft entsteht dadurch, dass sie sich mit ihren Werten und inneren Überzeugungen gegenüber Mitarbeiter:innen als Beziehungspartner:in positioniert und als Haltung die unausgesprochene Botschaft vermittelt: »Wie auch immer du dich verhältst, ich bin zwar dein:e Chef:in, aber wir arbeiten gemeinsam an demselben Ziel beziehungsweise für unsere gemeinsame Zukunft.« Dazu kommt ihre Fähigkeit, nicht nur Nähe anzubieten, sondern auch selbst Nähe auszuhalten, auch und gerade in konflikt- oder krisenhaften Kommunikationssituationen. Präsenz meint darüber hinaus, dass sich eine Führungskraft aktiv beteiligt, dass sie sich mitverantwortlich fühlt für Ergebnisse, dass sie sich inter-

In den Klammern finden Sie die korrespondieren Bezeichnungen im Metamodell.

1. Nähe-Distanz- und Hierarchierelation in der Beziehung
(Element Präsenz)

Die transformative Autorität (vgl. Baumann-Habersack, 2017, S. 99 ff.) beruht in der Dimension *Nähe-Distanz- und Hierarchierelation in der Beziehung* auf einem grundsätzlich horizontalen, heterarchischen Hierarchieverständnis (vgl. Omer u. von Schlippe, 2009, S. 249 f.; Deeg u. Weibler, 2008, S. 45). Eine Führungskraft mit einer heterarchischen Sichtweise gestaltet die Beziehung eher über Nähe (vgl. Omer u. von Schlippe, 2010, S. 29). Denn durch die Nähe fällt es Mitarbeiter:innen beziehungsweise Kolleg:innen leichter, Führungshandlungen einzuschätzen. Das kann zu Sicherheit in der Beziehung führen (vgl. Baumann-Habersack, 2017, S. 140). Im Grundkonzept der neuen Autorität wird diese Beziehungsqualität mit interaktionaler Präsenz bezeichnet.

Darüber hinaus gibt es noch die internale Präsenz, was die innere Achtsamkeit und den inneren Kontakt zu den eigenen Gedanken, Gefühlen wie auch Körperimpulsen beschreibt (vgl. Crone, Girolstein u. Quistorp, 2010, S. 50 f.; Omer u. von Schlippe, 2010, S. 35). Das ist für die Impuls- und Emotionskontrolle und damit für die Selbstführung zentral.

Die systemische Präsenz bezeichnet das Gefühl der Eingebundenheit in ein Netzwerk von Unterstützer:innen. Daraus folgt, dass der wichtigste »Hebel« für eine neue Haltung zu Autorität die Präsenz eines Menschen mit Führungsverantwortung ist. Dabei ist es gleichgültig, ob es sich um eine feste Führungsfunktion in einer vertikalen oder horizontalen Hierarchieausprägung handelt oder um eine temporäre Führungsrolle, wie beispielsweise die der Projektleitung. Präsenz ist eine entscheidende Anforderung, weil sie zwei wichtige Themenfelder berührt:

- Die ethische Verantwortung: Führungskräfte, die sich für ihre Mitarbeiter:innen interessieren, beziehen sich in der Interaktion nicht mehr nur auf ihre Funktionsautorität *(potestas)*, sondern auf die Verantwortung, der sie durch Übernahme ihrer Position oder Rolle zugestimmt haben.

der Elemente verwendet. Im Metamodell habe ich diese Elemente jedoch so benannt, wie ich sie grundlegend konzipiert hatte (vgl. Baumann-Habersack, 2015). Damit Sie die Parallelen schnell sehen können, finden Sie hier aber zu jedem Element beide Bezeichnungen.

Die sieben Elemente der transformativen Autorität

Ein Ziel der transformativen Autorität ist es ja, dass sich Menschen in Co-Führung für gemeinsame Ziele entwickeln können. Dafür ist es nötig, dass Führungskräfte oder Menschen in Führungsrollen (Projektleitungen, Scrum Master, Product Owner …) sich der Intensitäten ihrer Führungswirkung bewusst sind und sie diese entwicklungsorientiert, situativ anpassen (siehe Seite 79). Denn mit ihrer Haltung und mit dem daraus folgenden Verhalten stellen sie für Mitarbeiter:innen oder Kolleg:innen ein Rollenmodell dar. Dieses Modell bleibt mit einer Bereitschaft zur Unterstützung so lange im Hintergrund, bis die Gruppe einen Entwicklungsimpuls benötigt. Sei es in Form beispielsweise einer Grenzenmarkierung, Konfliktbearbeitung oder angeleiteten Reflexion.

Um das neue Handeln für die Führungspraxis nutzbar zu machen, sind die sieben Elemente entwickelt worden. Sie stellen einen Verhaltenskorridor dar. Das heißt, es sind keine Verhaltensvorgaben, sondern eher Empfehlungen, die jeder Mensch aufgrund seiner Persönlichkeit, Situation und seines Umfelds anpasst. Wenn dieses Verhalten die Werte der transformativen Autorität (siehe Seite 81) wahrt, ist die Wahrscheinlichkeit hoch, dass Menschen freiwillig folgen und sich zu entwickeln beginnen. Wie bei der autoritären und antiautoritären Autorität ist die transformative Autorität ebenfalls durch die sieben Elemente charakterisierbar:

1. Nähe-Distanz- und Hierarchierelation in der Beziehung,
2. Verständnis von Veränderungen,
3. Umgang mit Eskalation,
4. Vereinzelung und Vernetzung,
5. Umgang mit Transparenz,
6. Verständnis von Ausgleich,
7. Umgang mit Selbstreflexion.

prägt sie weiter. Das wiederum stärkt die Haltung oder bildet sie (weiter) aus.

Im Kern bedeutet die transformative Führungsautorität, das Verhalten in einer Führungsrolle oder -funktion an diesen sieben handlungsleitenden Elementen auszurichten, entsprechend der eigenen Persönlichkeit und der jeweiligen Situation. Der Unterschied zu einem reinen Führungsstil ist neben der starken Wertegebundenheit dieser Prinzipien auch das Ziel, Mitarbeiter:innen bei der Entwicklung so zu unterstützen, dass sie in Co-Führung kommen. Die transformative Autorität gibt zwar keine spezifischen Verhaltensvorgaben oder Regeln – auch wenn es spezielle hilfreiche Methoden gibt, wie beispielsweise die 3-Körbe-Methode (Seite 132) oder auch die Ankündigung (Seite 135). Dennoch kann mensch sich nicht beliebig verhalten, wenn dieses Verhalten einen oder mehrere Werte dieser transformativen Autoritätshaltung verletzt. Da Führungskräfte aber nicht ständig mit zum Beispiel einer laminierten Karte herumlaufen (können), auf der diese Werte abgedruckt sind, um sie vor einer Interaktion zu »beherzigen« (was übrigens so gut wie keine Wirkung erzielt ...), geht es vielmehr darum, diese Werte mit der eigenen Persönlichkeit in Einklang zu bringen und als Mindset zu verkörpern. Viele Menschen in Führungsverantwortung aus ganz unterschiedlichen Branchen, mit denen ich bereits dazu arbeitete, benennen, dass sie so gut wie keinem der Werte widersprechen. Häufig wird geäußert: »Es ist gut zu wissen, dass ich so sein darf als Führungskraft.«

Damit wird nochmals deutlich: Statt eines eher oberflächlichen, scheinbar neuen Führungsstils geht es stattdessen darum, aus dem eigenen Kern heraus zu führen. Mit einem verkörperten Mindset als Haltung und einer für nicht wenige Menschen neuen Sicht auf sich selbst und die Welt.

Nach all diesen wichtigen konzeptionellen Grundlagen: Wie lassen sich diese nun für die Führungspraxis konkretisieren? Wie Sie schon im Metamodell erkennen konnten, gibt es sieben Elemente der transformativen Autorität. Diese erkläre ich im folgenden Teil ausführlich. Damit es für Sie einfacher ist, diese mit den anderen beiden Autoritätshaltungen zu vergleichen, habe ich dieselben Bezeichnungen

gesellschaftlicher Gerechtigkeit sowie dem Auflösen von struktureller Gewalt, was unter anderem auch zu gewaltfreien Widerstandsaktionen führen kann, um dem Protest eine Form zu geben und Machtasymmetrien verhandelbar zu machen.

- Gleichwertigkeit: Menschen sind höchst individuell und damit nicht gleich. Jedoch gibt es in der Unterschiedlichkeit keine Auf- oder Abwertung. Alle Menschen sind gleich viel wert und damit weder über- noch untergeordnet.
- Autonomie: Das drückt das tiefe systemische Verständnis aus, dass biologische und soziale Systeme nicht von außen instruierbar und veränderbar sind, schon gar nicht einseitig. Diese Systemtypen, im Vergleich zu technischen Systemen, können sich nur von innen verändern. Einfach ausgedrückt: Jede:r kann sich nur selbst verändern.
- Achtsamkeit: Die Wahrnehmung von körperlichen Reaktionen (somatische Marker), Gedanken, Gefühlen wie auch Affekten bei sich selbst und anderen meint in diesem Zusammenhang Achtsamkeit.
- Würde: Das Streben danach, insbesondere in der Konfliktinteraktion, jegliche Formen von Beschämung zu unterlassen oder sich dagegen zu stellen, wenn mensch das beobachtet.
- Vertrauen: Das Risiko einzugehen, einem anderen Menschen zunächst einmal eine gute Absicht zu unterstellen, drückt in diesem Zusammenhang die Bedeutung von Vertrauen aus, angelehnt an das Verständnis des Soziologen Niklas Luhmann.
- Transparenz: Die reflektierte Erkenntnis, dass sich ein Mensch in einer Autoritätsfunktion oder -rolle transparent für die Führung legitimieren muss, meint hier Transparenz.

Damit Werte auch im Handeln erlebbar werden können, braucht es Ideen, die das Handeln leiten. Deshalb bilden sieben wechselwirkende Elemente einen normativen Korridor für die Denk- und Handlungsweise eines Menschen in einer Führungsrolle. Das sich daraus ergebende Verhalten erhöht die Wahrscheinlichkeit, dass die mit der Führungskraft interagierenden Personen dieser Autorität zuschreiben und damit auch freiwillig folgen. Gleichzeitig wirkt stimmiges Führungsverhalten auf die zentralen Werte zurück und

Die transformative Autorität ist eine Haltung und kein Führungsstil

Das hier präsentierte Metamodell der transformativen Autorität in der Führung zeigt in Abbildung 7: Im Kern ist die Haltung der transformativen Autorität in der Führung ein verkörpertes Mindset,[1] welches im bildlichen Sinn Körper, Geist und Seele durchflutet. Das meint, Verhalten, Sprache, Gesten – alles für mich selbst und für andere Wahrnehmbare folgt einer inneren Überzeugung. Das verkörperte Mindset beziehungsweise die Haltung der transformativen Autorität äußert sich in bestimmten Werten, die durch sieben Elemente in Wirkung gebracht werden und die sich auf der Handlungsebene in einer Vielzahl an Methoden und Verhaltensweisen ausdrücken.

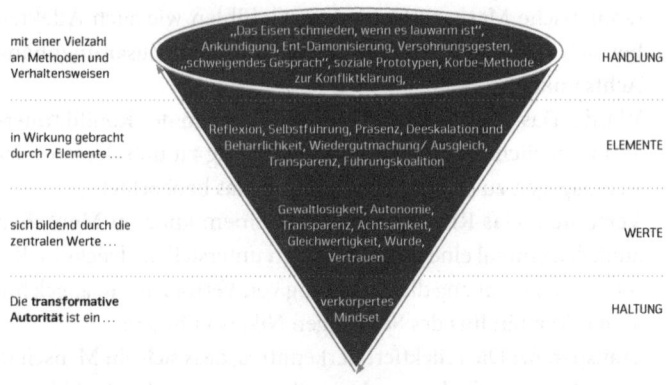

Abbildung 7: Das Metamodell der transformativen Autorität

Die transformative Autorität bildet sich durch die zentralen Werte (vgl. auch Lemme u. Körner, 2018, S. 83 ff.):

- Gewaltlosigkeit (Nonviolence): Damit ist nicht nur die Abwesenheit von Gewalt (psychisch, physisch, strukturell, kulturell) gemeint, sondern auch das Einstehen für und Streben nach

---

1 Dieser Begriff wurde erstmalig von dem klinischen Psychologen und systemischen Familientherapeuten Peter Jacob geprägt.

Position 2 nimmt die Führungskraft ein, wenn es von den Mitarbeiter:innen gewünscht ist, um für einen Übergang noch Sicherheit oder Orientierung zu bieten, zum Beispiel über bewusstes Verhalten als Modell beziehungsweise »Vorbild«, wenn die Würde oder Arbeitsfähigkeit für die Ziele beginnt zu leiden – alles Situationen, die noch keine einseitige Maßnahme aus Position 1 heraus erfordern. Die Führungskraft würde mit der Erhöhung der Intensität beziehungsweise Präsenz signalisieren, dass sich das Team einer Grenze nähert. Damit unterstützt die Führungskraft das Team, seine Aufmerksamkeit auf die mögliche anstehende Grenzverletzung zu lenken und sich zu korrigieren. Bei Grenzverletzungen, großen drohenden Schäden oder Unfällen kann die Führungskraft die Führungsintensität, auch schnell, über Position 2 hin zu Position 3 erhöhen.

In Position 3 findet direktives Führungshandeln als einseitige Maßnahme statt, ohne Verhandlungsspielraum. Damit nimmt die Führungskraft temporär eine vertikale Hierarchieposition ein, die sich aus ihrer institutionellen Autoritätsfunktion *(potestas)* legitimiert. Sobald die Grenzverletzung markiert oder der drohende Schaden abgewendet wurde, kehrt die Führungskraft wieder zurück in Position 2 oder gar 1. Das tut sie mit dem Ziel, gemeinsam mit dem Team einen Reflexionsprozess zu dieser direktiven Notwendigkeit einzuleiten, damit solch ein einseitiges Eingreifen immer weniger nötig ist. Auch wenn direktives Handeln im Ergebnis ähnlich einer autoritären Führungshandlung scheint: Es ist ein deutlicher Unterschied, der in der Haltung zu Autorität (autoritär gegenüber transformativ) begründet liegt – und der für Menschen sehr wahrnehmbar ist.

Vielen offenbart sich durch die Konkretisierung der Autoritätshaltungen rasch die Logik, dass die *transformative Autorität* nicht nur besonders hilfreich und wirkungsvoll für *agile Arbeitsformen* ist. Denn auch bei *Scrum* oder *Design Thinking* gibt es Führungsrollen, die jedoch anders ausgebildet sind als bislang vertikal hierarchische Führungsfunktionen: Es sind Rollenbeschreibungen, die Führung eher als gleichwertige, mitwirkende und moderative Form der Zusammenarbeit verstehen. Und deren Rolleninhaber:in (un-)regelmäßig wechselt beziehungsweise wechseln kann, beispielsweise über Wahl, Losverfahren, Zeitablauf oder das Alphabet.

3. Die transformative Haltung:

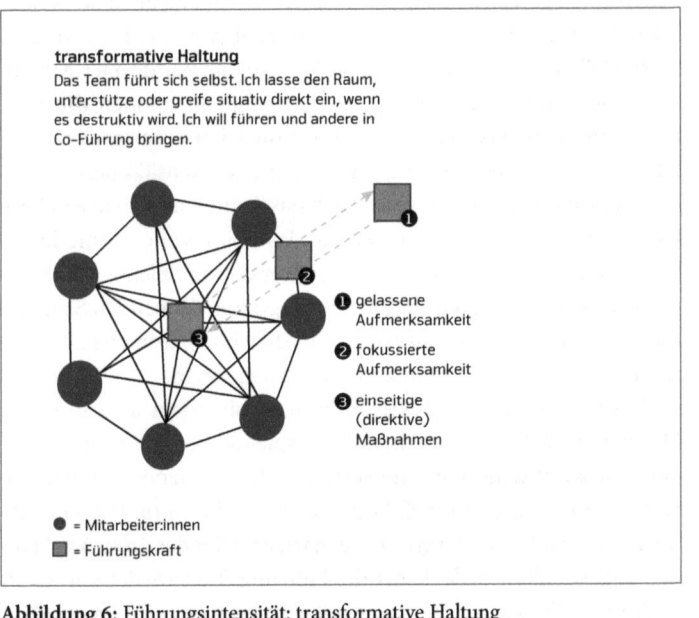

Abbildung 6: Führungsintensität: transformative Haltung

Die transformative Haltung weist drei Aufmerksamkeits- und Präsenzgrade auf (vgl. Omer, 2016, S. 14 ff.). Die transformative Autorität will zwar führen, doch es ist ihr grundsätzliches Ziel, die Mitarbeiter:innen so zu unterstützen, dass sie sich in Richtung Co-Führung entfalten und entwickeln können. Bei einem hohen sozialen Entwicklungsgrad übernimmt das Team selbst die Führungsfunktion. Bis dieser Grad erreicht ist, zeigt die Führungskraft nur die Führungsintensität, die gerade nötig ist, damit die Würde und Arbeitsfähigkeit für die Ziele gewahrt ist sowie Entwicklungsimpulse erfolgen.

Im Detail sieht das so aus: Die Führungskraft ist grundsätzlich in der Position 1 (»gelassene Aufmerksamkeit«). Das bedeutet, dass sie dem Team maximalen Raum gibt, um sich selbst für die Ziele zu organisieren. Jedoch ist sie präsent im Hintergrund, im Sinne eines Interesses und einer Unterstützungshaltung. Die Mitarbeiter:innen wissen verlässlich, dass sie bei Bedarf Unterstützung erhalten.

Die autoritäre Haltung weist eine kontinuierlich hohe Führungs-intensität auf. Sie steht, bildlich gesprochen, immer in der Mitte und will führen. Alles dreht sich um die Führungskraft und läuft über sie. Die Mitarbeiter:innen sind, wenn überhaupt, nur informell ver-netzt. Da der soziale Raum von der Führungskraft ausgefüllt wird, gibt es keinen Platz für die Entfaltung und Entwicklung der Mitar-beiter:innen. Es gibt auch kein Interesse von der Führungskraft, das zu ändern. Wozu auch? »Es gibt ja mich.«

2. Die antiautoritäre Haltung:

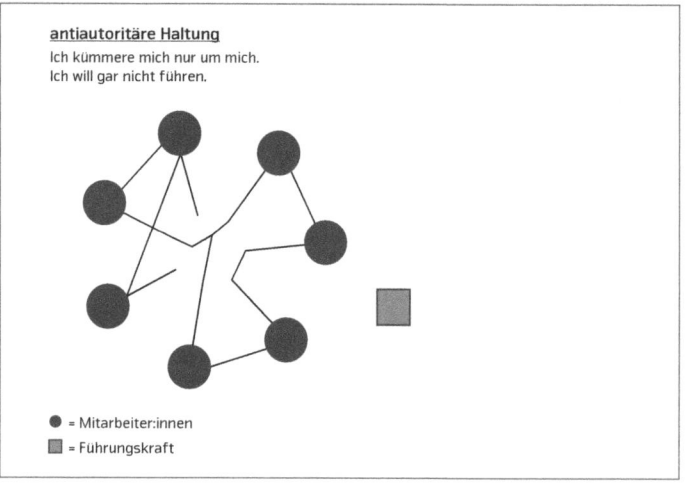

Abbildung 5: Führungsintensität: antiautoritäre Haltung

Die antiautoritäre Haltung hat so gut wie keine Führungsintensität. Die Führungskraft steht, wenn überhaupt, am Rand oder ist so gut wie gar nicht präsent – weder räumlich noch emotional oder mental. Sie will nicht führen. Es ist eigentlich nur die organisationale »Hülle« (*potestas*) vorhanden, zum Beispiel als Name im Organigramm. Die sogenannte Führungskraft beschäftigt sich vor allem mit sich selbst und überlässt die Mitarbeiter:innen sich selbst. Die Mitarbeiter:in-nen sind überwiegend informell vernetzt. Es gibt kein institutionel-les Interesse, repräsentiert durch die Führungskraft, für Entfaltung und Entwicklung der Mitarbeiter:innen zu sorgen.

78 | Transformative Autorität

tionalen Kontext habe ich diese Definition von Autorität eingeführt (vgl. Baumann-Habersack, 2020, S. 219).

Vereinfacht drückt die Definition aus, wie Menschen (meist unbewusst) darüber verhandeln, wer wem Führung gestattet und wer folgt. Je nach Art und Weise, wie das zwischen den Menschen ausgehandelt wird (oder auch nicht), entsteht (k)eine Autoritätsbeziehung. Die Kultur und Struktur der jeweiligen Organisation, in der die Verhandlung stattfindet, beeinflusst die Verhandlung.

Wir haben uns mit drei Haltungen von Autorität beschäftigt: den beiden traditionellen Haltungen (autoritäre und antiautoritäre Autorität) sowie der neuen Autorität. Obwohl es in Organisationen Menschen gibt, die eine Haltung nahezu in Reinform als ihr Autoritätsverständnis einnehmen: Bei vielen mischt sich das Verständnis aus allen drei Haltungen.

Die Intensität von Führung je Autoritätshaltung

Die drei Autoritätshaltungen unterscheiden sich auch darin, wie intensiv Führung ausgeübt wird.

1. Die autoritäre Haltung:

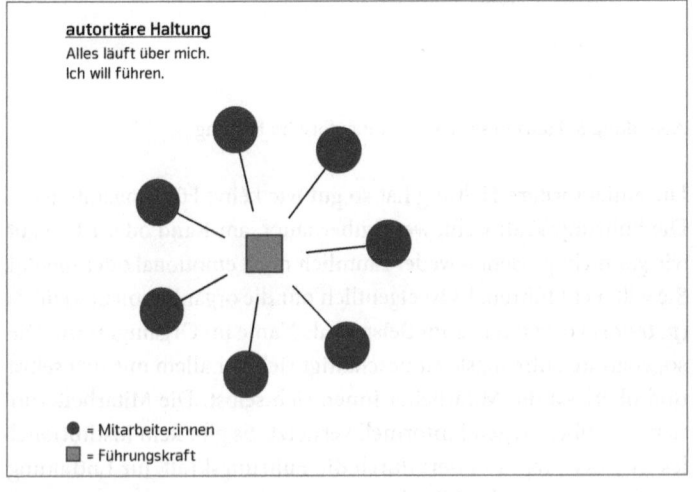

Abbildung 4: Führungsintensität: autoritäre Haltung

Das Haltungs- und Handlungskonzept der transformativen Autoritätshaltung

Nachdem Sie gelesen haben, dass Autorität ein Kraftfeld darstellt, in dem Menschen, je nach Autoritätshaltung, in einer spezifischen Art und Weise über Führen und Folgen verhandeln und nach Orientierung suchen, konnten Sie erkennen, dass die transformative Autorität einen psychosozialen Evolutionsprozess repräsentiert. In dem folgenden Teil geht es darum, konkretere konzeptionelle Grundlagen für die transformative Autorität zu legen.

Dafür ist es wichtig, kurz das Verständnis von Autorität in organisationalen Kontexten zu definieren. Danach lesen Sie, wie sich die drei Autoritätshaltungen in ihrer Intensität der Führungswirkung unterscheiden. Daran kann es Ihnen noch leichter fallen, zu erkennen, dass die transformative Autorität keine Synthese aus autoritärer und antiautoritärer Autorität ist. Denn sie basiert auf einem Haltungs- und Handlungskonzept, das weit mehr ist als nur ein Führungsstil. Das erläutere ich Ihnen in dem von mir entwickelten Metamodell der transformativen Autorität in der Führung.

Was ist Autorität eigentlich?

Ich hatte es zu Beginn dieses Kapitels bereits geschrieben: Autorität ist ein schillernder Begriff, in vielerlei Hinsicht. Er weist zwar auch Ähnlichkeiten mit dem Begriff Macht auf, jedoch verweist Autorität auf eine andere Art der Beziehungsgestaltung. Für den organisa-

Definition: Autorität ist ein homöostatisches Ergebnis von *freiwilligen* Zuschreibungen über Führen und Folgen. Dieses emergiert kontinuierlich durch einen wechselseitigen Verhandlungsprozess zwischen Menschen innerhalb eines organisationalen Kontextes. Die Zuschreibungsquellen und deren Legitimierung wechselwirken zwischen den Verhandlungsparteien, gleichzeitig auf struktureller und individueller Ebene wie auch auf der Ebene des Kommunikationsprozesses.

tierung bietet, ohne autoritär zu sein. Sie brauchen also eine Autoritätshaltung, die sie ermutigt, gemeinsam in die Zukunft zu gehen, bis diese Menschen über eine Co-Kreation und Co-Führung dann im neuen Feld angekommen sind beziehungsweise sich dieses neue Feld selbst erschlossen haben. Co-Kreation bedeutet unter anderem, dass beispielsweise Menschen mit und ohne Führungsverantwortung gemeinsam dazu arbeiten, nach welchen Führungsprinzipien für die Ziele der Organisation zusammengearbeitet werden soll, damit sie später Mitverantwortung für die Zielausarbeitung und -erreichung übernehmen sowie auch ohne Führungskraft konstruktiv Konflikte austragen können (Co-Führung). Dabei entsteht eine Wir-Zentrierung. Das bedeutet, dass es um eine Co-Kreation für gemeinsame Ziele und für gemeinsame Zukünfte geht. Es handelt sich um ein Eco-System-Denken (»ecological«, nach Scharmer), also das Denken in Ökosystemen, in kooperativen Wechselwirkungen. In diesem oberen Feldteil geht es (weiterhin) darum, mit einer transformativen Haltung kontinuierlich daran zu arbeiten, die Arbeits- und Führungsbeziehungen hin zu Gleichwertigkeit, Gewaltlosigkeit und einer vernetzten Autonomie (selbstständig als Individuum und trotzdem vernetzt und verbunden mit anderen Individuen) für gemeinsame Ziele zu entwickeln. Das ist ein kontinuierlicher Prozess, der niemals abgeschlossen sein wird. Denn solange unsere Bildungseinrichtungen immer noch auf einem ego-zentrierten Mindset aufgebaut sind, werden mit jedem Abschlussjahrgang auch weiterhin junge Menschen mit einem traditionellen, nicht mehr hilfreichen Mindset auf eine neue, sich transformierende Unternehmenswirklichkeit prallen.

Die transformative Autorität lässt sich als ein »Ich im Wir« beschreiben. Und hat damit natürlich starke Parallelen zur *Themenzentrierten Interaktion* nach Ruth Cohn. In den nächsten Dekaden ist es durchaus denkbar, vielleicht auch erst im nächsten Jahrhundert, dass wir noch weitere Autoritätsfelder erschließen, die heute noch gar nicht erkennbar sind. Es kann also sein, dass der transformative Teil des Autoritätsfelds auch wieder nur ein Übergangsteil eines Feldes ist, um eine weitere, höhere Entwicklungsstufe von Autorität zu erschließen. Ich bin mit meinem heutigen Bewusstsein noch nicht in der Lage, das zu beschreiben.

eine Krise der menschlichen Interaktion und strebt dazu einen Musterwechsel an. Die Erfahrungen im Umgang mit dieser Krise erschweren es Menschen, miteinander produktiv oder konstruktiv zu kommunizieren beziehungsweise zu kooperieren. Konstruktive Konfliktinteraktionen treten dann auf, wenn sich die Qualität der Konfliktinteraktionen verändert. Das geschieht, wenn sich destruktive Dynamiken in den Zustand größerer Stärke und Offenheit umwandeln (vgl. Folger u. Bush, 2015, S. 277). Auch die *neue Autorität* nach Omer und von Schlippe hat einen transformativen wie auch gesellschaftspolitischen Kern. Daher ist es folgerichtig, die neue Autorität in der Führung als *transformative Autorität* zu bezeichnen.

Kurz: Die transformative Autorität ist eine Einstellung sich selbst und anderen gegenüber, die Führungsbeziehungen auf eine höhere Entwicklungsstufe führt, um Schulter an Schulter und auf Augenhöhe eine gemeinsame Zukunft zu gestalten sowie in Co-Führung vernetzt wirksam Ziele anzustreben.

Die transformative Form von Autorität als psychosozialem Evolutionsprozess erschließt also, wie bereits benannt, einen bestehenden, aber bislang noch nicht bewusst zugänglichen Feldteil. Der Zugang ergibt sich in der Regel nicht einfach so. Auch wenn einzelne Menschen unbewusst schon Zugang zu diesem Teil des Kraftfelds haben oder sich sogar dort bewegen, ohne es so zu benennen. Die eigene Beziehung zu Autorität und damit auch Autorität in Beziehungen zwischen Menschen selbst löst sich erst durch die innere Transformation des Bewusstseins eines Menschen aus der Polarität zwischen autoritär und antiautoritär. Dabei setzt der Wechsel der Achse ein. Die transformative Autorität ist damit nicht eine Synthese aus autoritär und antiautoritär, sondern erschließt als evolutionärer Prozess eine höhere Entwicklungsstufe in dem Feld von Autorität in sozialen Systemen.

Doch die Mehrheit der Mitarbeiter:innen wie auch der Führungskräfte ist noch gebunden in dem Ego-System-Denken. In den wenigsten Fällen mit Absicht, sondern aufgrund ihrer Sozialisierung und der aktuell strukturellen Gegebenheiten unserer Gesellschaft und Wirtschaft.

Um bewusst in dieses neue Feld zu gelangen, benötigen Menschen eine Autoritätshaltung, die auch schon im unteren Feld Orien-

Transformative Autorität als psychosozialer Evolutionsprozess

Otto Scharmer, Begründer der *Theorie U* (Scharmer, 2008), beschrieb 2007 schon im Kern, dass wir den inneren Ort oder auch Standpunkt beziehungsweise die innere Sichtweise verändern müssen, von dem oder der aus wir handeln. Nur dann können wir in die und in der Zukunft führen. Davon wird vor allem auch abhängen, ob wir wirklich den sozialen und damit technologischen Sprung in die digitale Wissensgesellschaft schaffen. Es reicht nicht, nur Strukturen zu verändern, in der Hoffnung, dass die Arbeitsform der Funktion folgt, so Scharmer. Vielmehr folgt die Form dem Bewusstsein (vgl. Scharmer, 2017, S. 32). Der innere Ort zum Thema Führung ist im Wesentlichen die Haltung zur Autorität.

Neben Scharmer gab es in der Folge weitere wissenschaftliche Arbeiten von Forscher:innen, die sich mit dem Konzept der Transformation beschäftigten. Eine davon ist die amerikanische Erziehungs- und Politikwissenschaftlerin Carolyn Shields, die das Konzept der *transformativen Führung* veröffentlichte. Dieses hat sie klar von transaktionaler wie auch transformationaler Führung abgegrenzt. Denn der *transformative* Ansatz arbeitet unter anderem darauf hin, tiefgreifende Veränderung zu bewirken: hin zu mehr Emanzipation, Gleichberechtigung, Demokratie und auch Exzellenz. Dadurch wirkt der Ansatz auch daran mit, den soziokulturellen Rahmen von Führung zu transformieren (vgl. Shields, 2011, S. 9 f.).

Auch im Feld der Konfliktbearbeitung ist dieser Ansatz längst angekommen. Die *transformative Mediation* versteht Konflikte als

---

Definition: Transformative Autorität in der Führung

Die transformative Autorität in der Führung versteht sich als eine verkörperte, transformative Führungshaltung, mit einem Set von transformativen Handlungen und Werten. Sie führt zu einer Evolution von mentalen Modellen und Mustern in Arbeitsbeziehungen, hin zu Gleichwertigkeit, Gewaltlosigkeit und vernetzter Autonomie. Um für Ziele effektiv zu wirken.

bedingt und verstärkt. Somit sind wir auch heute noch an diese Polarität zwischen autoritär und antiautoritär gebunden.

Grundsätzlich ist die transformative Autorität bereits in diesem Feld vorhanden. Wir müssen sie nicht erschaffen, erzeugen oder »implementieren«. Bislang hatten wir aber noch keinen bewussten mentalen und emotionalen Zugang zu ihr und damit auch noch nicht zu diesem oberen Teil des Feldes.

Im unteren Teil des Feldes steht eine starke Ich-Zentrierung. Das bedeutet: Die autoritäre wie auch die antiautoritäre Autorität basieren beide darauf, dass es sich mehr oder weniger um die Führungskraft dreht. Auch wenn es auf den ersten Blick paradox wirkt: Das gilt auch für den antiautoritären Bereich. Dieser ist ebenfalls Ich-zentriert, nur in einer anderen Form – es geht eben um die *abwesende* oder *sich entziehende Autorität* bei Führungskräften. Dieser Teil des Feldes weist ein sogenanntes Ego-System-Denken auf (Scharmer, 2019). Dabei kreist alles um den eigenen Vorteil wie auch um Konkurrenz und Wettbewerb, der aber nicht kooperativ gestaltet ist, sondern ausgrenzend, kleinmachend, vernichtend oder niedermachend. Oder schlicht nur interessiert an sich.

Das Führungsverhalten bewegt sich entweder im *transaktionalen* Bereich – das bedeutet, es geht rein um Austauschverhältnisse und Beziehungen, die einen Nutzen stiften. Oder es bewegt sich im *transformationalen* Bereich der Führungsstile, die bereits einen humanistischen Anteil aufweisen. Denn bei transformationalen Führungsstilen geht es vor allem darum, die Beziehung zu verbessern, damit sich Menschen wohler fühlen, um ihre volle Leistung zu erbringen. Im Kern bleibt aber auch der transformationale Stil im Ego-System. Denn die Veränderungswirkung endet an der Organisations- beziehungsweise Unternehmensgrenze. Mit beiden Führungsstilen, mit der Haltung der Ich-Zentrierung und mit dem Ego-System-Denken, verwaltet sowohl die autoritäre als auch die antiautoritäre Autorität lediglich die Gegenwart oder konserviert und reproduziert immer wieder die Vergangenheit beziehungsweise vergangene Muster, nur immer wieder in neuen Gewändern.

Autorität als Kraftfeld

In jedem sozialen System gibt es verschiedene Kraftfelder (vgl. Bourdieu, 1992/2013; Foucault, 1976/1993; Lewin, 1951/1975; Moreno, 1934). Ein Kraftfeld ist das von Autorität. Das bedeutet, Menschen erzeugen sich hier Orientierung darüber, wer jeweils aktuell die Führungsrolle einnimmt. Das Kraftfeld ist auch der Raum, in dem die Akteur:innen die Bedingungen von Führen und Folgen verhandeln – ganz unabhängig davon, um welche Autoritätshaltung es sich handelt.

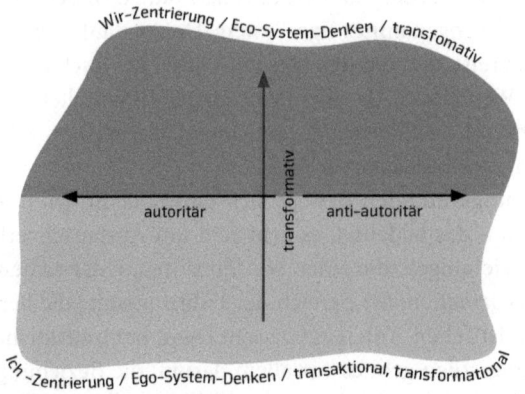

Abbildung 3: Kraftfeld Autorität – Orientierung und Verhandlungsraum für Führen und Folgen

Die horizontale Achse beschreibt die traditionellen Haltungen von Autorität: autoritäre und antiautoritäre Autorität. Diese Polarität, in die wir überwiegend in Schulen und Bildungseinrichtungen und später in Organisationen sozialisiert werden, reproduziert sich permanent, wenn wir unsere Handlungen und Unterlassungen im Zusammenhang mit Autorität nicht reflektieren. Sie wird auch durch unseren gesellschaftlichen und ökonomischen Kontext strukturell

Transformative Autorität

In diesem Kapitel beschreibe ich, was ich unter transformativer Autorität verstehe, wie diese Haltung Menschen in Organisationen Freiräume für ihr persönliches Wachstum gibt, wie sie hilft, Konflikte würdevoll und nachhaltig zu bearbeiten – und wie die sieben Elemente der transformativen Autorität in der Führung für gemeinsame Ziele wirken.

Die transformative Autorität steht für drei Kerne (Abbildung 2):

1. Sie beschreibt ein Kraftfeld innerhalb von sozialen Systemen.
2. Sie versteht sich als psychosozialer Evolutionsprozess, beginnend in einem Menschen, dessen Haltung zu Autorität transformiert und im Außen wirksam werden lässt.
3. Sie ist ein Haltungs- und Handlungskonzept mit sieben Elementen für die Führungspraxis.
   Was bedeutet das im Einzelnen?

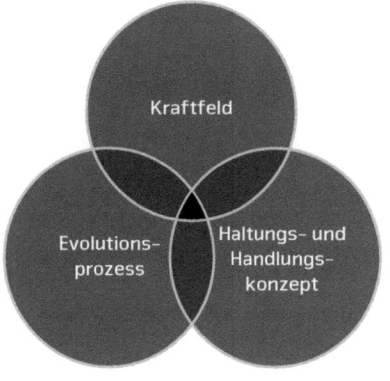

Abbildung 2: Transformative Autorität

für die Effektivität von Organisationen in naher Zukunft erforderlich. Denn tiefe, grundsätzliche Veränderungen in der Sicht auf die Welt beginnen *in* einem Menschen. Erst dann kann er diese auch im Außen wahrnehmen und gestalten. Wirtschaft und Gesellschaft transformieren sich – transformative Autorität ist die Haltung, mit der wir heute und in der Zukunft Arbeitsbeziehungen würdevoller, konfliktintelligenter und damit produktiver gestalten.

Die Erkenntnis des Zusammenhangs zwischen der Begriffssuche und dem transformativen Teil der neuen Autorität ergab sich während der Durcharbeit eines Blogposts von Otto Scharmer (Scharmer, 2019), dem Begründer der *Theorie U.* Haltung und Handlung der Führungskraft stimmen durch diesen inneren Bewusstseinswandel miteinander überein. Das wirkt in der Regel auf andere glaubwürdig und berechenbar. Dies schafft eine Voraussetzung, dass Menschen beginnen, zu vertrauen. Und dies ist die Basis dafür, dass Menschen anderen Menschen freiwillig (in die Zukunft) folgen. Damit Menschen sich dieser neuen Haltung zuwenden können, braucht es auch eine adäquate Bezeichnung, die einerseits Aufmerksamkeit für Wahrnehmung erzeugt, aber noch viel entscheidender: die möglichst treffend die Wirkung widerspiegelt. Es soll »drinnen sein, was drauf steht«. Deshalb nenne ich diese neue Haltung, die die neuen Wertesysteme der Menschen und die sich verändernden Strukturen in Wirtschaft und Gesellschaft ernst nimmt: transformative Autorität.

ich kontinuierlich an der Konkretisierung und Weiterentwicklung, mittlerweile auch hauptberuflich als Wissenschaftler.

Während der Weiterentwicklung hatte ich eine Zeit lang die Bezeichnung *horizontale Autorität* verwendet. Sie wurde erstmalig vom belgischen Psychologen Paul Verhaege eingeführt, der sich dabei auch auf Omer bezieht (vgl. Verhaeghe, 2016, S. 81 ff.). Denn *horizontale* Autorität passte zu den neueren, heterarchischen Organisationskonzepten wie beispielsweise Soziokratie, kollegialer Führung oder auch Holokratie und bildete einen einleuchtenden Unterschied zu den klassischen vertikalen beziehungsweise steilen Hierarchien (Pyramide). Doch durch meine Forschung wie auch durch Praxiserfahrungen mit Führungskräften in Organisationen bei der Einführung dieses Konzeptes habe ich erkannt, dass für Führungskontexte weder die Bezeichnung *neu* noch *horizontal* stimmig ist. Denn diese Bezeichnungen beschreiben diese neue Autoritätshaltung und -ausprägung sowie deren Wirkung auf Führungskontexte nicht umfassend in der Tiefe und benennen nicht den transformativen Kern, der ihr innewohnt. Doch der ist gerade in Führungskontexten wichtig, weil er einen transformativen Prozess beschreibt, der über Organisationen hinausgeht und in die Gesellschaft wirkt.

Warum die neue Autorität eine neue Bezeichnung braucht

Eine passende Beschreibung dieser neuen Autoritätshaltung ist jedoch erheblich: Immer offensichtlicher tritt zutage, dass Führung mit den traditionellen Ausprägungen von Autorität beständig weniger wirksam ist – aufgrund veränderter Werte, neuer Prinzipien der Zusammenarbeit für neue Arbeitsformen wie auch aufgrund tiefgreifender Musterwechsel in Wirtschaft und Gesellschaft hin zu mehr Nachhaltigkeit. Dadurch kommt dieser noch relativ neuen Autoritätshaltung in der Führung eine große Bedeutung für die Transformation zu. Sie ermöglicht es Menschen in Führungsrollen, ihren inneren Ort in der Transformationsphase bereits heute schon in Veränderung zu bringen, das heißt, ein individuelles Mindset zu finden, das sich im Verhalten, in der Sprache, in Gesten ausdrückt und nach innen und außen wahrnehmbar ist. Und zwar so, wie es für die Führung durch diese Übergangszeit nötig ist, wie auch

gen nach Veränderungen ausgesetzt sind. Oder Führungskräfte gehen den Forderungen nicht nach, sodass auch ein Ausgleich für Fehler oder Schäden eher unwahrscheinlich ist.

7. Umgang mit Selbstreflexion

Der *Umgang mit Selbstreflexion* bleibt bei der antiautoritären Autorität nebulös – schlicht und einfach aus dem Grund, weil hierzu keine Quellen verfügbar oder überhaupt vorhanden sind.

Neue Autorität

Der Begriff der sogenannten *neuen Autorität* wurde erstmalig von dem israelischen Psychologen Haim Omer geprägt, auch in Abgrenzung zu den beiden bereits beschriebenen traditionellen Formen von Autorität. Das damit verbundene Konzept wurde gemeinsam mit dem deutschen Psychologen Arist von Schlippe im deutschsprachigen Raum bekannt gemacht und weiterentwickelt. Das vorrangige Ziel des Konzeptes ist es, dass Erzieher:innen, Lehrer:innen wie auch Eltern auf Basis der Philosophie und Praxis des gewaltlosen Widerstands für junge Menschen präsent bleiben oder wieder werden, um die für deren Wachstum wichtige Autoritätsrolle auszufüllen. Das Innovative an dieser *neuen Autorität* ist es, Autorität von Unterordnung und Gehorsam zu entkoppeln und jederzeit danach zu streben, die Beziehung zu dem jungen Menschen zu verbessern. Dies soll jedoch geschehen, ohne dabei in Beliebigkeit und Grenzenlosigkeit abzudriften und ohne die legitimierte Autoritätsrolle zu verlassen. Daraus leitet sich die Übernahme von Verantwortung, Führung wie auch gewaltloser Grenzziehung ab, wo nötig. In »Mit neuer Autorität in Führung« (Baumann-Habersack, 2015, 2017) habe ich dieses Konzept erstmalig in Buchform systematisch auf den Führungskontext übertragen. Der Frage folgend, wie sich Führung und damit Autorität in Organisationen wandeln muss, damit Menschen im 21. Jahrhundert disziplinarischen Führungskräften oder auch temporären Führungsrollen (Projektleitungen, Scrum Master, Product Owner, Führungskreisen …) freiwillig folgen. Seitdem arbeite

keine Reaktionen auf Konflikte zeigen, beispielsweise, weil Aufgaben nicht erledigt oder Anweisungen nicht Folge geleistet wurde. »Die Führungskraft, die nicht ›Nein‹ sagen kann, erzeugt bei Mitarbeitern […] ein Gefühl von Chaos und Frustration« (Kernberg, 2000, S. 169). Hieraus folgt nicht selten, dass Mitarbeiter:innen die Grenzen immer weiter austesten oder gar (Konflikte) provozieren. Die Eskalation wird hier komplementär von den Mitarbeiter:innen getrieben, je weniger Führungskräfte sich widersetzen (vgl. Omer et al., 2016, S. 170 f.).

4. Vereinzelung und Vernetzung

Führung wirkt bei der antiautoritären Autoritätshaltung nicht als integratives, verbindendes Element. Deshalb sind Mitarbeiter:innen wie auch Führungskräfte selbst sehr wahrscheinlich nur fragmentiert, möglicherweise in Subgruppen vernetzt. Dies erschwert nicht selten eine aufgabenorientierte Zusammenarbeit, wodurch die Bedeutung der Beziehungsebene in den Vordergrund rückt. Sacharbeit wird durch die Cliquenbildung in den Hintergrund gedrückt. Unklarheiten, Unsicherheiten und das Gefühl, allein zu sein oder gelassen zu werden, führen wahrscheinlich zu Ärger und Aggressionen.

5. Umgang mit Transparenz

Die antiautoritäre Autorität zeichnet sich durch eine fehlende aufgabenorientierte Organisation und fehlende Grenzen aus (vgl. Kernberg, 2000, S. 173). Hieraus folgt, dass Mitarbeiter:innen häufig keine Übersicht über (zwischenmenschliche) Themen, Aufgabenverteilungen oder auch Priorisierungen haben. Hieraus können sich dann unter anderem Doppelarbeiten, fehlende Orientierung, Verärgerung und Frust über mangelnde Abstimmung wie auch sich daraus ergebender Streit zwischen Mitarbeitenden entwickeln.

6. Verständnis von Ausgleich

Das *Verständnis von Ausgleich* ist davon geprägt, dass Mitarbeiter:innen in dem Sinne einer antiautoritären Autorität keinen Forderun-

1. Nähe-Distanz- und Hierarchierelation in der Beziehung

Bei der antiautoritären Autorität ist das Hierarchieverständnis (vertikal oder horizontal) unklar beziehungsweise nicht bestimmt. Führungskräfte lehnen es im Sinne des *Laissez-faire* ab, Regeln zu setzen oder die Einhaltung von Regeln zu kontrollieren (vgl. Baumrind, 1971, S. 54 ff.).

Dadurch, dass Mitarbeitenden maximaler Freiraum aktiv gewährt oder überlassen wird (bei abwesender Autorität), handelt es sich eher um eine unklare oder eher distanzierte Führungsbeziehung. Diese Unklarheiten führen bei Mitarbeitenden grundsätzlich zu Unsicherheit. Denn Mitarbeitende können bei zu wenig Nähe und/oder seltenem Kontakt die Führungskraft schwerer einschätzen.

Da abwesende Führung Organisationsstrukturen schwächen und Chaos erzeugen kann, sind in der Regel regressives Verhalten in Gruppen und autoritäres Verhalten in der Organisation sichtbar (vgl. Kernberg, 2000, S. 174) – der oder die Stärkere setzt sich durch, während andere innerlich schrumpfen.

2. Verständnis von Veränderungen

Das *Verständnis von Veränderungen* zeigt sich bei der antiautoritären, sich entziehenden Ausprägung von Autorität in der Abwesenheit von Forderungen durch Führungskräfte oder in dem Nachgeben bei Forderungen von Mitarbeiter:innen. Führungskräfte achten nicht darauf, dass Mitarbeiter:innen Aufträge oder gar Anweisungen ausführen beziehungsweise Aufgaben erledigen. Durch sich entziehende Autorität wird Verantwortung grundsätzlich verneint (vgl. Revers u. Streit, 2018, S. 12). Zum Beispiel dafür, dass Aufgaben zu erfüllen sind – auch die eigene Führungsaufgabe. Bei (Gegen-)Forderungen von Mitarbeiter:innen geben Führungskräfte schnell nach oder übernehmen selbst (wieder) die Aufgabe (vgl. Omer u. von Schlippe, 2010, S. 27).

3. Umgang mit Eskalationen

Der *Umgang mit Eskalationen* gestaltet sich im Verständnis der antiautoritären Autorität so, dass Führungskräfte nachgeben oder

unreflektiert fortgesetzt, so wie sich diese Vorgesetzten das im Laufe ihres Berufslebens wiederum sehr wahrscheinlich von ihren Vorgesetzten abgeschaut haben.

Antiautoritäre Autorität

Das Gegenteil von autoritärer Autorität ist die antiautoritäre (vgl. Schwarz, 2005, S. 133). Diese Autoritätsausprägung bezeichnen manche auch mit *sich entziehender/abwesender* beziehungsweise *diffuser Autorität*.

Historisch erklärt sich diese Autoritätsausprägung in dem Versuch, die autoritäre Autorität der letzten Jahrhunderte zu überwinden und alle normativen, pädagogischen Ansätze abzulehnen. Die emanzipatorische Pädagogik setzte auf maximalen Freiraum für die natürliche Entwicklung von Kindern, sodass sich jegliche Grenzziehungen oder Forderungen erübrigten (vgl. Omer u. von Schlippe, 2010, S. 24 f.). Wichtig zu wissen ist ebenfalls, dass die antiautoritäre Bewegung auch ein Plädoyer für eine andere ökonomische Ordnung und mehr Demokratie beinhaltete (vgl. Funke, 2017, S. 9 ff.). Damit stellte sie also nicht nur eine reine Gegenbewegung zum Autoritarismus dar, sondern war auch von einem visionären Anspruch getragen.

Doch nicht immer ist eine antiautoritäre Einstellung eine bewusste Entscheidung. Vielfach erlebe ich Führungskräfte als unsicher, welche Autoritätshaltung denn eigentlich passend ist. Denn sehr vielen ist klar, dass die autoritäre Form im 21. Jahrhundert immer weniger wirksam ist, weil sie schlichtweg nicht mehr akzeptiert wird oder nur noch vordergründig. Doch eine wirksame Autoritätsperspektive ist so gut wie keiner beziehungsweise keinem bekannt. Daraus folgt dann eine Diffusität, die zwischen autoritär und antiautoritär oszilliert.

Antiautoritäre Autorität erkennt mensch an der Faustregel, dass ein Chef nur etwa 20 Prozent der Führungsfunktionen übernimmt, die für das Funktionieren einer Gruppe nötig sind. Das gilt insbesondere dann, wenn die Gruppenmitglieder sich unselbstständig geben und eher nicht die Fähigkeit besitzen, sich eigenständig als arbeitsfähige Gruppe zu organisieren (vgl. Schwarz, 2005, S. 135).

auch ganz handfeste Erfahrungen mit Willkür – ein wesentliches Merkmal autoritärer Autorität.

6. Verständnis von Ausgleich

Das *Verständnis von Ausgleich* offenbart sich bei der autoritären Autoritätshaltung im Einsatz von Beschuldigung, Beschämung und Sanktionierung. »Beschämung ist im Sinne der autoritären Führung die stärkste und (indirekt) legitimierte Form der Bestrafung« (Baumann-Habersack, 2017, S. 109). Denn Beschämung, wie beispielsweise einen Menschen vor anderen bewusst lächerlich zu machen oder von einer Gruppe auszugrenzen, hat in westlichen Ländern die Gewalt als Form der Bestrafung abgelöst (vgl. Sennett, 1990/2012, S. 125).

Sanktionierung und Strafen folgen aus der autoritären Logik der Kontrolle und des Gehorsams (vgl. Omer u. von Schlippe, 2009, S. 251). Wenn Untergebene Anweisungen nicht Folge leisten oder Fehler gemacht und Schäden verursacht haben, ist die vorgesetzte Person die *Vollstreckerin* von Sanktionen (vgl. Baumann-Habersack, 2017, S. 109). Dies soll dazu führen, dass Untergebene (wieder) gehorsam sind oder dass ihre Angst vor Fehlern so groß wird, dass diese zukünftig nicht mehr entstehen.

Strafen haben in einer autoritären Logik damit zwei Funktionen: Sie sollen unangenehm sein und auch deutlich machen, dass sich der Untergebene der Autoritätsperson zu unterwerfen hat (vgl. Omer u. von Schlippe, 2010, S. 251). Durch das Akzeptieren der Strafe ist der »Ausgleich« erfolgt.

7. Umgang mit Selbstreflexion

Der *Umgang mit Selbstreflexion* ist im Verständnis einer autoritären Ausprägung von Autorität für die meisten Führungskräfte irrelevant. Denn wenn Probleme mit Untergebenen auftauchen, reflektieren sich solche Vorgesetzte so gut wie gar nicht, noch reflektieren sie die Führungsbeziehung. Schuld an den Problemen ist nach deren Logik ausschließlich der beziehungsweise die Untergebene (vgl. Baumann-Habersack, 2017, S. 115 f.). Die Art zu führen wird in der Regel

Personifizierung der Ursachen«, siehe Seite 30) wieder (siehe auch Glasl, 1999, S. 238 ff.).

4. Vereinzelung und Vernetzung

Vereinzelung und Vernetzung zeigen sich bei der autoritären Autorität durch die pyramidale Struktur von Autoritätsfunktionen. Je weiter oben ein:e Vorgesetzte:r in der Hierarchie steht, desto einsamer wird er oder sie (vgl. Omer u. von Schlippe, 2010 S. 250). Diese relative Einsamkeit wird aufrechterhalten durch die Konkurrenzsituationen, in denen sich die vorgesetzte Person befindet, wenn es um die Verteilung von Ressourcen, Budgets, Räumlichkeiten und so weiter geht: Jede:r kämpft für seinen oder ihren Bereich. Verstärkt wird diese Vereinzelung häufig noch durch eine Führungskultur, die dem unausgesprochenen Glaubenssatz folgt: Wer um Hilfe bittet, gilt als schwach (vgl. Baumann-Habersack, 2017, S. 106 f.). Dieser strukturelle und kulturelle Mix von Dynamiken trägt deutlich zur Vereinzelung sehr vieler Vorgesetzter bei.

5. Umgang mit Transparenz

Das Element *Umgang mit Transparenz* gibt Aufschluss darüber, dass sich die autoritäre Ausprägung von Autorität nicht legitimieren muss – weder für die Existenz der Funktion oder Rolle noch für Entscheidungen. Auch Fehler einer vorgesetzten Person oder Fehler, die in ihrem Bereich entstehen, bleiben verdeckt. Jeder Versuch, sie transparent zu machen, gilt als Verrat (vgl. Omer u. von Schlippe, 2010, S. 31 f.).

Verstärkt wird die daraus folgende Intransparenz durch das bereits beschriebene Konkurrenzverhältnis zwischen Autoritätspersonen in der Hierarchie. Wenn in diesem Verständnis die Fehler eines einzelnen Vorgesetzten für das berufliche Fortkommen eines anderen genutzt werden können, ist Transparenz bedrohlich und wird, so gut es geht, vermieden. Gleiches gilt für den Wissensvorsprung, wenn daran beispielsweise die Verteilung von Ressourcen gekoppelt ist (vgl. Baumann-Habersack, 2017, S. 110 f.).

Im Ergebnis führt all dies zu Intransparenz, die bei vielen Untergebenen nicht nur Gefühle von Willkür auslöst. Untergebene machen

2. Verständnis von Veränderungen

Das Element *Verständnis von Veränderungen* spiegelt sich in der autoritären Form von Autorität im Umgang mit Kontrolle und Gehorsam wider (vgl. Baumann-Habersack, 2017, S. 102 ff.). Vorgesetzte sehen bei Veränderungsbedarf in der Zusammenarbeit zumeist keine eigenen Anteile (vgl. Omer u. von Schlippe, 2010, S. 31), sondern erwarten grundsätzlich, dass die Untergebenen sich zu verändern haben. Und zwar unmittelbar nach dem Appell zur Veränderung – oder nach einer kurzen Zeit, sodass für den Vorgesetzten wahrnehmbar ist, dass seiner Anweisung Folge geleistet wurde. Denn Gehorsam ist im autoritären Verständnis von Autorität der Beleg dafür, dass der oder die Vorgesetzte als Autorität anerkannt ist (vgl. Omer u. von Schlippe, 2009, S. 249). Daher ist es ihm oder ihr nicht nur erlaubt, Untergebene zu kontrollieren, um die Umsetzung beziehungsweise Einhaltung seiner Anweisungen sicherzustellen. Das könnte mensch sogar als eine Vorgesetztenpflicht verstehen. Wenn Untergebene Anweisungen nicht befolgen oder ungehorsam sind, kommen Vorgesetzte meist sehr schnell unter Handlungsdruck, um ihrer Sorge vor Autoritätsverlust zu begegnen.

3. Umgang mit Eskalationen

Wie sich der *Umgang mit Eskalationen* im Verständnis autoritärer Autorität gestaltet, zeigt sich vor allem dann, wenn Vorgesetzte unter Handlungsdruck kommen (vgl. Baumann-Habersack, 2017, S. 113 f.). Denn auf Ungehorsam und Provokationen von Untergebenen muss die vorgesetzte Person mit Strafen reagieren (vgl. Omer u. von Schlippe, 2010, S. 31). Folgt auf abweichendes Verhalten nicht schnell eine vergeltende Reaktion, könnten Untergebene dies als Schwäche auslegen, so die Befürchtung von Chefinnen und Chefs (vgl. Omer u. von Schlippe, 2009, S. 250). Nicht selten kommt es zu Ultimaten und Drohungen vonseiten der vorgesetzten Person, was in der Regel eine sich wechselseitig aufschaukelnde Konflikteskalation treibt. Sehr schnell finden sich dann Vorgesetzte und Untergebene in einer Win-lose-Konfliktdynamik ab Stufe vier (»Ausweitung des Konflikts auf immer mehr Felder bei gleichzeitiger Tendenz zur

göttlichen Strafen belegt zu werden (vgl. Verhaege, 2016, S. 47 f.).
Die autoritäre Ausprägung von Autorität stellt daher ein Vermächt-
nis unserer früheren gesellschaftlichen Feudalordnung dar (vgl. Verhaege, 2016, S. 17 ff.).

Wie erkennen wir, ob wir es in einer Organisation mit einer autori-
tären Haltung zu Führungsautorität zu tun haben? Neben der
Faustregel, dass in diesem Fall ein:e Chef:in etwa 80 Prozent der
Führungsfunktionen übernimmt, die für das Funktionieren einer
Gruppe nötig sind, obgleich die Gruppe selbst über rund 80 Prozent
dieser Fähigkeiten verfügt (vgl. Schwarz, 2005, S. 134), lässt sich jede
Autoritätshaltung an sieben Kriterien erkennen. Für die autoritäre
Haltung sind diese sieben Elemente wie folgt ausgeprägt:

1. Nähe-Distanz- und Hierarchierelation in der Beziehung

Die autoritäre Autorität (vgl. Baumann-Habersack, 2017, S. 99 ff.)
zeigt in Hinblick auf das Element *Nähe-Distanz- und Hierarchierelation in der Beziehung* erkennbar ein grundsätzlich vertikales Hierarchieverständnis, eine Über- und Unterordnung von Vorgesetzten
und Untergebenen (vgl. Omer u. von Schlippe, 2009, S. 249 f.). Diese
Ausprägung von Autorität ist auch mit *vertikaler Autorität* beschreib-
bar. Die Rollenbezeichnungen Vorgesetzter und Untergebener re-
präsentieren bestmöglich dieses Verständnis, in der Regel auch unabhängig von möglichen kooperativen Handlungen oder Aussagen.
Für eine vorgesetzte Person ist es bedeutsam, dass es ausreichend
Distanz zwischen ihr und den Untergebenen gibt (vgl. Omer u. von
Schlippe, 2010, S. 29). Nicht selten wird die Distanz mehr oder weniger bewusst genutzt, um auf der Seite der Untergebenen Unsicherheit
zu erzeugen. Denn Untergebene können bei zu wenig Nähe und/oder
seltenem Kontakt die vorgesetzte Person schwerer einschätzen. Und
da sich in diesem Verständnis Vorgesetzte auch nicht erklären müssen (siehe Element *Umgang mit Transparenz*), fehlt Untergebenen
häufig das Verständnis für Hintergründe oder Sinnzusammenhänge
von Handlungen beziehungsweise Unterlassungen. Das kann die
Unsicherheit bei Untergebenen noch verstärken oder gar Ängste
vor Willkür auslösen.

– Neu beziehungsweise transformativ
Die Beziehung basiert auf einem horizontalen (Hierarchie-)Verständnis. Die Autoritätsperson versteht sich als gleichwertig zu dem anderen, jedoch nicht als gleich. Denn sie ist in einer Führungsrolle, will führen und dafür Verantwortung übernehmen. Aus dem transformativen Teil heraus strebt die Autoritätsperson danach, dass sich ihre Gegenüber in Co-Führungsrollen für gemeinsame Ziele entwickeln.

Im betrieblichen Kontext lässt sich jede Haltung anhand von sieben Elementen charakterisieren (vgl. Baumann-Habersack, 2017, S. 95 f.):

1. Nähe-Distanz- und Hierarchierelation in der Beziehung,
2. Verständnis von Veränderungen,
3. Umgang mit Eskalation,
4. Vereinzelung und Vernetzung,
5. Umgang mit Transparenz,
6. Verständnis von Ausgleich,
7. Umgang mit Selbstreflexion.

Was das konkret für die drei Autoritätshaltungen bedeutet, zeige ich in den folgenden Abschnitten. Im Anschluss beleuchte ich die transformative Autoritätshaltung in einem eigenen Kapitel genauer.

Autoritäre Autorität

Die patriarchale Gesellschaftsstruktur hatte sich früher aus der Logik des göttlichen Urvaters abgeleitet, dessen Autorität auf alle anderen Väter abstrahlte (vgl. Verhaege, 2016, S. 37 f.). Deren Vormachtstellung, beziehungsweise konkreter, der gesellschaftliche Glaube daran, wurde auf andere verwandte Positionen übertragen: Adlige, Lehrer, Richter, Priester und so weiter. Damit konnten sie Zwang auf ihnen im Rang untergeordnete Menschen ausüben, die sich diesem Zwang mehr oder weniger freiwillig unterwarfen (vgl. Verhaege, 2016, S. 31 ff.). Die patriarchale, autoritäre Logik war etabliert und wurde durch den Glauben an sie aufrechterhalten (vgl. Verhaege, 2016, S. 39), in Kombination mit der Angst, bei Ungehorsam mit

Vereinfacht ausgedrückt: Autorität entsteht durch eine Beziehung zwischen Menschen aus sich heraus und geht in einen Prozess über. Dieser hält sich selbst so lange aufrecht, wie sich die Menschen in einer Beziehung über (freiwilliges) Führen und Folgen austauschen, und über die Art und Weise, *wie* sie sich austauschen. Und das im Rahmen der jeweiligen Organisationsstruktur und -kultur.

Durch die Definition lege ich den Fokus des Verständnisses von Autorität auf die zwischenmenschliche Ebene. Denn das ist der Alltag von Menschen mit Führungsverantwortung. Auch wenn natürlich Organisationsstrukturen (Wagner, 1978; Ziegler, 1970) wie auch das Verständnis von Autorität in der Gesellschaft (Sternberger, 1959; Arendt, 1970/2013) auf das zwischenmenschliche Autoritätsverständnis einwirken: Das würde in diesem Buch den Rahmen sprengen, und deshalb lasse ich diese Perspektiven hier außen vor.

Autoritätshaltungen

Autorität ist nicht gleich Autorität. Sie kann sich auf der Beziehungsebene unterschiedlich ausdrücken und damit wirken. Das hängt im Kern mit der Einstellung des Menschen zu Autorität zusammen. Wir unterscheiden bislang in drei Autoritätshaltungen (vgl. Omer u. von Schlippe, 2010, S. 29 ff.):

– Autoritär
Die Beziehung basiert auf einem (vertikalen) Über- und Unterordnungsverständnis, in dem die Autoritätsperson erwartet, dass Anweisungen möglichst unmittelbar durch den oder die andere:n (gehorsam) ausgeführt werden. Die Autoritätsperson übernimmt die Verantwortung und will führen.

– Antiautoritär
Es ist unklar, auf welchem hierarchischen Verständnis die Beziehung basiert. In keinem Fall jedoch auf einem vertikalen Verständnis. Das lehnt eine Autoritätsperson in dieser Haltung ab. Auch, weil sie eigentlich nicht wirklich Verantwortung übernehmen und führen will oder dazu unentschieden ist.

den wechselseitigen Austausch von Erwartungen und Erwartungserwartungen voraus« (Sofsky u. Paris, 1994, S. 35).

Dabei ist mitzudenken, dass Autorität bislang männlich konnotiert ist. Frauen wird in unseren Gesellschaften deutlich weniger bis gar keine Autorität zugeschrieben (vgl. Wille, 2018, S. 345 f.).

Der Soziologe Max Weber setzt Autorität mit legitimer Herrschaft gleich (Weber, 1921/2000), weil Menschen dann freiwillig folgen beziehungsweise gehorsam sind. Die Grundannahme Webers ist, dass Menschen dann bereit sind, etwas zu glauben, wenn die Ideen und Personen glaubwürdig oder legitim sind. Doch Richard Sennett, ebenfalls ein Soziologe, bemerkt, dass die Grundannahme Webers infrage gestellt wurde – unter anderem durch die Forschungen der Sozialphilosophen Max Horkheimer und Theodor Adorno zur autoritären Persönlichkeit (Adorno, 1950/2013). Horkheimer und Adorno fanden heraus, dass Menschen auch ein Bedürfnis haben, etwas zu glauben, und zwar unabhängig davon, ob es legitim ist oder nicht. Und das Bedürfnis nach Autorität wird, neben der Kultur und Geschichte, auch von der psychischen Prädisposition von Menschen beeinflusst (vgl. Sennett, 1990/2012, S. 33).

Die Definition Webers von Autorität kommt auch in Organisationen an ihre Grenzen. Denn in Unternehmen stellt sich die Frage, wie stark die Freiwilligkeit reduziert wird, wenn die Autoritätsausübung von Führungskräften zum institutionellen Recht wird (vgl. Ziegler, 1970, S. 17).

Aus den verschiedenen Überlegungen (vgl. insbesondere Ziegler, 1970, S. 22) habe ich erstmalig eine neuere Definition von Autorität in Organisationen und Unternehmen eingeführt:

>»Autorität ist ein homöostatisches Ergebnis von Zuschreibungen über Führen und Folgen. Dieses emergiert kontinuierlich durch einen wechselseitigen Verhandlungsprozess zwischen Menschen innerhalb eines organisationalen Kontextes. Die Zuschreibungsquellen und deren Legitimierung wechselwirken gleichzeitig zwischen den Verhandlungsparteien auf struktureller und individueller Ebene als auch auf der Ebene des Kommunikationsprozesses« (Baumann-Habersack, 2019, S. 219).

Ob mensch Autoritätsdefinitionen von Soziologen wie beispielsweise Richard Sennett (Sennett, 2012), von Philosophen wie Theodor W. Adorno (Adorno, 1950/2013) beziehungsweise Philosophinnen wie Hilge Landwer und Catherine Newmark (2018), von Psychologen wie Haim Omer und Arist von Schlippe (2010) oder von Politikwissenschaftlern wie Dolf Sternberger (1959) betrachtet: Nahezu allen Definitionen ist gemeinsam, dass Autorität für ihre Existenz Interaktionen zwischen Menschen benötigt.

Definition des Begriffs Autorität

Die Verwendung des Begriffs *Autorität* in unserer Gesellschaft zeigt relativ gut, wie es um das Verständnis und die Dynamik dieses Phänomens steht. Es heißt zum Beispiel, jemand *hat* Autorität. Oder der Chef oder die Chefin *ist* eine Autorität. Einem anderen Menschen wird vielleicht die Autorität *untergraben*.

Obwohl Autorität ein relatives Wort ist und grundsätzlich eine Beziehung meint (vgl. Bocheński, 1974, S. 19), wird der Begriff sprachlich verdinglicht oder personalisiert. Autorität kann einerseits als Eigenschaft einer Institution angesehen werden und tendiert damit dann zu einer Verdinglichung. Autorität kann aber auch eine Zuschreibung von Eigenschaften auf einen Menschen sein, woraus sich eine Personalisierung ergibt (vgl. König, 2007, S. 62).

Autorität zu verdinglichen beziehungsweise zu personalisieren, hängt auch mit unserem Sprachgebrauch zusammen, der uns kontinuierlich dazu verleitet. Denn für denjenigen, der einem anderen Menschen Autorität zuschreibt und damit essenziell zur Begründung der Autoritätsbeziehung beiträgt, gibt es kein Wort.

Durch die sprachliche Aussage, jemand *hat* Autorität oder *ist* eine Autorität, richtet sich immer wieder der Fokus auf die »Autoritätsperson« – die Einflussbeziehung wird personalisiert (vgl. König, 2007, S. 65). Doch »Autorität wird zugeschrieben. Ein Mensch ›hat‹ oder ›ist‹ nur dann (eine) Autorität, wenn andere sie ihm zuerkennen. Autoritäten sind Autoritäten durch andere« (Sofsky u. Paris, 1994, S. 22). Denn »das Autoritätsverhältnis setzt, wie jede Beziehung,

Basiswissen Autorität

Autorität ist ein sehr schillernder Begriff. Das liegt unter anderem daran, dass Menschen ihn – je nach Perspektive – anders und doch jeweils treffend definieren können. Wer sich in der Autoritätsrolle befindet, hat naturgemäß eine andere Sichtweise als diejenigen, die einer Autorität folgen. Doch dies ist nur eine mögliche Interpretation von Autorität.

Hannah Arendt merkt an, dass »hinter der scheinbaren Konfusion [...] eine theoretische Überzeugung [steht], derzufolge alle Unterscheidungen in der Tat von bestenfalls sekundärer Bedeutung wären, die Überzeugung nämlich, daß es [...] immer nur eine entscheidende Frage gäbe, die Frage: Wer herrscht über wen? Macht, Stärke, Kraft, Autorität, Gewalt – all diese Worte bezeichnen nur die Mittel, derer Menschen sich jeweils bedienen, um über andere zu herrschen; man kann sie synonym gebrauchen, weil sie alle die gleiche Funktion haben« (Arendt, 1970/2013, S. 45). Denn unser Denken ist so von einer Kultur der Dominanz durchdrungen, dass wir gar nicht mehr in der Lage sind, differenziert darüber nachzudenken (vgl. Arendt, 1970/2013, S. 45).

Für viele Menschen mag es in ihrem Alltag in der Tat von untergeordneter Bedeutung sein, woraus Unterwerfung und Unterdrückung sich speisen. Für Menschen in Führungsfunktionen beziehungsweise Führungsrollen oder in beratenden oder auch wissenschaftlichen Rollen, die sich humanistischen Prinzipien verbunden fühlen, ist das aber kein Grund, alles über einen Kamm zu scheren. Denn um Themen (weiter) zu entwickeln, bedarf es zunächst ihrer De- oder Rekonstruktion, Differenzierung und Erkenntnis. Dafür sind Definitionen wichtig und genauso die Unterschiede zwischen verschiedenen Begriffen, die hier Formen von Herrschaft oder Unterdrückung beschreiben.

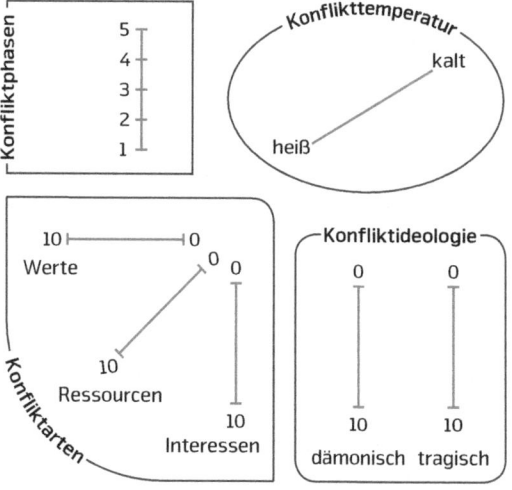

Abbildung 1: Konfliktlandkarte

Idealerweise erkundigen Sie sich noch bei weiteren Personen, wie diese den Konflikt je Perspektive einschätzen. Das Ziel ist nicht die eine Wahrheitsfindung, wie es wirklich um den Konflikt bestellt ist. Sondern dass Sie daraufhin mehr Sicherheit erhalten, einen hilfreicheren Weg der Konfliktbearbeitung zu wählen.

Wenn es möglich ist, lassen Sie in jedem Fall auch die Konfliktparteien selbst diese Einschätzung treffen, im Zweifel in Einzelgesprächen. Das kann bei diesen dazu beitragen, die Kooperationsbereitschaft zu erhöhen.

Diese Konfliktlandkarte können Sie sich auch kostenfrei als PDF-Datei von meiner Buchseite downloaden: www.btkb.autoritum.de.

antwortungslos. In der Folge entziehen Mitarbeiter:innen Führungskräften vielfach die Zuschreibung von Autorität auf einer persönlichen Ebene. Das macht es Führungskräften mit der Zeit immer schwerer, (nicht nur) in Konflikten wirksam zu sein. Das Wissen um den bevorzugten Bearbeitungsweg der Verhandlung wie auch um den Verhandlungsprozess selbst ist eine Kernkompetenz von Menschen mit Führungsverantwortung. Über diese sollten jedoch, nebenbei bemerkt, im Sinne der transformativen Haltung zu Autorität möglichst alle Menschen in der Organisation verfügen.

Wie?
Machen Sie sich vor einer Konfliktbearbeitung vertraut mit dem Verhandlungsprozess (siehe Seite 126). Erklären Sie den Konfliktparteien vor einem Klärungstermin, was Sie vorhaben, und beantworten Sie mögliche Verständnisfragen. Planen Sie mindestens einen halben Tag für den ersten Schritt ein. Kommunizieren Sie bereits im Vorfeld, dass es vermutlich mehrere Termine braucht, um zu einer guten, tragfähigen Vereinbarung zu gelangen. Und dass diese Zeitdauer normal ist, wenn alle an einer wirksamen Konfliktbearbeitung beziehungsweise Lösung interessiert sind.

Die Konfliktlandkarte

Die Konfliktlandkarte ist eine von mir entwickelte Übersicht auf Basis der in diesem Buch dargestellten zentralen Faktoren von Konflikten. Sie dient Menschen mit Führungsverantwortung dazu, einzuschätzen, in welchen Perspektiven sich der Konflikt widerspiegelt.

Fragen Sie sich vor einer anstehenden Konfliktbearbeitung je Konfliktpartei (auch wenn Sie bei manchen Parteien vielleicht nur Vermutungen anstellen können):

- In den Phasen eins bis fünf: Wie stark ist der Konflikt bereits eskaliert?
- Zu der Konflikttemperatur: Tendiert der Konflikt eher in Richtung des Pols *heiß* oder in Richtung *kalt*? Bitte denken Sie daran, dass der Konflikt immer nur eine Temperatur aufweisen kann.
- Zu den Skalen der Konfliktideologie: Wie stark ausgeprägt ist die dämonische Sichtweise? Und wie stark die tragische?
- Welche Konfliktarten sind betroffen und in welcher Ausprägung?

mit den Parteien selbst zu tun hat. Die wenigsten Konflikte sollten über Macht entschieden werden. Zum Beispiel in Fällen, bei denen keine Zeit für eine Verhandlung vorhanden ist und die Konfliktsituation aufgelöst werden muss, weil sonst ein (großer) Schaden entsteht (vgl. Ury et al., 1989, S. 10 ff.).

Doch um die Verhandlungskompetenz ist es in deutschen Unternehmen schlecht bestellt. Die Studie der Europa-Universität Viadrina und der EBS Business School brachte im Jahr 2016 zutage, dass Menschen auf unteren Hierarchieebenen zwar die Masse der Verhandlungen führen, doch die Verhandlungskompetenz steigt erst mit zunehmender Hierarchieebene. Über 90 Prozent der 281 Befragten haben angegeben, dass sie sich die Verhandlungskompetenz durch Learning by Doing angeeignet haben. Das Problem daran: »Das im Berufsalltag Erlernte (und in der Regel nicht systematisch Reflektierte) entspricht jedoch nicht immer dem State of the Art. Gerade im Bereich der Verhandlungsführung, die an vielen Stellen wenig ausgereift ist und in der nicht selten ein Basar-Verhandlungsstil überwiegt, kann das in der Praxis Erlernte auch schädlich sein«, so die Einordnung der Ergebnisse durch die Studienleitung (vgl. Jakob, Tilmes, Schwartz, Welkoborsky u. Wendunburg, 2016, S. 6 ff.).

Dabei gibt es für die Verhandlung von Konflikten einen relativ einfachen Verhandlungsprozess (vgl. Fisher, Ury u. Patton, 1991, S. 40 ff.). Mediator:innen verwenden diesen häufig auch in Mediationen (in ähnlicher Weise):

1. Sammlung von Streitthemen,
2. Interessen hinter den strittigen Positionen identifizieren und Transparenz darüber herstellen,
3. Entwicklung von möglichen Ideen zur Konfliktlösung,
4. Lösungen im Verhältnis zu den Interessen bewerten,
5. ausgewählte, möglichst allen Interessen dienende Ideen aushandeln.

Was kann mir das für meine Führungsaufgabe nutzen?
Unbearbeitete Konflikte kosten nicht nur viel Geld, Mitarbeiter:innen bewerten das Aussitzen (oder die Wirkung dazu) von Konflikten oder eine unangemessene autoritäre Bearbeitung durch Führungskräfte zudem häufig als ver-

Konflikte wollen verhandelt, nicht entschieden werden

Im Kern gibt es drei Wege, um Konflikte vor allem in organisationalen Kontexten zu bearbeiten (vgl. Ury et al., 1989, S. 4 ff.):

a) Interessen verhandeln: Auf die Interessen hinter den jeweiligen Positionen fokussieren und diese dann verhandeln.

b) Bestimmen, wer im Recht ist: Auf das Recht als Entscheidungsreferenz fokussieren und durch eine dritte Instanz entscheiden lassen, zum Beispiel durch eine Hierarchiefunktion mit Verweis etwa auf eine Betriebsvereinbarung, ein internes Gremium oder ein (Arbeits-)Gericht.

c) Herausfinden und bestimmen, wer über mehr Macht verfügt: Die Kosten für den Konflikt für die andere Partei so in die Höhe treiben (oder damit drohen), dass diese Partei etwas tut, was sie sonst nicht tun würde. Das bedeutet in diesem Zusammenhang *Macht*.

Damit Menschen in Führungsverantwortung einschätzen können, welcher der drei Wege zur Konfliktbearbeitung »besser« ist, sind vier Kriterien maßgeblich:

1. die direkten und indirekten Kosten, die der jeweilige Weg für die Bearbeitung und idealerweise auch Lösung erzeugt,

2. die Zufriedenheit der Parteien mit dem Ergebnis der Konfliktbearbeitung beziehungsweise -lösung,

3. die Wechselwirkungen mit den langfristigen Auswirkungen auf die Beziehungsebene,

4. die Wahrscheinlichkeit der Wiederkehr des Konflikts beziehungsweise die Nachhaltigkeit des Ergebnisses.

Diese Kriterien zeigen, dass es auf die Art des Konflikts, die Parteien, das Ziel und das Umfeld ankommt, welcher der Wege hilfreicher ist. Das Problem in unseren Gesellschaften: Menschen wählen häufig die Wege über Macht (c) und das Recht (b) zur Konfliktbearbeitung, obwohl das gar nicht notwendig ist. Als grundsätzliche Empfehlung gilt daher: Die meisten Konflikte sollten Menschen über die Verhandlung ihrer Interessen bearbeiten und nur einige über das Recht – wenn beispielsweise eine scheinbar nicht entscheidbare Pattsituation entstanden ist und es einen Bewertungsmaßstab braucht, der nichts

6. *Die Allgegenwärtigkeit des Leidens erfordert Akzeptanz, Mitleiden und Trösten.*

Statt Mitleid als herablassend zu empfinden oder Trost als unechten Ersatz für wahre Lösungen anzusehen, wie es die dämonische Sichtweise nahelegt, setzt die tragische Sichtweise auf eine Triade: Akzeptanz, Mitleiden und Trösten können Menschen erst in die Lage versetzen, mit negativ wirkenden Gefühlen umzugehen. Sie erledigen sich zwar damit nicht einfach, wenn mensch sich diesen stellt. Doch Trost kann Personen dabei helfen, diese Gefühle leichter zu nehmen und dadurch auch weniger zu leiden. Das ist ein aktiver Prozess und hat nichts mit Passivität oder Resignation zu tun, wie das die dämonische Sichtweise bewerten würde.

Was kann mir das für meine Führungsaufgabe nutzen?
Die Sichtweisen auf Menschen entscheiden auf einer subtilen, aber hochwirksamen Ebene darüber, ob Konflikte überhaupt eine Chance auf Lösung haben. Das kann auch zu der Entscheidung führen, dass es unternehmerisch sinnvoller ist, sich von Personen zu trennen, die einem dämonischen Paradigma folgen und keine Bereitschaft haben, sich selbst weiterzuentwickeln.

Wie?
Reflektieren Sie zunächst erst einmal selbst, wie ausgeprägt die beiden Konfliktideologien bei Ihnen sind – unabhängig von einem akuten Konflikt. Eine stark ausgeprägte dämonische Sichtweise ist leider nicht hilfreich für eine konstruktive Konfliktbearbeitung. Dennoch finden Sie auf Seite 140 erste Ideen, wie Sie zu entdämonisierender Kommunikation beitragen können.
Bei akuten Konflikten schätzen Sie auf der Skala der Konfliktlandkarte (Seite 54) ein, wie stark bei den jeweiligen Konfliktbeteiligten die tragische wie auch dämonische Sichtweise ausgeprägt ist. Lassen Sie auch andere Menschen die Einschätzung treffen, im Idealfall sogar die Konfliktbeteiligten. Wenn die Tendenz aller Einschätzungen in Richtung tragische Sicht geht, ist die Chance größer, zu einer Konfliktlösung zu kommen. Geht die Tendenz in Richtung dämonische Sicht, lohnt es sich, über eine Trennung zu beraten, da die Chance eher sehr gering ist, eine dauerhafte Lösung zu erreichen.
Ist eine Trennung keine Option und nahezu unmöglich, kontaktieren Sie frühzeitig eine:n Konfliktberater:in mit Kenntnis über diese Sichtweisen.

50 | Basiswissen Konfliktbearbeitung

daran, wie begrenzt seine Macht ist, wie sehr sein Wissen nur eine Art Mosaikstein darstellt und wie fragil sein Glückszustand ist. Vergisst er das, kommt er rasch in Gefahr.

Handlungen eines Menschen sind in diesem Sinne damit nicht zwangsläufig Ausdruck seiner guten oder schlechten Eigenschaften. Das kann zu Empathie führen. Und auch dazu, bei zunächst negativ wirkendem Verhalten nach der positiven, menschlichen Seite Ausschau zu halten. Ganz im Gegensatz zur dämonischen Sicht, die auch hinter positiv oder neutral wirkenden Handlungen die negative Essenz ausmachen will.

3. *Der andere Mensch ist uns ähnlich.*

Wenn wir die Gefühle, Gedanken und Handlungen von anderen Personen als gleichwertig ansehen, können wir andere auch als menschliche Wesen wahrnehmen. Denn bei der tragischen Sichtweise gib es kein »dunkles« Motiv hinter Verhalten oder Gefühlen beziehungsweise Gedanken. Denn selbst bei Verfehlungen können wir uns selbst teilweise in dem anderen Menschen wiedererkennen und uns mit ihm identifizieren.

4. *Keine:r hat einen bevorzugten Einblick in die Erfahrungswelt eines anderen.*

Die tragische Sicht akzeptiert, dass mensch nicht *in* einen anderen Menschen hineinblicken kann – selbst wenn jemand *von außen* betrachtet über mehr Lebenserfahrung, eine bessere Intuition für die Zukunft oder einen breiteren Blick auf das Umfeld verfügt. Damit kann keine:r für sich in Anspruch nehmen, die Gedanken, Gefühle oder Motive des anderen zu kennen. Das bedeutet in der Folge, dass es ein Mensch im Zwischenmenschlichen unterlässt, die eigene Sicht und Erfahrung über die eines anderen zu stellen.

5. *Radikale Lösungen vergrößern oft das Leiden.*

Das tragische Paradigma unterlässt es, daran zu arbeiten, große oder gar endgültige Lösungen zu erreichen. Denn in dem Versuch, die Quelle des Leidens (final) auszuschalten, können sich paradoxerweise verheerende Wechselwirkungen ergeben. Statt der Erlösung stellt sich die Zerstörung ein. Daher geht es vielmehr darum, beharrlich kleine Fortschritte zu erreichen. Das kann in sozialen Systemen sogar Welleneffekte auslösen, die im Ergebnis eine beachtliche Wirkung entfalten können.

siv hinzunehmen. Vielmehr geht es um die Bereitschaft, für Selbstschutz und Verbesserungen zu sorgen – und dabei gleichzeitig zu akzeptieren, dass wir Menschen Leiden nicht vollständig beseitigen können. Denn Leiden geht einher mit Fehlbarkeit, Verwundbarkeit und Sterblichkeit. In unserer Welt gibt es sehr viele Faktoren, deren Zusammenwirken wir weder beeinflussen noch kontrollieren können. Das Resultat daraus könnte mensch auch als tragisch bezeichnen. Denn aus der klassischen Tragödie wissen wir: Schicksal ist weder gut noch schlecht oder an die Macht eines Menschen gebunden. Daher können Ideen wie Pech, Unglück oder auch Schicksal Menschen ihre begrenzte Kontrollmöglichkeit bewusst machen. In einer fast schon überkontrollierenden Kultur, die eine »Illusion von Kontrolle« erzeugt, kann eine tragische Sicht für Erleichterung sorgen.

Das Paradoxon, dass die Akzeptanz dessen, was mensch nicht ändern kann, eine positive Kraft sein kann, ist ein Hauptmerkmal der tragischen Haltung. Interessanterweise schließt das Akzeptieren des Schicksals nicht das Handeln aus.

2. *Auch aus positiven Eigenschaften können schlechte Handlungen entstehen.*

Nicht selten führen Handlungen, die mit Eigenschaften von positivem Wert verbunden waren oder sind, zu sehr negativen Folgen. Weil diese Eigenschaften heute entkoppelt sind von veränderten (Lebens-)Umständen, wirken sie überzogen oder sogar erstarrt. Und das, obwohl sie zu einem bestimmten Zeitpunkt in der Vergangenheit hilfreich und wichtig waren. Zum Beispiel gab es in einem Unternehmen einmal eine Zeit, wo jedes Schriftstück über den Schreibtisch des Chefs gehen und abgehakt werden musste, weil die Mitarbeiter:innen vielleicht nicht über die fachliche Kompetenz verfügten. Damit war sichergestellt, dass die Qualitätserwartungen des Vorgesetzten auch erfüllt wurden. In der heutigen Zeit führt das nicht nur zu einer Art Flaschenhals und zur Verlangsamung von Prozessen. Es entmündigt Mitarbeiter:innen und hält sie klein, mit der Folge, dass diese in der Regel keine Verantwortung übernehmen und eher nur auf Anweisungen reagieren.

Diese Annahme der tragischen Sichtweise ist konträr zum dämonischen Paradigma. Das tragische Paradigma erinnert den Menschen

48 | Basiswissen Konfliktbearbeitung

geben. Das Tröstliche daran kann sein, dass es in dieser Logik auch keine »absolute Niederlage« gibt. Stattdessen bestehen immer auch Möglichkeiten, kleine Verbesserungen zu erzielen. Das Autorentrio um Haim Omer versteht die tragische Sicht als Versuch, die abhandengekommene Kunst des Tröstens beziehungsweise des Trosts wieder in berufliche Felder hineinzubringen (vgl. Omer et al., 2016, S. 65 f.).

Ich bin mir bewusst, dass sich das durchaus mit einer Managementlogik reibt, die der (autoritäre) Kapitalismus seit über einhundert Jahren predigt und die immer noch in sehr vielen Köpfen von Führungskräften verankert ist: Alles ist möglich. Wir können uns die Welt so (um-)bauen, wie wir wollen. Wir finden die richtige Lösung. Wenn das »Soll« erreicht ist, sind wir fertig. Doch die Preise, die wir dafür zahlen (»Leid«), lassen sich nicht mehr von der Hand weisen. Als Beispiele seien nur einige genannt: der Boomerang-Effekt der Natur auf unsere, auf einseitiges Wachstum bei maximalem Ressourcenverbrauch ausgerichtete, Wirtschaftsweise; der wieder offener zutage tretende Rassismus und Faschismus, unter anderem gespeist aus den Gefühlen, nicht mehr gesehen zu werden oder finanziell nicht mehr an der Gesellschaft teilhaben zu können – sogenannte Anerkennungsverluste, wie der deutsche Soziologe Wilhelm Heitmeyer das bezeichnet; die kontinuierlich steigende Anzahl von psychischen Erkrankungen von Arbeitnehmer:innen, oder die Coronavirus-Pandemie, die auf eine globale Effizienz- und Renditelogik stieß und die bereits vorhandene wirtschaftliche und gesellschaftliche Krise beschleunigte.

Die sechs Grundannahmen der tragischen Logik

Sechs Merkmale charakterisieren die tragische Sichtweise (vgl. Omer et al., 2016, S. 66 ff.):

1. *Leiden ist ein wesentlicher und unausweichlicher Teil des Lebens.* Diese erste Prämisse stellt das Gegenteil der dämonischen dar. Denn diese basiert auf der Überzeugung, dass alles Leiden von »dem Bösen« kommt, welches ein für alle Mal ausgelöscht gehört.

Die tragische Sicht hingegen lässt sich auch als eine Art konstruktiver Fatalismus bezeichnen – was nicht bedeutet, alles pas-

nung reif für eine Heilung. Das soziale Umfeld dieser Menschen, wie beispielsweise Partner:innen, Eltern, Therapeut:innen und so weiter, versucht den noch nicht reifen Menschen dazu zu bewegen, die eigenen »negativen« Gefühle anzuerkennen. Sie lassen sich nicht nur von der Annahme leiten, der andere sei demotiviert. Sondern auch davon, dass dieser Mensch mehr oder weniger bewusst die eigenen Motive leugnet. Und erst wenn er diese Leugnung aufgibt, entsteht wahre Hoffnung auf eine Änderung.

7. *Heilung besteht in der Ausrottung des Übels.*

In psychologischen Konzepten findet sich diese dämonische Perspektive dort wieder, wo psychische Leiden aus pathologisch krankhaften Quellen resultieren. Erst wenn diese Quellen psychologisch eliminiert worden sind, ist eine wirkliche Heilung möglich. Etliche Menschen sind der Meinung, dass alle ihre Probleme auf ein Trauma zurückzuführen sind. Sind die Wurzeln der Probleme erst einmal aufgedeckt und ausgelöscht, erreichen sie beispielsweise den Zustand von Glück oder Freiheit. Diese Logik ähnelt der dämonischen Entweder-oder-Sicht. Jede Teillösung, jeder kleine Fortschritt oder Kompromiss bedeutet, dass mensch doch noch mit dem »Teufel« verbunden bleibt und sich nur einer Illusion der Heilung hingibt, während es im »Untergrund« weiterarbeitet. Dies erinnert auch an mit Misstrauen beobachtete psychotherapeutische Versuche, kleine Verbesserungen oder Symptomerleichterungen zu erreichen. Denn das wahre Problem, so die dämonische Logik, wird dadurch ja nicht angetastet.

Merkmale einer tragischen Sicht auf Konflikte

Ebenso wie bei der dämonischen Sicht geht es bei der Vorstellung der tragischen Konfliktideologie darum, Sie in Ihrer Wahrnehmung zu sensibilisieren. Für Ihre eigene Sicht auf sich selbst wie auch auf andere.

Die tragische Sicht auf das Leben legt nahe, die Welt so anzunehmen, wie sie ist. Sie verspricht nicht, die Welt von Grund auf verändern zu können. Vielmehr akzeptiert sie – auch wenn das zunächst vielleicht enttäuscht –, dass es Begrenzungen gibt, die Welt zu verbessern. Es wird im tragischen Sinn nie eine endgültige Lösung

Denn durch die Unterscheidung »wirklich« wird auch eine Art Verdächtigung eingeführt. Das, was der Mensch bewusst von sich gibt, ist nicht das Wahre. Denn das kann er oder sie nur unabsichtlich preisgeben.

5. *Nur mit besonderem Wissen können wir verborgene Kräfte aufdecken.*

Das Leben von uns Menschen wird durch verdrängte Erinnerungen und eine dunkle Triebseite kontrolliert. Diesen heimtückischen Prozess aufzudecken, charakterisiert die dämonische Sichtweise auf einer individuellen Ebene. Auf einer gesellschaftlichen Ebene äußert sich diese Haltung, wenn Verschwörungen von Gruppen entlarvt werden können, die die Kontrolle über die Gesellschaft übernehmen wollen. Auf einer metaphysischen Ebene strebt die dämonische Perspektive an, böse, die Welt erobernde Mächte zu demaskieren. Um diese geheimen Strategien aufzuspüren, braucht es Spezialist:innen mit besonderem Wissen, die »hinter die Fassade der Oberflächlichkeit« blicken können, so die dämonische Logik. In der Vorzeit war das Inquisitor:innen oder Exorzist:innen vorbehalten. Heutzutage wird das teilweise Psycholog:innen und Psychiater:innen zugeschrieben, die Verborgenes im Inneren aufspüren können.

Im alltäglichen, bereits dämonisiert geprägten Miteinander zeigt sich auch diese Logik in festgefahrenen Kommunikationsmustern. Sie kennzeichnet unter anderem, dass ein Mensch bereits zu wissen meint, was ein anderer hätte sagen wollen, im Sinne einer Art »Gedankenlesen«. Auch von »Rechtfertigungsversuchen« des anderen lässt sich der »wahrsagende« Mensch nicht abringen. Denn er verfügt ja über den »Durchblick«.

6. *Die Vorbedingung für die Heilung ist ein Schuldeingeständnis und die Beichte.*

Aus der religiösen dämonischen Sicht kann nur der Mensch gerettet werden, der gebeichtet hat. Und auch nur dann, wenn die Beichte »von Herzen« kommt, also begleitet ist von Reue über das eigene (schändliche) Fehlverhalten.

Ähnliche dämonische Züge zeigen sich auch im Bereich der Psychologie: Manche Menschen sind der Meinung, dass ein:e Klient:in zunächst vormals verleugnete »negative« Gefühle annehmen muss. Erst dann ist die zu behandelnde Person nach einer gängigen Mei-

anderen Seite. Je heißer der Konflikt bereits verläuft beziehungsweise je weiter er schon eskaliert ist, desto mehr tendieren die Menschen zur Polarisierung.

In der deutschen Geschichte existiert ein grausamer, menschenverachtender Beleg für die Dämonisierung über Fremdartigkeit: Bei der Verfolgung und später beim Holocaust von Menschen jüdischen Glaubens wurde eine ganze Gruppe dämonisiert. Ihnen wurde völliges Anderssein und Entmenschlichung zugeschrieben.

3. *Das Glück ist abhandengekommen. Wir können es aber wiederfinden.*

Viele auch nichtreligiöse Texte beschreiben zunächst einen ursprünglichen Zustand der Unschuld, des reinen Glücks, um anschließend die Rückkehr zum verlorenen goldenen Zeitalter als Utopie zu definieren. Das in unserer Gesellschaft wohl vielfach bekannteste Beispiel dafür ist die biblische Geschichte von Adams Sündenfall. Bevor die böse Schlange den ursprünglich glücklichen und unschuldigen Menschen verführte, war dieser unberührt und rein gewesen. Doch der Vertrauensbruch zwischen Gott und dem Menschen führte bekanntlich zum Verstoß aus dem Garten Eden. Seitdem wartet die Menschheit darauf, von der Schuld erlöst zu werden – um dann wieder in den ursprünglichen Zustand der Reinheit und Glückseligkeit zu gelangen.

Die Idee des verlorenen Glücks ist jedoch hochgefährlich. Denn wie beispielsweise die (paradiesischen) Träume kommunistischer Führer von der »großen Lösung« oder der nationalen Führer vom 1000-jährigen Reich einer scheinbar idealen Gesellschaft gezeigt haben: Um die endgültige Lösung anzustreben, ist jedes Opfer recht.

4. *Die Ursachen des Leidens sind tief verborgen.*

Diese Grundannahme meint: Nur wenn wir die destruktiven Kräfte wirklich ganz tief in der menschlichen Psyche entdeckt haben, können wir sie kontrollieren. Und diese steuern den Menschen. Das, was wir an der »Oberfläche« sehen, sind nur Symptome, aber nicht die wahren, wirklichen Gründe, so die dämonische Sicht. Menschen, die einer dämonischen Sichtweise anhängen, geben sich nicht mit »einfachen« Antworten zufrieden – es *muss* »mehr« dahinterstecken.

Im Alltag lässt sich diese dämonische Sichtweise daran erkennen, dass nur das zählt, was jemand »wirklich« glaubt, denkt oder fühlt.

Probleme ein für alle Mal und endgültig lösen zu können. Denn dann wäre endlich ein dauerhafter Glückszustand erreicht. Diese Sicht ist wahrlich attraktiv für viele Menschen. Und wer das dauerhafte, endgültige Glück anstrebt, ist nicht selten ungeduldig mit sich und anderen, wenn sie als Hindernisse bei dieser Suche gesehen werden. Zum Beispiel, weil sie zu langsam erscheinen, zu viel nachfragen, sich der Entweder-oder-Logik entziehen oder auch nicht an den erlösenden Glückszustand in der Zukunft glauben (vgl. Omer et al., 2016, S. 48).

Die sieben Grundannahmen der dämonischen Logik

Diese kurze Skizze basiert auf sieben, die dämonische Sicht charakterisierenden Grundannahmen der dämonischen Logik (vgl. Omer et al., 2016, S. 49 ff.).

1. *Alles Leiden kommt von einer bösen Macht.*
Dieses grundlegende dämonische Postulat lehnt es ab, dass Leiden auch das Ergebnis von Zufall sein kann. Damit ist die Unterstellung verbunden, dass es eine Macht gibt, die die Ursache für das Leid ist. Und die nicht nur bekämpft werden kann, sondern sogar muss. Denn diese Macht versperrt dem endgültigen Glück den Weg, ebenso wie Hindernisse auf dem Weg dorthin. Deshalb sind auch sie zu beseitigen.

2. *Der andere ist fremdartig und verstellt sich.*
Menschen dämonisieren andere, indem sie diese als ganz verschieden und negativ ansehen. Kommt dann noch hinzu, sich von »denen« bedroht zu fühlen, können Menschen sogar die Idee entwickeln: »Deren geheimer Plan ist es, mich beziehungsweise uns zu zerstören; denn das sind üble, unnatürliche Gestalten.« »Scheinbar« positives Verhalten der anderen gilt in dieser Logik nur als Zeichen, dass diese Masken tragen und sich gut verstellen können.

Vor allem im Konflikt steigt die Tendenz, dass wir andere Menschen als gänzlich anders sehen als uns. Wenn uns die gegnerische Partei im konflikthaften »Kampf« verletzt, erleben wir deutlich unseren eigenen Schmerz wie auch Bedarf an Schutz und Gerechtigkeit. Weniger oder gar nicht erleben wir den ähnlichen Bedarf bei der

oder sie die tragische Sicht auf Konflikte als »die gute Sicht« bewertet. Damit wäre im Sinne einer transformativen Konfliktbearbeitung leider nichts erreicht (vgl. Omer et al., 2016, S. 47).

Vielmehr geht es für Menschen mit Führungsverantwortung oder die, die sie beraten, darum,

- zunächst die eigenen Quellen des Denkens und Fühlens besser kennenzulernen (die eigenen blinden Flecken erhellen, um die blinden Flecken bei anderen überhaupt sehen zu können),
- die Konfliktideologien der Konfliktbeteiligten schneller erkennen zu können,
- dazu beizutragen, dass die Konfliktbeteiligten sich gemeinsam auf eine Sichtweise in Bezug auf den Konflikt verständigen, die hilfreich für die Konfliktbearbeitung ist (vermutlich wird das aus meiner Erfahrung eher die tragische Sichtweise sein).

Beschreibungen von Personen, deren Kommunikation oder Verhalten sind nie harmlos, insbesondere im Konflikt. Da sie nicht *neutral* sind, verändern oder gestalten sie die Sichtweise von anderen Menschen mit. Dämonische Beschreibungen, wie etwa »Das ist ein bösartiger Hund« können massive Auswirkungen auf (Arbeits-) Beziehungen haben. Beispielsweise beeinträchtigen oder eskalieren sie bis hin zu wechselseitiger Gewalt, wie Beschämung, Ausgrenzung oder auch Mobbing. Zuschreibungen bringen nicht selten Menschen dazu, sich tief zu misstrauen. Was in der Folge eine Konfliktbearbeitung und mögliche Aussöhnung erschwert, für lange Zeit blockiert oder gar unmöglich macht (vgl. Omer et al., 2016, S. 52).

Merkmale einer dämonischen Sicht auf Konflikte

Dämonisches Denken ist geprägt durch eine Entweder-oder-Logik: Entweder ist etwas oder jemand gut oder böse, sind sie für oder gegen uns, ist das krank oder gesund, wir oder die. In dieser Logik gilt es als Zeichen von Schwäche, sich nicht eindeutig, für beides oder für ganz andere Bewertungen zu entscheiden. Eindeutigkeit und Einfachheit sind gefragt, nicht Komplexität.

Mit diesem Denken geht auch die Vorstellung einer – ich möchte fast schreiben: der Glaube –, dass die Möglichkeit besteht,

Was ich Ihnen in diesem Kapitel vermitteln kann, ist zunächst erst einmal, dass Sie Ihre Sinne für die beiden unterschiedlichen Ideologien schärfen. Das kann Ihnen im betrieblichen Alltag dazu dienen, sich unverständliches Verhalten neu oder anders zu erklären. Nachdenken reduziert bei Menschen in der Regel die Eskalationsdynamik, was deeskalierend auf die Beziehung wirkt. Der Verhandlungsraum bleibt dadurch auch geöffnet, also die Basis, um überhaupt etwas nachhaltig bearbeiten zu können. Und mit einer vielleicht etwas anderen Sichtweise auf das »komische, störende« Verhalten können Sie auch nicht nur zu anderen Einschätzungen einer Konfliktsituation kommen, sondern möglicherweise auch zu anderen Entscheidungen. Neben der Sinnesschärfung erhalten Sie gegen Ende auch noch ein paar Tipps, wie Sie eher dämonisches Verhalten »stören« können.

Kommunikation in Konflikten und ihre Auswirkungen

Dämonisierende Kommunikation und daraus folgendes Verhalten benötigen bestimmte Voraussetzungen, damit sie entstehen. Beispielsweise braucht es bei mindestens einer der Konfliktparteien die (unbewusste) Grundannahme, dass die Gattung Mensch an sich gefährlich ist und daher kontrolliert werden muss. Das ist so, als ob sich ein Mensch eine Art »feindselige Brille« aufsetzt. Diese Brille »färbt« ab dann das Geschehen negativ ein (zum Beispiel in Schwarz-Weiß) und blendet damit für den Menschen gleichzeitig ebenfalls vorhandene positive Aspekte (zum Beispiel bunt) aus.

Diese *feindselige* Wahrnehmung verfestigt sich nicht nur mit der Zeit, sie weitet sich auch auf immer mehr Beteiligte aus. Der Psychologe Arist von Schlippe erklärt, dass sich das Unglück so zwischen Menschen selbst organisiert. Keine:r ist allein *schuld* daran. Aber alle tragen mehr oder weniger unbewusst mit ihren »Brillen« dazu bei (vgl. Omer et al., 2016, S. 17).

Ein wichtiger Punkt bei der Gegenüberstellung von dämonischer und tragischer Sicht darf nicht vergessen werden: Wer diese zwei Sichtweisen kennenlernt oder kennt, gerät leicht in Versuchung, die dämonische Sichtweise beziehungsweise Menschen, die diese Haltung einnehmen, selbst zu *verteufeln*. Insbesondere dann, wenn er

Konfliktideologie: Dämonische und tragische Sicht auf Konflikte | 41

tert und Leid als eine Art Strafe oder Rache einer »höheren Macht« deutet. Die tragische Sichtweise hingegen geht davon aus, dass etliche Probleme oder Konflikte einfach »passieren«. Dahinter stehen keine tieferen Strategien oder höheren Mächte. Es sind tragische Zufälle oder Schicksal. Daraus entstehendes Leid bewertet diese Sichtweise zwar nicht als schön oder gar erstrebenswert. Aber: Sie gehören zum Leben mit dazu, und Menschen können das überwinden.

Nicht nur aus meiner Beratungs- und Mediationserfahrung, sondern auch aus eigenem, teilweise leidvollem Erleben kann ich sagen: Das Wissen um diese beiden Konfliktideologien kann einen zentralen Unterschied ausmachen. Und zwar dafür, einen Konflikt so zu bearbeiten (im Idealfall sogar zu lösen), dass sich die auf der Eskalation beruhende Sichtweise transformiert und die tragische Sichtweise die dämonische ablöst. Das Wissen darüber ist auch deshalb so zentral für die Praxis, weil es Menschen mit Führungsverantwortung dadurch möglich ist, zu entscheiden, ob sich etwa die Mühe einer langjährigen Konfliktaustragung lohnt – »sich lohnen« im Sinne der dafür notwendigen Energie und Lebenszeit. Eine solche Entscheidung sollte natürlich nicht leichtfertig gefällt werden, nach dem Motto »Ach, klar, du bist ganz schön dämonisch drauf. Wird ja nix. Wusste ich ja schon vorher. Hab' keine Lust, mit dir zu streiten; ist eh für die Tonne …«. Eine intensivere Reflexion ist dafür nötig, und idealerweise bekommt mensch unterschiedliche Perspektiven auf den Fall oder gelangt durch die Bewertung verschiedener Konfliktsituationen zu ähnlichen Einschätzungen. Es geht also – wissenschaftlicher ausgedrückt – darum, nicht nur auf Basis eines einzelnen Vorfalls so eine Entscheidung zu treffen, sondern die sogenannte Fallmenge zu erhöhen. Klar sollte mensch nicht fünfzig Vorfälle abwarten, damit es eine eher signifikante Menge an Auseinandersetzungen gibt. Ich rate grundsätzlich, mindestens drei Situationen zu sammeln, zu analysieren beziehungsweise zu bewerten. Situationen, die in einem ähnlichen Umfeld zu ähnlichen Themen auftauchen.

»Dämonisierung zu verstehen und damit umzugehen, könnte […] ein Schlüsselfaktor bei der Vermeidung und beim positiven Management von Konflikten sein« (Omer, Alon u. von Schlippe, 2016, S. 16).

- Er weist (soziales) Eskalationspotenzial auf (Ausweitung zu einem »Flächenbrand«).
- Sie können diesen Konflikt vermutlich nur »verpacken«, eine Art »Burgfrieden« vereinbaren. Möglicherweise kann das bedeuten, die Konfliktparteien räumlich oder auch organisatorisch zu trennen.
- Wenn es wichtig ist, dass der Konflikt möglichst nachhaltig bearbeitet wird, kontaktieren Sie eine:n Mediator:in.

Was kann mir das für meine Führungsaufgabe nutzen?
Wenn Sie einschätzen, um welche Art von Konflikt es sich handelt, können Sie daraus ableiten, welche Bearbeitungsstrategie vermutlich am hilfreichsten ist. Das kann Ihnen und anderen nicht nur viel Zeit, Geld und Nerven sparen. Im besten Fall können Sie dadurch den Konflikt auch nachhaltig bearbeiten. Das bedeutet, dass er nach einer Zeit nicht immer wieder Thema wird. Denn Sie haben gleich das Kernthema getroffen, abseits von einem möglichen fachlichen Aufhänger.

Wie?
Nehmen Sie sich die drei Konfliktarten von der Konfliktlandkarte vor. Schätzen Sie je Konfliktart ein, wie stark diese aus Ihrer Sicht ausgeprägt ist. Befragen Sie idealerweise auch noch andere, die den Konflikt ebenfalls einschätzen können. Im besten Fall beteiligen sich sogar alle Konfliktbeteiligten an der Einschätzung. Das könnte bereits ein erster Schritt sein, um in eine eher kooperative Konfliktbearbeitung einzusteigen.
Bedenken Sie bitte, dass auch zwei oder gar alle drei Konfliktarten hoch ausgeprägt sein können. Ein hilfreiches Grundprinzip ist dabei: Je länger und/oder emotionaler ein Konflikt ist, desto eher handelt es sich um einen Wertekonflikt.

Konfliktideologie: Dämonische und tragische Sicht auf Konflikte

Nur wenigen ist bislang ein Konzept bekannt, das zwei grundlegende menschliche Sichtweisen auf Probleme beziehungsweise Konflikte unterscheidet. Eine sogenannte dämonische Sichtweise, die, grob gesagt, hinter jedem Problem oder Konflikt eine »Machenschaft« wit-

– Wir befolgen die Prozessbeschreibung und Einhaltung der Regeln, weil das unter anderem für Verlässlichkeit, Sicherheit und Kontinuität sorgt.
– Wir halten uns nicht immer an Regeln und passen die Prozessbeschreibung im Sinne der Unternehmenssituationen an. Das erhält uns Flexibilität, Kundenorientierung oder erzeugt auch Kreativität und Abwechslung.

Wenn Sie einschätzen, dass es sich bei dem Konflikt um einen Interessenkonflikt mit unterschiedlichen und durchaus auch gegenläufigen Interessen handelt, folgen Sie dem Ablauf auf Seite 126 (»Konflikte wollen verhandelt, nicht entschieden werden«).

3. Wertekonflikte

Wenn Menschen im Konflikt beginnen, sich persönlich verletzt zu fühlen – zum Beispiel durch Aussagen wie »Du bist einfach ein arroganter Kerl, der sich ständig über andere lächerlich macht« – dann löst das in der Regel Affekte und Gefühle wie Empörung, Ärger oder auch Wut aus. Menschen fühlen sich dann in einem ihrer Werte verletzt. Manche interpretieren solche Äußerungen auch als einen Angriff auf ihre Identität. In solchen Fällen ist es für Führungskräfte häufig kaum möglich, den Konflikt nachhaltig zu bearbeiten. Zum einen, weil es dafür fundierte Kenntnisse und Handlungskompetenz in mediativen Arbeitsweisen braucht. Darin sind bislang nur sehr wenige Führungskräfte weitergebildet. Und selbst wenn die Führungskraft bereits Handlungskompetenz erworben hat, kann die Bearbeitung aus Sicht der Konfliktparteien durch einen Rollenkonflikt nicht gelingen. Denn die Führungskraft wird nicht als »neutral« angesehen, wie das bei (externen) Mediator:innen der Fall ist. Daher gibt es so gut wie keine Kooperationsbereitschaft zu und Vertrauen in die Führungsfunktion beziehungsweise -rolle zur hilfreichen Konfliktbearbeitung. Wie so oft gilt hier natürlich: Ausnahmen bestätigen die Regel.

Wenn Sie einschätzen, dass es sich um eine (starke) Ausprägung von Wertekonflikten handelt, sollten Sie sich bewusst sein:
– Der Konflikt wird sich mit sehr hoher Wahrscheinlichkeit nicht von selbst auflösen.

38 | Basiswissen Konfliktbearbeitung

lichkeiten für hilfreichere Vorgehensweisen der Bearbeitung ab. Es lohnt sich daher, vor dem Beginn der Konfliktbearbeitung kurz zu reflektieren: Um welche Konfliktart(en) handelt es sich vermutlich, und wie stark ist (sind) sie ausgeprägt?

Aus meiner Erfahrung reicht für die Führungspraxis die Einteilung in drei Konfliktarten (vgl. Rothman u. Olson, 2001, S. 292 ff.):

1. Ressourcenkonflikte

Das sind Konflikte, die sich um begrenzte Ressourcen drehen, und darum, wie die Organisation Finanzmittel, Betriebs- und Geschäftsausstattung, Zeiten, Räume, Entscheidungskompetenzen und so weiter verteilt.

Wenn Sie zu der Einschätzung kommen, dass es sich vor allem (nur) um einen Ressourcenkonflikt handelt,

– bringen Sie die Konfliktparteien »an einen Tisch«,
– blenden Sie übergeordnete Ziele der Organisation ein, die alle verfolgen (sollten),
– beraten Sie gemeinsam, wie sich die Ressourcen im Sinne der Organisationsziele bestmöglich verwenden, aufteilen, erhöhen oder ausgleichen lassen.

2. Interessenkonflikte

Wenn es darum geht, zu einem Thema um unerfüllte Bedürfnisse zu streiten, handelt es sich um einen Interessenkonflikt. Dieser kann auch zunächst »hinter« Ressourcenkonflikten verdeckt sein. Denn mit Ressourcen sind in Organisationen meistens auch Ziele, Wünsche oder Bedürfnisse verbunden. Nicht immer ist den Konfliktbeteiligten dieser Zusammenhang auch klar. Gehen Sie im Zweifel davon aus: Wenn ein Ressourcenkonflikt emotionaler wird, verbirgt er zusätzlich auch noch einen Interessenkonflikt. Kommen Affekte von Empörung oder auch Wut hinzu, dreht es sich sehr wahrscheinlich auch noch um einen Wertekonflikt.

Ein häufig anzutreffender Interessenkonflikt stellt in Organisationen beispielsweise eine Polarisierung zwischen folgenden beiden Haltungen dar:

Wagenburgmentalität macht sich breit, die Konfliktbeteiligten mauern sich quasi ein.

… die Beteiligten an dem Konflikt so stark in ihrer Wahrnehmungsfähigkeit beeinträchtigt sind, dass sie die Auswirkungen ihres Verhaltens auf ihre Umgebung nicht mehr wahrnehmen. Aus diesem Grund scheitert in der Regel jeder Versuch von außen, den Konfliktparteien ihre Situation zu spiegeln.

Was kann mir das für meine Führungsaufgabe nutzen?

Die Konflikttemperatur macht sichtbar, welche Handlungsrichtung zur Bearbeitung eingeschlagen werden sollte. Die Erkenntnis schützt davor, Zeit, Geld und Nerven aller Beteiligten in – für die jeweilige Temperatur – nicht hilfreiche Bearbeitungsrichtungen zu investieren. Und damit in der Regel das »Leiden« noch zu verlängern.

Wie?

Gehen Sie die Kriterien der jeweiligen Konflikttemperatur durch. Jeder Konflikt kann zu einer Zeit immer nur eine Temperatur einnehmen.

Bei *heißen Konflikten* sorgen Sie für Deeskalation und einen strukturierten Dialog. Je nach Eskalationsstufe ist es auch sinnvoll, eine:n Klärungshelfer:in frühzeitig einzubeziehen.

Bei *kalten Konflikten* braucht es in jedem Fall eine:n Konfliktexpert:in von außen. Denn diese:r ist in der Regel in der Lage, den Konflikt kontrolliert wieder »anzuwärmen«, das heißt für Kontakt und Dialog zu sorgen. Denn nur *heiße Konflikte* sind bearbeitbar. Für das deeskalierte »Anwärmen« des *kalten Konflikts* braucht es allerdings eine gute Ausbildung und viel Erfahrung.

Konfliktarten

Es gibt viele Möglichkeiten, Konflikte zu kategorisieren. In der Praxis stellt sich die Frage: Wofür überhaupt? Die Antwort ist ebenfalls praktisch orientiert: Es hilft bei der Konfliktbearbeitung. Menschen mit Führungsverantwortung können viel Zeit und Energie sparen, wenn sie einschätzen können, um welche Art von Konflikt es sich handelt. Auch wenn jeder Konflikt anders ist, gibt es dennoch Häufungen von eher typischen Reaktionen. Daraus leiten sich auch Ähn-

… die Konfliktparteien sich stören und behindern, indem sie sich gegenseitig »Systemzwänge« in den Weg legen. Denn Vorschriften und deren Einhaltung können nicht mehr dem Willen eines einzelnen Menschen zugeschrieben werden. Sie verfolgen die Absicht, der anderen Seite nachhaltigen Schaden zuzufügen.

… ein Gefühl der Hilflosigkeit bei Einzelnen vorherrscht, weil diese nicht nur einem *unpersönlichen Koloss* (kein:e gegnerische:r Rädelsführer:in, einschränkende, unpersönliche Vorschriften ohne Angriffspunkte) gegenüberzustehen scheinen, dem mit menschlichen Aktivitäten nicht beizukommen ist. Auch aus diesem Erleben der Machtlosigkeit wird der Gegner als allmächtig stilisiert. Dies erzeugt wiederum Angst und wirft die Menschen auf sich zurück. Und das verstärkt das Gefühl der Hilflosigkeit oder gar Ohnmacht weiter.

… die Seiten sich selbst nur als reaktives *Produkt* ihrer Umgebung erleben, da diese so feindselig ist und sie selbst dafür nichts können. Deshalb müssen Veränderungen zur Lösung der Situation auch von anderen oder sogar von außen kommen, so ihre Einstellung. Dass die Konfliktparteien gerade durch diese Haltung die Initiative zur Lösung des Konflikts aus der Hand geben und dadurch jemand anderes von außen über sie bestimmt, erzeugt erst recht einen sich selbst stabilisierenden negativen Kreislauf. Das führt bei allen zu der Grundstimmung des *sozialen Fatalismus*.

… die Konfliktparteien die direkte Kommunikation miteinander nahezu einstellen. Sie meiden immer mehr persönliche und andere direkte Gesprächsmöglichkeiten wie Telefonate.

… die Parteien auf indirekte, stark formalisierte Kommunikation setzen, was überwiegend schriftlich geschieht.

… die Seiten direkte Auseinandersetzungen vermeiden, weil sie aufgegeben haben, sich zu überzeugen. Statt Explosionen gibt es eher Implosionen. Die Menschen fressen den ungelösten Konflikt und die dadurch entstehenden Probleme in sich hinein.

… es auf allen Seiten viel Kreativität gibt, Kontaktvermeidungsprozeduren zu erfinden. Mit zunehmender Dauer integrieren sich diese Vermeidungsprozesse in den organisationalen Alltag. Die Organisation tendiert durch diese teilweise stark formalisierten Verhaltensregulierungen dazu, mehr und mehr zu erstarren. Eine

Kalte Konflikte

Kalte Konflikte hingegen sind in der Regel daran erkennbar (vgl. Glasl, 1999, S. 73 ff.), dass …

… die Parteien frustriert und desillusioniert wirken, was nahezu immer auf lange und tiefe Enttäuschungen schließen lässt.

… sich innerhalb jeder Partei eine tendenziell fatalistische Stimmung ausbreitet und der Eindruck entsteht, dass die Verfolgung der eigenen Sache illusorisch ist und daher auch aufgegeben werden kann.

… es relativ wenig Kontakt zwischen den Beteiligten, bei Gruppenkonflikten auch innerhalb jeder Seite, gibt. Mit zunehmender Dauer des Konflikts erodieren die sozialen Beziehungen immer weiter. Es bilden sich dann viele kleine, geschlossene Grüppchen, bis in einem Endstadium der Erosion nur noch einzelne Individuen übrig bleiben.

… keine Seite mehr einen Sinn darin sieht, Begeisterung und Energie für die eigene Sache, aber auch Hoffnung in eine erfolgreiche Konfliktaustragung zu entwickeln.

… sich die Konfliktparteien zynisch oder sarkastisch zeigen, da sie sich in der Regel selbst nichts mehr vormachen, auch was ihre destruktiven Konfliktmotive angeht.

… den Parteien ein positives Selbstbild fehlt, da das eigene Selbstwertgefühl mit der Zeit verloren geht. Nur dadurch, dass die andere Seite noch negativer gesehen wird, legitimieren sich die eigenen destruktiven Handlungen.

… das Handeln und die Kommunikation schwer, in sich zurückziehend oder auch erstarrt wirken.

… sich ein Führungsvakuum zeigt. Durch die zunehmende Auflösung von Beziehungen kann sich keine positive Bezugsperson, kein *Sprachrohr* herausbilden, auf den oder die die Parteien Hoffnungen projizieren können.

… unpersönliche Steuerungs- und Kontrollprozeduren, Vorschriften oder auch Arbeitsanweisungen starken Einfluss haben. Die Formel könnte lauten: Je weniger eine Person führt, desto mehr führt sich das System selbst über die Eigendynamik von bürokratischen Prozessen.

Konfrontation erfolgen. Eine solche zwangsläufige Auseinandersetzung stellt dann eine ungewollte Nebenwirkung dar.

… jede Seite sich empört zeigt, wenn die jeweilige Gegenseite die »Reinheit der Motive« anzweifelt. Denn das passt überhaupt nicht zum Selbstbild der Wahrhaftigkeit und Redlichkeit der eigenen Motive. Die Empörung ermöglicht, den eigenen »blinden Fleck« heftig abzuwehren.

… der ganze Konflikt eine aufputschende, sich ausweitende Tendenz aufweist. Diese verstärkt sich dabei selbst. Das führt in Verbindung mit der Grundeinstellung, immer mehr Anhänger:innen für die eigene Sache zu gewinnen, zu einer Dynamik der *sozialen Ansteckung*. Diese Energie ist ansteckend und steigert die gemeinsame Risikobereitschaft. Damit neigen die Parteien auch dazu, ihre Kraft und Fähigkeiten zu überschätzen.

… jede Konfliktpartei die Gegenseite mit der eigenen Auffassung konfrontieren und in Diskussionen ziehen will. Die Folge daraus ist ein teilweise chaotisch wirkendes Durcheinander von Handlungen. Weil alle in einem zu kurzen Zeitraum ihre Maximalziele erreichen wollen.

… die Konfrontationen sich in kurzen, meist explosionsartigen Handlungen entladen. Für eine gewisse Zeit sorgt dieser Energieabbau für »saubere Luft«. Doch die sich durch die Entladungen freisetzende, aufgestaute Kraft überflutet die soziale Umgebung. Das verführt viele im Umfeld dazu, Partei zu ergreifen.

… es bei Gruppenkonflikten eine:n Sprecher:in als eine Art *Sprachrohr* gibt, der beziehungsweise die damit auch eine Führungsrolle einnimmt. Es bildet sich ein Machtzentrum, das für die eigene wie auch für die gegnerische Partei erkennbar ist. Die Anhänger:innen stilisieren und idealisieren die *Sprachrohre* und projizieren alle Hoffnungen auf sie.

… sich die Konfliktparteien darüber bewusst sind, welche Schäden sie den anderen zufügen. Das ist zwar überhaupt nicht die Primärmotivation in der Auseinandersetzung, aber je länger der Konflikt verläuft, desto eher glauben die Parteien, dass das schädigende Verhalten doch die Primärmotivation ist.

die Interessensebene zu führen. Da sich ab Phase drei die Parteien wechselseitig immer weniger vertrauen, braucht es dann bereits häufig eine:n Dritte:n, eine:n Klärungshelfer:in. Die Konfliktparteien müssen diese:n als »neutral« akzeptieren.

Wie?
Verwenden Sie die Methoden ab Seite 132. Für die Gliederung des Gesprächs eignet sich der Verhandlungsprozess ab Seite 143.

Wie entscheidend die Konflikttemperatur ist

Während meiner Arbeit bemerke ich immer wieder, dass viele Menschen unter Konflikt eher die laute, aggressive, offene Auseinandersetzung verstehen. Dies bezeichnen Mediator:innen und Konfliktmanager:innen als sogenannte *heiße Konflikte.* Dass es auch *kalte Konflikte* gibt, erkennen Menschen in der Regel erst dann, wenn ihnen jemand die spezifischen Kriterien erläutert. Diese eher verdeckte Form der Konfliktaustragung ist oft noch destruktiver als die *heiße* Variante. Erneut war es Friedrich Glasl, der diese Typologie des Verhaltensklimas in Konflikten entwickelt und empirisch erforscht hat.

Heiße Konflikte

Heiße Konflikte sind in der Regel daran erkennbar (vgl. Glasl, 1999, S. 70 ff.), dass …

… jede Partei so von ihren eigenen Idealen und der eigenen Sache überzeugt ist, dass sie versucht, diese auf die andere Partei zu übertragen. Die andere Seite soll erkennen, dass deren Sache *schlechter* ist. Dieser Wettstreit über *die Richtigkeit* kann die Paradoxie erklären, weshalb sich trotz der Konfrontation beide Seiten immer wieder aufeinander zu bewegen.

… jede Seite zumeist danach strebt, die jeweils andere Partei zur Anhängerin der eigenen Ideale zu machen.

… allen daran gelegen ist, ihre Ziele mit den ihnen zur Verfügung stehenden Mitteln *eigentlich* konstruktiv zu verwirklichen. Doch wenn die andere Seite der Verwirklichung im Weg steht, *muss* die

die andere Seite aus Einsicht nachgibt. Doch stattdessen beschleunigt sich durch die Drohungen die Eskalation noch weiter. Und diese Wechselwirkung setzt so gut wie immer eine Negativspirale in Gang. Dass Drohungen zu Einsicht führen, ist nur eine der vielen falschen Annahmen über die Interessen der Gegner:innen und der Konflikt-dynamik. Doch nicht nur dadurch schränkt sich die eigene Wahr-nehmung (noch weiter) stark ein, sondern auch durch den eigenen, hohen Stressgrad. Die gesamte Komplexität des Geschehens stei-gert bei jeder Partei zusätzlich auch die Angst, zu *verlieren* – was die Negativspirale weiter treibt. Denn jede Partei zielt nach wie vor oder gar noch mehr darauf ab, die eigene Position mindestens zu stärken oder sogar auszubauen. Diese Anstrengungen basieren auf so gut wie ausschließlich ungeprüften Vermutungen, was die andere Konfliktpartei als Nächstes tun *könnte*. Da alle Seiten diesem Wahr-nehmungsmuster anhängen, folgt eine Handlung auf die nächste. Die Eskalation beschleunigt sich immer mehr.

Die beschuldigte Führungskraft stellt den anderen »Kollegen« beim nächsten Führungsmeeting zur Rede. Er droht ihm, sollte er nochmals hinter seinem Rücken über ihn herumschnüffeln und Mit-arbeiter:innen mit in den Konflikt hineinziehen, werde er sich auch nicht mehr zurückhalten. Dann würden alle ja sehen, zu wem die Mitarbeiter:innen halten. Denn klar sei doch, dass die Mitarbeiter:in-nen zwar Angst vor der anklagenden Führungskraft haben, aber eigentlich würden sie ihn nicht richtig ernst nehmen und heimlich über ihn lästern. Das wisse er nur noch nicht, weil das hinter sei-nem Rücken geschehe. Der andere ist außer sich und droht, dass das nun Konsequenzen haben werde. Das seien plumpe Versuche, etwas zu vertuschen. Aber er werde das schon noch herausfinden. Darauf könne der andere sich verlassen.

Was kann mir diese Phasenaufstellung für meine Führungsaufgabe nutzen?

In den Phasen eins und zwei ist es meist noch möglich, über moderierte Gespräche durch eine Führungsfunktion oder -rolle (wenn sie nicht selbst Konfliktpartei ist), die Eskalation zu reduzieren und die strittigen Themen auf

4. Phase: Ausweitung des Konflikts auf immer mehr Felder bei gleichzeitiger Tendenz zur Personifizierung der Ursachen

Je länger der Konflikt anhält und je intensiver die Auseinandersetzungen werden, desto mehr Themen, Menschen und Gruppen ziehen die Parteien in den Konflikt hinein. Dies tun sie meist, um die eigene Machtbasis zu vergrößern oder einem (gefühlten) Machtverlust entgegenzuwirken. Der Konflikt weitet sich dadurch sozial aus, wie eine Art *Flächenbrand*. Die (emotionale) Eskalation steigert sich in dem Maße und in der Geschwindigkeit, wie sich jede Partei durch das Verhalten der anderen zu reagieren gezwungen sieht. Damit erhöht sich zwangsläufig die Komplexität noch einmal deutlich. Um aber handlungsfähig zu bleiben, neigen Konfliktbeteiligte dazu, diese Komplexität nach folgendem Muster für sich selbst zu reduzieren: Das selbst konstruierte Bild der *gegnerischen* Partei ist für das eigene Urteil und die eigenen Handlungen maßgeblich, die tatsächlichen Handlungen der anderen spielen für die eigene Einschätzung der Lage hingegen so gut wie keine Rolle mehr. Die konstruierten Bilder sind nahezu immer personenbezogen, was wieder einer Personifizierung der Ursachen gleicht. Damit sieht sich keine Seite für die Eskalation verantwortlich, weil die andere ja *schuld* ist.

> Die beschuldigende Führungskraft fragt in der Firma informell herum, wie der Kollege denn »so ankommt«, wie dessen Leistung und Engagement denn so eingeschätzt wird. Der beschuldigte Kollege bekommt das informelle Gefrage von Mitarbeiter:innen zugetragen. Für ihn ist nun klar, dass der andere kein Kollege mehr ist, sondern eher ein Rivale. Und dass der echt ein Problem mit sich selbst hat. Zu Inkompetenz rechnet er nun auch noch mangelndes Selbstbewusstsein, das über die Führungskraft konstruierte Bild wird immer kläglicher.

5. Phase: Beschleunigung der Eskalation durch Drohungen

Jede Konfliktpartei versucht so gut wie möglich, ihre (Macht-)Position zu stabilisieren oder gar auszubauen. Das geschieht in der Regel durch Drohungen. Damit verbindet jede Partei die Hoffnung, dass

Die Kombination der beiden Aktivitäten verschärft als eine Art Teufelskreis den Konflikt immer weiter.

Die beiden Führungskräfte beginnen, vergangene Vorkommnisse als »Belege« für ihre Sicht der Dinge heranzuziehen. Der eine sammelt Beispiele, wo er sich für die Firma eingesetzt hat, etwa, als er sich in der Freizeit um die Kundenpflege gekümmert hat. Und der andere führt als Hinweis für den Eigennutzen des Kollegen an, dass dieser sich auf Firmenkosten einen zu teuren Rechner gekauft hat – obwohl das aus seiner Sicht in der aktuellen, wirtschaftlichen Situation der Firma nicht angemessen ist.

3. Phase: Starke Vereinfachung der Ursachen-Wirkungs-Zusammenhänge im Konflikt und weitere Vereinfachung der Zusammenhänge

Durch die bisherige Ausweitung der Konfliktinhalte lassen sich Wirkungen kaum noch klar ihren Ursachen zuordnen. Um jedoch handlungsfähig zu sein, konstruiert sich jede Konfliktpartei eigene Ursachen-Wirkungs-Zusammenhänge. Diese jeweils selbst gebildeten vereinfachenden Erklärungen stehen sich meist unvereinbar gegenüber. Das führt dazu, dass es nicht nur konfliktäre Interessen gibt, sondern nun auch noch Konflikte über die Erklärungen des Konflikts und dessen Lösungen.

Für die eine Führungskraft ist klar, dass der Kollege deshalb so wenig Umsatz bringt, weil er sich nicht wirklich engagiert. Er sei nicht bereit, die »Extrameile« für den Erfolg des Unternehmens zu gehen, und verfolge seine eigene Agenda. Für die andere Führungskraft ist damit deutlich, dass der Kollege, der ihn ständig beschuldigt, strategische Gesamtzusammenhänge nicht erkennen kann und sich in unwichtigen Details verliert. Denn es sei ja allen bekannt, dass Aktivitäten für Umsatzwachstum ihre Zeit brauchen, bis sie Wirkung erzielen. Eigentlich sei der Kontrahent inkompetent für diesen Job.

Wie Konflikte eskalieren

Beobachtet mensch, wie Konflikte eskalieren, so lässt sich dieser Prozess in fünf Phasen beschreiben (vgl. Glasl, 1999, S. 191 ff.). Das Tragische daran: Häufig versuchen die Konfliktparteien, durch ihre Aktionen die Lage zu stabilisieren oder gar zu kontrollieren, aber sie treiben dadurch paradoxerweise den Konflikt immer weiter und tiefer. »Verschlimmbesserung« ist hierfür vermutlich der treffende Begriff.

1. Phase: Zunehmende Zuschreibung von allem Negativen auf die Gegenpartei und wachsender Frust über sich selbst

Jede Konfliktpartei tendiert dazu, die Gegenseite zu beschuldigen, alle Probleme und den daraus folgenden Frust verursacht zu haben. Dadurch kommt alles Negative von *den anderen,* die eigenen Anteile daran werden ausgeblendet oder gar nicht wahrgenommen. Diese Form von Zuschreibung wird übrigens auch Projektion genannt. Aufgrund von nicht durchdachten, unbeherrschten Aktivitäten jeder Seite wächst der Frust bei jeder Konfliktpartei über sich selbst immer mehr. Denn unüberlegtes Agieren führt so gut wie nie zu einer Verbesserung der Situation.

> Eine Führungskraft beschuldigt einen Kollegen, zu wenig für neuen Umsatz getan zu haben und sich zu wenig für das Gesamtinteresse der Firma einzusetzen. Sie hat aber die eigenen Erwartungen im Vorfeld nicht offen kommuniziert beziehungsweise verhandelt.

2. Phase: Ausweitung der Streitthemen bei gleichzeitiger starker Vereinfachung der Situation

Im Zuge des Konfliktgeschehens ziehen die Parteien mehr und mehr strittige Themen in den Konflikt hinein. Dadurch breitet sich nicht nur der Konflikt immer weiter aus, auch die Komplexität nimmt dadurch deutlich zu, die Lage ist kaum noch durchschaubar. Das zwingt die Konfliktparteien geradezu, die Zusammenhänge zu vereinfachen – für ein Gefühl von Kontrolle und Handlungsfähigkeit.

Wie?

Wenn Sie beispielsweise in einer Diskussion oder Auseinandersetzung mit Mitarbeiter:innen, einer Kollegin beziehungsweise einem Kollegen oder auch mit ihrer Chefin beziehungsweise ihrem Chef sind und die Kombination der Merkmale dieser Definition erkennen, dann sind Sie sehr wahrscheinlich miteinander im Konflikt.

Lassen sich diese Merkmale nicht erkennen, sind Sie auch nicht in einem Konflikt. Auch wenn Emotionen im Spiel sind, ist es dennoch nur eine (besonders emotionale) Diskussion, eine Auseinandersetzung, eine Meinungsverschiedenheit oder ein Streit.

Emotionen treiben besonders dann (in) einen Konflikt, wenn sich ein Mensch in seiner Handlungsfähigkeit eingeschränkt erlebt. Denn dann folgt daraus sehr häufig ebenfalls eine Handlung oder Unterlassung, die von der anderen Seite ebenfalls als Einschränkung der eigenen Handlungsfähigkeit erlebt wird. Vermutlich kennen das alle: Ein Wort folgt auf das andere, die Kommunikation wird immer schneller, der Ärger, die Angst, die Empörung steigen – der Konflikt eskaliert.

Eine Führungskraft ärgert sich über eine verpasste geschäftliche Chance, die ein Mitarbeiter nicht ergriffen hat, und stellt ihn mit etwas lauteren Worten zur Rede. Er hatte diesen Job früher auch gemacht und solche Chancen genutzt. Der Mitarbeiter fängt an, sich zu erklären, und sagt, dass er nichts von den Erwartungen des Chefs wusste. Das nimmt die Führungskraft als Versuch der Rechtfertigung und Verantwortungsabgabe wahr – und empört sich noch mehr. Der Mitarbeiter dagegen unterlässt es, seine Empörung auszudrücken, dass er sich missverstanden und unfair behandelt fühlt – und beginnt zu schweigen. Er weiß, die Situation würde dann weiter eskalieren – und er den Kürzeren ziehen. Der Konflikt ist da – allerdings bleibt er unbearbeitet.

im Gelände sicherer bewegen und orientieren kann. Denn die meisten von uns sind in unbekanntem Gelände genau daran interessiert, so meine Erfahrung.

Eine hilfreiche Definition des Begriffs hat der österreichische Konfliktforscher Friedrich Glasl entwickelt: Er spricht dann von einem *sozialen Konflikt,* wenn in der Interaktion zwischen Menschen mindestens eine Partei *erlebt,* dass ihr Denken, Fühlen oder Wollen mit anderen unvereinbar ist wie auch durch diese beeinträchtigt wird (vgl. Glasl, 1999, S. 14 ff.).

Diese *Landkarte* ist voll mit hilfreichen Informationen für die Orientierung:

- Sozialer Konflikt: Es geht um das Zwischenmenschliche und nicht um innere Konflikte.
- Interaktion: Menschen müssen miteinander tatsächlich zu tun haben – über Kommunikation beziehungsweise im Handeln.
- Mindestens eine Partei *erlebt* den Konflikt: Zum einen braucht ein sozialer Konflikt mindestens zwei Personen oder mehr. Und eine von ihnen reicht schon aus, die subjektiv erlebt (im Sinne von Wahrnehmen beziehungsweise Interpretieren), dass das eigene Denken, Fühlen oder Wollen mit dem des oder der anderen nicht zusammenpasst und von ihm oder ihr beziehungsweise ihnen beeinträchtigt wird.

    Dabei ist es wichtig, zu wissen: Für das Erleben der Unvereinbarkeit beziehungsweise Beeinträchtigung reicht es sogar schon aus, dass *ein* Mensch sie vermutet. Sie muss sich also noch nicht einmal tatsächlich vollziehen.

Was kann mir das für meine Führungsaufgabe nutzen?

Sie können unterscheiden, ob Sie es nur mit einem Streit beziehungsweise einer Meinungsverschiedenheit oder mit einem Konflikt zu tun haben, mit all den sich in der Folge entwickelnden Risiken. Ein Konflikt ist, vereinfacht gesagt, die Auseinandersetzung zwischen Menschen, die unterschiedlich denken, handeln wie auch fühlen, *und* bei der sich mindestens eine Seite in ihrer Handlungsfähigkeit subjektiv eingeschränkt empfindet. Diese Seite handelt, denkt und fühlt deswegen nicht mehr so, wie sie es eigentlich gerne würde.

Konflikt: Wovon sprechen wir eigentlich?

Da sich das Buch mit dem Thema Konflikte beschäftigt, ist zwangsläufig auch der Begriff zu klären. Vor allem, da die meisten Menschen die Worte Streit, Konflikt, Auseinandersetzung, Meinungsverschiedenheit, Krise und so weiter für mehr oder weniger ähnliche Situationen verwenden. Die Gefahr besteht, damit entweder alles zu einem Drama oder zu einer Bagatelle zu machen. Ein genauerer Blick darauf, wann es sich um einen Konflikt und welche Art von Konflikt handelt, erleichtert die Bearbeitung und steigert die Chance auf eine echte, nachhaltige Lösung.

Die Begriffsunklarheit zu dem Wort *Konflikt* liegt sicher auch mit daran, dass es bis heute nicht *die* Theorie zu Konflikten gibt – und damit auch keine allgemein akzeptierte Definition des Begriffs. Wer einen Eindruck von der Vielfalt der Theorien und Traditionslinien zum Thema Konflikt bekommen möchte, findet im Beitrag des deutschen Soziologen Peter Imbusch einen fundierten Überblick (vgl. Imbusch, 2010 ff.).

Warum sollte mensch sich mit Theorie beschäftigen? Sicher nicht nur für die Begriffsklarheit. Theorien können Phänomene aus einer distanzierteren, einer Beobachter:innen-Perspektive erklären, im Gegensatz zu Geschichten. Denn diese beschreiben, wie die an ihr Beteiligten die Geschichte erlebt haben. Im Kern ist eine Theorie vergleichbar mit einer Landkarte, die das Gelände und die Umgebung beschreibt. Sie erklärt, wo mensch sich befindet, und ermöglicht Orientierung. Eine Karte erzählt aber weder Erlebnisse der Reisenden, noch ist sie ein exaktes Abbild des Geländes beziehungsweise der Umgebung.

Das Verhalten jedes Menschen basiert auf Erklärungsmodellen (Theorien), die er oder sie übernommen oder sich selbst konstruiert hat. Vielen Menschen ist dieser Zusammenhang nicht bewusst. Wenn unser Verhalten also auf Erklärungsmodellen fußt, bedeutet das auch, dass eine hilfreiche Konflikttheorie (ein hilfreicheres Erklärungsmodell) es Menschen ermöglichen kann, ihr Verhalten und damit auch ihre Geschichten zu verändern (vgl. Simon, 2010, 7 f.). Eine hilfreiche Theorie bietet damit also eine Landkarte an, um sich Phänomene in der Umgebung so zu erklären, dass mensch sich

Basiswissen Konfliktbearbeitung

Häufig erlebe ich bei Menschen mit Führungsverantwortung, dass ihnen grundlegende Kenntnisse zur Konfliktbearbeitung nahezu unbekannt sind. Deswegen möchte ich damit beginnen, das Basiswissen vorzustellen. Es bietet Erklärungen rund um das Thema Konflikt aus unterschiedlichen Blickwinkeln. Die durch die Buchform vorgegebene Gliederung stellt jedoch keine Hierarchie der Wichtigkeit der Erklärungen oder eine Reihenfolge dar, wie sich dem Thema genähert werden sollte. Vielmehr handelt es sich um eine Zusammenstellung, die ich mithilfe einer Konfliktlandkarte auch visualisiere (siehe Seite 53). Sie dient dazu, sich an eine konfliktäre Situation heranzutasten und diese geleitet einzuschätzen, zu fragen:

- Wie stellt sich die Lage aktuell vermutlich dar?
- Und welche Wechselwirkungen bestehen wahrscheinlich?

Aus den Antworten lassen sich dann Führungshandlungen zur Konfliktbearbeitung ableiten. Bei der Auswahl des Basiswissens habe ich mich daran orientiert, was aus meiner Sicht für die Führungspraxis relevant ist (auf der Grundlage meiner eigenen Führungs-, Konflikt- und Mediationserfahrung). Ich verweise aber auch auf Primärquellen, für den Fall, dass Sie Interesse an einer vertiefenden Weiterarbeit haben. Am Schluss des Kapitels finden Sie ein Tool, mit dessen Hilfe Sie Konflikte systematisch besser einschätzen können: die Konfliktlandkarte. Sie greift das hier vorgestellte Basiswissen auf und führt es zusammen.

Warum die Art der Konfliktbearbeitung relevant für Organisation *und* Gesellschaft ist

In Konflikten sind Menschen in Führungsfunktionen oder -rollen vornehmlich in ihrer Führungsverantwortung gefordert. Es geht dabei unter anderem darum, Grenzen zu setzen, Grenzverletzungen zu markieren, zu deeskalieren, blockierte Kommunikation wieder zu verflüssigen, Lösungen zu finden oder die Lösungsfindung zu moderieren, eine Pattsituation zu entscheiden … Das sind alles Aufgaben, die die allermeisten Menschen einer Autoritätsrolle zuschreiben – und zwar unabhängig davon, ob eine Person diese Rolle ausfüllt oder ob mehrere sie ausfüllen.

Aus diesen Gründen ist es spannend und hochrelevant, bei zwischenmenschlichen Konflikten die Autoritätsbeziehung zwischen Führungskraft und Mitarbeiter:innen zu betrachten. Denn unbearbeitete oder dysfunktional bearbeitete Konflikte verursachen nicht nur hohe direkte Kosten, beispielsweise Verfahrenskosten für Gerichtsprozesse oder indirekte Kosten, wie zum Beispiel reduzierte Qualität von Entscheidungen und Ergebnissen (vgl. Troja, 2006, S. 150 ff.), wie die bereits erwähnte Konfliktkostenstudie aufzeigte. Nicht wirksam nachhaltig bearbeitete Konflikte gestalten als kulturelle Praktiken auch unmittelbar die Unternehmenskultur und damit auch mittelbar die gesellschaftliche Kultur, die wiederum in die Unternehmen und auf die Führungsbeziehung zurückwirkt. Menschen in Führungsfunktion oder Führungsrollen können also als Rollenmodell mit ihrem Verhalten dazu beitragen, dass Mitarbeiter:innen sich diese neuen Praktiken »abgucken« und aneignen. Das nehmen viele Menschen natürlich auch mit in ihr privates Umfeld. Denn sie sind ja dort kein anderer Mensch. Durch eine Weiterentwicklung der Konfliktkompetenzen der Mitarbeiter:innen zeigen die Unternehmen folglich ihre Mitverantwortung für die Gesellschaft. Daher ist die Art und Weise, wie Menschen in Unternehmen Konflikte bearbeiten, vor diesen wechselwirkenden Hintergründen auch gesellschaftlich höchst relevant.

noch die dafür nötige Autoritätszuschreibung durch die Geführten. Die Mitarbeiter:innen akzeptieren ein »Machtwort« heute einfach nicht mehr widerspruchslos. Oder die Funktionsautorität wird durch heterarchische Organisationsstrukturen überflüssig, weil Menschen sich über neue Arbeitsformen anders organisieren und Konflikte direkt miteinander austragen (müssen). Wozu braucht es dann noch eine:n Chef:in? Dieser Wandel überfordert etliche Führungskräfte, da sie nicht lernen konnten beziehungsweise mussten, Konflikte auf Augenhöhe zu verhandeln und ihre *auctoritas* mit in die Waagschale zu werfen.

Doch nicht nur »klassische« Führungskräfte sind gefordert, anders mit Konflikten umzugehen. Neue Arbeitsformen wie beispielsweise *Scrum, Design Thinking* oder auch schon etwas ältere Formen wie *Kanban* beruhen auf (mehr offener) Selbstorganisation und Selbststeuerung durch die Gruppe. Das bedeutet auch, dass es immer seltener nur eine:n Chef:in gibt, der oder die einen »Machtentscheid« treffen kann (ob dieser wirklich etwas bringt oder den Konflikt nur auf eine andere Ebene der Unentschiedenheit bringt, bleibt dahingestellt). Vielmehr sind durch diese neuen Arbeitsformen alle in einer Arbeitsgruppe beziehungsweise einem Team gefordert, ihre Konflikte überwiegend selbst zu bearbeiten – im besten Fall sogar zu lösen. Doch viele Menschen haben aufgrund ihrer privaten wie beruflichen Sozialisierung so gut wie nicht gelernt, Konflikte wirkungsvoll und nachhaltig zu behandeln. Ihnen fehlen dafür die praktischen Kompetenzen. Denn bislang wurde bei Konflikten in der Praxis eine klärende oder entscheidende Autoritätsfunktion einbezogen. Auch Menschen ohne formale Führungsfunktion müssen also ihre neue Rolle bei der Konfliktbearbeitung erst lernen.

selnde Rolleninhaber gebunden (vgl. Rüther, 2017, S. 8 ff.). Die Feder-
führung wechselt von Projekt zu Projekt; ein:e Produkt-Owner:in
oder Scrum-Master wird nach sozialen und methodischen Kompetenzen gesucht oder sogar von den Teammitgliedern gewählt. Hierdurch entwertet sich die traditionelle, vertikale Funktionsautorität,
oder sie ist in Bezug auf Rollenkonzepte neu zu definieren. Dem
Strukturwandel folgt damit der Wandel der Führungsautorität hin zu
einer Art horizontaler Autorität. Dadurch steigt die Bedeutung per-
sonaler und beziehungsorientierter Autorität in der Führung, die in
der traditionellen Autoritätsdualität mit *auctoritas* bezeichnet wird,
in der Unterscheidung zu *potestas* (vgl. Eschenburg, 1976, S. 15 ff.).

Was bedeutet *auctoritas*?
Das Wort Autorität geht zurück auf das lateinische Wort *auctoritas*. Es bedeutet
Würde, Ansehen oder auch Einfluss. Diese *auctoritas* konnte einer einzelnen
Person zukommen, aber auch einer ganzen Gruppe wie dem römischen Senat
(auctoritas senatum). Auctoritas war immer dann wichtig, wenn politische Entscheidungen anstanden, für die es keine juristischen Grundlagen gab. In einem
solchen Fall sprach die *auctoritas* einen Rat aus – wobei dieser Rat in der Regel
die gleiche Wirkung erzielte wie ein Befehl. Übersetzt in die heutige Zeit und
in den Kontext von Führung verstehe ich unter *auctoritas,* wie eine Person mit
Führungsverantwortung eine Beziehung so gestalten kann, dass andere Menschen ihr Führung zuschreiben und bereit sind, freiwillig zu folgen.

Führungskräfte, die Jahrzehnte in einer traditionellen Autoritätsfunktion wie auch mit einem traditionellen Autoritätsverständnis
arbeiteten und als übergeordnete *Vorgesetzte* bezeichnet wurden,
leiteten daraus (unbewusst) in der Regel auch ihre Konfliktbe-
arbeitungskompetenzen ab (»Basta«, Druck, Drohungen, Angst,
»väterlicher Rat« etc.). Vor dem Hintergrund des strukturellen und
kulturellen Wandels der Gesellschaft nehmen solche Führungskräfte
nun vermehrt wahr, dass ihre Wirksamkeit mit diesen (eher autoritären) Formen der Konfliktbearbeitung abnimmt. Denn *potestas*
(die Funktionsautorität) in einer vertikalen Ausprägung erhält kaum

über die klassische Linienorganisation mit dem »Dienstweg« möglich gewesen wäre. Zuvor war das die vornehmste Aufgabe von nicht selten kongenialen Ingenieuren und Erfindern als Firmeneigentümer – die meist auch die Patriarchen in ihrem Betrieb waren. Namen wie Thomas A. Edison oder Robert Bosch kommen mir da als Beispiele in den Sinn. Das änderte sich jetzt. Die fachliche Notwendigkeit, einen Vorgesetzten zu haben, der die richtige Entscheidung trifft oder der die geniale Idee (zur Lösung) entwickelt, entwertete sich immer mehr. *Potestas* verlor damit nicht nur zunehmend an gesellschaftlicher Bedeutung, sondern auch an fachlicher.

Im Zuge der vierten industriellen Revolution (digitale Vernetzung) beschleunigt sich die Entwertung von vertikal hierarchischer Funktionsautorität, der *potestas*. Das hängt unter anderem damit zusammen, dass die Vernetzung von Maschinen sowie die Vernetzung von Gegenständen mit dem Internet (Internet of Things) durch sich selbst steuernde Software erfolgt. Selbstlernende Systeme finden ebenfalls immer mehr Anwendung. All diesen technischen Veränderungen ist gemein, dass sie das soziale Miteinander zukünftig sehr wahrscheinlich prägen und lenken. Dies zeigte sich bereits in den drei vorangegangenen industriellen Revolutionen: Soziale Veränderungen folgen den technischen (vgl. Rifkin, 2012, S. 277 ff.).

Kernmerkmale der sogenannten *digitalen Revolution* sind unter anderem Dezentralität, Transparenz, Selbststeuerung, schnelles Fehlerlernen, Gleichwertigkeit der Systemelemente und so weiter. Die Folge: Unternehmensstrukturen und Rollen passen sich immer mehr diesen technischen Bedingungen an. Das führt auch dazu, dass sich die Hierarchie von einer vertikalen hin zu einer horizontalen Strukturierung wandelt. Diese Hierarchieform wird in der Systemtheorie als *Heterarchie* beschrieben. Der Begriff *Heterarchie* selbst geht stark auf die kognitionspsychologischen Überlegungen von McCulloch (1965) zurück. Die Ausgestaltung der Führungsfunktionen folgt diesem Wandel, weg von einer Oben-unten- hin zu einer Neben-neben-Positionierung.

Auch in heterarchischen Konzepten wie beispielsweise *Soziokratie, kollegialer Führung* oder *Scaled Agile Frameworks* gibt es Führungsfunktionen. Diese sind jedoch an (wechselnde) Rollen oder wech-

chische Autoritätsfunktion leicht auszufüllen (vgl. Eichert u. Hohn, 2011, S. 15 ff.).

Interpersonelle Konflikte zwischen Vorgesetzten und Untergebenen, so der damalige Sprachgebrauch der Rollenbezeichnungen, waren faktisch (vor-)entschieden. Denn es handelte sich um eine strukturelle Win-lose-Lösung: Wer oben ist, hat bereits *gewonnen* und damit Recht. Ober sticht Unter. Diese Konfliktausgänge wurden von *Untergebenen* mehr oder weniger unhinterfragt hingenommen. Das gesellschaftliche Narrativ des Patriarchats definierte diese Rollen wie auch deren entsprechendes Verhalten (vgl. Sternberger, 1959, S. 3 ff.). Dazu gehörte auch die Regel, dass darüber nicht zu verhandeln ist. *Potestas,* also die Amts- beziehungsweise Funktionsautorität als eine mögliche Quelle von Autorität innerhalb eines Hierarchiesystems, war damit eindeutig definiert – auch als Konfliktnegations- oder -entscheidungsprinzip.

Auf Augenhöhe verhandeln: Konflikte bei heterarchischer Führung

Durch den gesellschaftlichen Wertewandel der letzten Jahrzehnte hat sich die patriarchale Vormachtstellung von Männern schleichend gewandelt und an Bedeutung verloren (vgl. von Rahden, 2005, S. 160 ff.). Die zunehmende Computerisierung der Betriebe wie auch die sich immer weiter ausbreitende Arbeit in Projekten, insbesondere seit der sogenannten dritten industriellen Revolution, machte es erforderlich, dass mehr Menschen zu der Lösung von Problemen oder zu der Schaffung neuer Innovationen beitragen. Die Probleme wurden so komplex, dass sie nicht mehr von einer Person allein gelöst werden konnten. Auch die Anforderungen der Kund:innen an die Produkte von Unternehmen wurden nicht nur anspruchsvoller, sondern wechselten auch in immer kürzeren Zyklen. Dafür war es nötig, dass neben einer fachbereichsübergreifenden Zusammenarbeit auch eine Arbeitsatmosphäre vorherrschte, die die Kreativität förderte.

Die Projektarbeit begann zu boomen. Denn mit dieser Arbeitsform war es möglich, relativ hierarchieunabhängig und schneller an Lösungen für die Kund:innen-Anforderungen zu arbeiten, als dies dann von der in der Hierarchie höherstehenden oder legitimierten Person mehr oder weniger willkürlich im Sinne der Organisationsziele entschieden. Das Ziel dahinter ist, eine arbeitsfähige Organisation aufrechtzuerhalten.

Diese Art der Entscheidungsfindung hat eine lange Tradition. Zur Hochzeit der Industrialisierung, in den Dekaden um die Wende zum 20. Jahrhundert, waren die Gesellschaft und ihre Werte anders als im beginnenden 21. Jahrhundert. Es herrschte, im wahrsten Sinne des Wortes, nahezu ausschließlich eine patriarchale Gesellschaftsstruktur vor. Männer, ausgehend von dem Vater als Familienoberhaupt und Patriarch in der Familie als kleinste Organisationsform von Gesellschaft, hatten in der Regel in allen gesellschaftlichen Bereichen eine unhinterfragte, zugeschriebene Autoritätsposition (vgl. Baumann-Habersack, 2017, S. 73 f.; Wille, 2018, S. 341 ff.). Die sich daraus ergebende strukturelle Machtasymmetrie war überwiegend anerkannt (aber nicht demokratisch legitimiert), insbesondere von den (Ehe-)Frauen, Kindern und Jugendlichen, Schüler:innen, »Stiften« beziehungsweise Untergebenen. Dieser gesellschaftliche Kontext ermöglichte es Vorgesetzten in Betrieben, die formal-hierar-

---

Was bedeutet *potestas*?

Für das römische *potestas* haben wir im Deutschen keine passende Übersetzung. Unter *potestas* verstanden die alten Römer eine rechtlich begründete, vor allem militärisch verstandene Verfügungsgewalt und Handlungsvollmacht. Übertragen bedeutet es so viel wie Macht, Vollmacht, aber auch Möglichkeit. Im Privaten stand dem Hausherrn die *patria potestas* zu. Sie erlaubte ihm die Verfügungsgewalt über die Mitglieder seiner Familie und über seine Sklaven. In der Politik wurde unter *potestas* so etwas wie Amtsgewalt verstanden. In die heutige Zeit transferiert und adaptiert auf den organisationalen Kontext verstehe ich unter *potestas* eine Autoritätsfunktion oder Rolle, die ein Mensch durch seine Hierarchieposition (vertikal oder horizontal) übertragen bekommt. Die Legitimation erfolgt nicht über die Art und Weise seiner Beziehungsgestaltung, sondern in der Regel durch einen Arbeitsvertrag in Verbindung mit einer Funktions- oder Rollenbeschreibung (vgl. Eschenburg, 1976, S. 15 ff.).

Führung: Im Konflikt mit dem Konflikt

Seit etlichen Jahren bemerke ich während meiner Tätigkeit als Mediator und Konfliktmanager, dass insbesondere Führungskräfte mit der Bearbeitung von zwischenmenschlichen Konflikten, an denen sie selbst beteiligt sind, überfordert zu sein scheinen. Darauf deuten Verhaltensweisen hin, die als Reaktionen auf Überforderung hinweisen, beispielsweise schweigen, sich entziehen, aus dem Kontakt gehen, den Raum verlassen, laut werden, abwertend sprechen, gespielte Heiterkeit, unpassende Witzigkeit oder Rationalisierung.

Der Projektleiter eines internationalen Projekts mit Millionenbudget, welches für das Unternehmen einen fundamentalen Technologiewechsel mit sich brachte, wurde von seinen Teilprojektleitern während eines Leitungsmeetings mit Kritik konfrontiert. Doch statt erst einmal nachzufragen, ob er die Inhalte der Kritik richtig verstanden hatte, fiel er den einzelnen Sprechern immer wieder ins Wort. Und er überzog seine Kollegen in der Folge regelrecht mit einem Monolog, gespickt mit lustigen Sprüchen und Witzchen. Die Teilprojektleiter verstummten mit der Zeit und zogen sich resigniert zurück. Der Konflikt blieb bestehen und lähmte das Projekt unter der Oberfläche.

»Ober sticht Unter«:
Konflikte bei hierarchiebasierter Führung

Auch heute noch kommt bei (scheinbar) unlösbaren Konflikten oder Pattsituationen in Entscheidungsprozessen in den meisten Organisationen das Prinzip der hierarchiebasierten Führung (ob vertikal oder horizontal organisiert) zum Tragen. Der Konflikt oder das Patt wird

weit wie möglich reduziert habe, jedoch ohne die nötige fachliche Präzision aufzugeben. Das kann dazu führen, dass Sie einzelne Textstellen mehrfach lesen oder einmal »eine Nacht darüber schlafen« wollen. Ein gutes Zeichen, wie ich finde. Denn wenn Sie dies bei sich bemerken, hat das sehr wahrscheinlich damit zu tun, dass Sie etwas Neues lesen. Etwas, das von Ihrem bisherigen Wissen oder im Idealfall sogar von Ihren Annahmen abweicht. Diese mentale beziehungsweise emotionale »Störung« zu prüfen, braucht Zeit. Darüber hinaus traue ich Ihnen damit auch zu, ein etwas anspruchsvolleres Fachbuch zu lesen, was mensch mal nicht schnell »am Bahnhof« durchliest. Auch wenn das möglicherweise gegen den noch aktuellen Trend läuft, schnell umsetzbare Managementtipps und -tools feilzubieten.

In diesem Sinne: Ihnen gute Erkenntnisse und konstruktive Störungen!

ten Konfliktstile (Horowitz, Strauß, Thomas u. Kordy, 2016; Kolodej, Wochele u. Kallus, 2011; Ury, Brett u. Goldberg, 1989; Kilmann u. Thomas, 1976; Rahim, 1992) auf Forschungsergebnissen beruhen, die heute und in der Zukunft immer weniger wirksam sind. Gewaltfreie, wirksame Konfliktbearbeitungsformen von Martin Luther King, Gandhi oder auch Gene Sharp, die Eingang in die Friedenspsychologie gefunden haben, finden sich so gut wie nicht in den bekannten Konfliktstilen beziehungsweise -inventaren. Auf diese bekannten Konfliktstile beziehen sich jedoch die meisten Konfliktbearbeitungsmethoden für organisationale Kontexte.

Im Rahmen meiner Forschung ist mir aufgefallen, dass es an der Zeit ist, Menschen mit Führungsverantwortung diese eigentlich nicht neuen Erkenntnisse der gewaltfreien Konfliktbearbeitung zugänglich zu machen. Denn vor dem Hintergrund des durch die vierte industrielle Revolution anstehenden gesellschaftlichen Transformationsprozesses wird in der nächsten Zeit die Zahl der Konflikte in den Unternehmen noch weiter steigen, und damit auch die Notwendigkeit einer konstruktiven Konfliktbearbeitung. Dazu gehört auch die Akzeptanz, dass Konflikte nicht immer lösbar sind. Denn dafür braucht es von allen Seiten ein Mindestmaß an Kooperationsbereitschaft. Diese steigt, wenn überhaupt, erst mit der Art, wie Führungskräfte beginnen, einen Konflikt zu bearbeiten. Das Ziel ist demnach zunächst nicht die sofortige Lösung, weil es sie möglicherweise gar nicht geben kann – vielleicht auch aus strukturellen Gründen. Zum Beispiel, weil Strukturen in der Organisation unklar, nicht passend oder widersprüchlich sind. Es geht dieser neuen Praxis der Konfliktbearbeitung vielmehr um die gewaltfreie Bearbeitung mit einer ausverhandelten Vereinbarung. Idealerweise kommt das einer Lösung von destruktiven Konfliktmustern sehr nahe. Dafür braucht es ein neues Praxisbuch mit einer transformativen Perspektive zur Veränderung von mentalen Modellen und Handlungsmustern, ein Buch, das auf einer fundierten konzeptionellen und wissenschaftlichen Grundlage fußt.

Ich bin mir bewusst, dass einige Passagen kein *Fast Food* sind, vielleicht sogar ein großer Teil dieses Buchs. Das hängt sehr wahrscheinlich damit zusammen, dass ich zwar die Komplexität des Themas so

Einleitung

Es gibt eine nahezu unüberschaubare Menge an Ratgeberliteratur zum Thema Konfliktlösung. Da kann mensch sich die Frage stellen: Existieren nicht schon genügend Bücher dazu, gerade für Personen mit Führungsverantwortung? Warum braucht es jetzt noch eines?

Diese Vielzahl an Büchern ist einerseits ein Signal dafür, dass es einen großen Bedarf an Wissens-, Erkenntnis- und auch Lösungsbedarf zum Thema Konfliktmanagement (in der Führung) gibt. Denn auch weiterhin kosten nicht (hilfreich) bearbeitete Konflikte Unternehmen sehr viel Geld. Dies förderte etwa die Konfliktkostenstudie der Europa-Universität Viadrina in Frankfurt/Oder in Kooperation mit der Beratungsgesellschaft KPMG zutage. Vor allem entgangene Aufträge, unbesetzte Stellen und Projektarbeit erzeugen deutlich hohe Kosten. Etwa die Hälfte der Befragten nennt Verluste von mehr als 50.000 Euro pro Jahr – allein durch Probleme bei der Projektarbeit (vgl. KPMG, 2009, S. 29).

Die nach wie vor große Nachfrage nach Konfliktlösungsliteratur zeigt aber auch, dass die bisherigen Konfliktbearbeitungsverfahren wenig erfolgreich oder so gut wie nicht transformativ sind. Das heißt, sie sind nicht wirklich in der Lage, destruktive Konflikt-Interaktions*muster* in konstruktive zu transformieren. Durch die bisherigen Verfahren gelingt es vielleicht allenfalls kurzfristig, auf der Verhaltensebene einen sogenannten *Burgfrieden* zu erzielen. Die Konfliktparteien treffen dann eine Vereinbarung, darauf zu verzichten (und sich mehr oder weniger daran zu halten), sich zu provozieren oder anzugreifen. Das diesem Verhalten zugrunde liegende destruktive *Konfliktmuster* bleibt aber bestehen, da es nicht bearbeitet wurde.

Die Vielzahl an Veröffentlichungen zum Thema Konfliktmanagement liegt zum anderen darin begründet, dass nahezu alle bekann-

von Konfliktbearbeitungsverfahren zu veröffentlichen – und bei den gleichen Worten und Narrativen zu bleiben.

Ich freue mich auf Ihre Resonanz zu dieser ersten Version einer neuen Praxis wirksamer Konfliktbearbeitung: kbuch@baumann-habersack.de.

Frank H. Baumann-Habersack

www.baumann-habersack.de
www.twitter.com/frankbauha

Mit diesem Buch beginne ich erstmalig, eine neuartige Strategie sowie ein neues Haltungs- und Handlungskonzept auszuarbeiten, das es Menschen in Führungsrollen ermöglicht, Konflikte gewaltfrei zu bearbeiten. Ziele sind, dass die Würde aller gewahrt bleibt und möglichst viele Interessen aller Konfliktbeteiligten in eine Verein-barung, idealerweise sogar in eine Lösung, eingeflossen sind. Denn erst dann besteht die Chance, dass solche Vereinbarungen aus einer Konfliktbearbeitung auch dauerhaft halten, agiert doch so gut wie kein Mensch bewusst gegen seine eigenen Interessen.

Obgleich der Entwurf einer solchen Strategie erst den Anfang einer Entwicklung markiert, ist diese dennoch für Organisationen aller Art aus zwei Gründen heute schon höchst interessant: Sie redu-ziert nicht nur die direkten und indirekten Kosten, die Konflikte verursachen. Sie stärkt die Menschen auch, unabhängig von der Hierarchie, respektvoll und konstruktiv für ihre eigenen Interessen einzutreten. Das ist eine zentrale Voraussetzung, damit Organisa-tionen die Transformation von der überwiegend analogen Indus-trie- zur digitalen Wissensgesellschaft meistern wie auch ihre ope-rativen Ziele erreichen. Denn dafür braucht es die Vernetzung der Gehirne möglichst aller. Und das führt zu vielen Konflikten. Schei-tert diese Transformation des Bewusstseins, werden wahrschein-lich sogar »systemrelevante« Organisationen aufhören zu existieren.

Daneben kann auch ein weiterer, nicht zu unterschätzender Effekt immer mehr seine Wirkung entfalten: Da Unternehmen Mitgesell-schafter:innen der Demokratie sind, bilden *konfliktrobuste* Men-schen und damit auch Organisationen einen Schutz gegen Kräfte, die daran arbeiten, unsere Demokratie abzuschaffen. Das empfinde ich als eine anzustrebende positive Vision.

Auch wenn es, wie für mich, am Anfang irritierend und gewöhnungs-bedürftig war: Ich verwende den Genderdoppelpunkt, geschätzte Leser:innen, damit sich Menschen jeglicher geschlechtlicher Aus-prägung gewürdigt fühlen. Und ich nutze statt »man« das Wort »mensch«. Denn nur wenn wir auch die Grenzen unserer Sprache verändern, können sich die Grenzen unserer Weltsicht erweitern. Im Sinne des Logikers und Philosophen Ludwig Wittgenstein wäre es paradox, ein Buch zur Veränderung, ja sogar zur Transformation

Vorwort

Konflikte gehören in der Arbeitswelt zum Alltag. Trotzdem scheuen sich viele Menschen in Unternehmen und Organisationen, Konflikte überhaupt anzusprechen. Sie wissen selten, mit welcher hilfreichen inneren Verfassung sie dies tun können. Auf der anderen Seite tragen nicht wenige Konflikte gewalttätig aus: Sie schreien herum, brechen den Kontakt zum Gegenüber ab, grenzen andere aus oder machen sie nieder – in der Hoffnung, durch ein »Machtwort« das Thema ein für alle Mal vom Tisch zu bekommen. Im einen wie im anderen Fall ändert sich dadurch so gut wie nichts – und schon gar nicht für eine längere Zeit. Manche Konflikte drohen sogar noch weiter zu eskalieren.

Dafür gibt es viele Gründe. Einer ist mit Sicherheit der Mangel an brauchbaren Konzepten insbesondere für Führungskräfte, um Konflikte im betrieblichen Kontext gewaltfrei bearbeiten zu können. Bis auf Marshall Rosenbergs »Gewaltfreie Kommunikation« (Rosenberg, 2015) ist mir jedenfalls keines bekannt. Gewaltfrei bedeutet in diesem Zusammenhang vor allem, auf Verhalten zu verzichten, das bei anderen Menschen Schmerzen auslöst. Dabei ist körperliche Gewalt eher kaum noch anzutreffen. Vielmehr ist damit die psychische Gewalt gemeint, zum Beispiel andere Menschen anzuschreien oder bloßzustellen, sie zu beschämen oder auszugrenzen. Aber auch indirekte Formen, wie das Nichthandeln von Führungskräften bei rassistischen, frauen- oder jugendfeindlichen Äußerungen, die damit einer Duldung und Akzeptanz gleichkommen.

Meine Überzeugung ist: Konflikte wollen *verhandelt* und *nicht entschieden* werden. Diese Erkenntnis speist sich nicht nur aus meiner (berufs-)biografischen, langjährigen Erfahrung als Berater, Mediator und Führungskraft, sondern auch aus meiner mittlerweile intensiven wissenschaftlichen Arbeit zu Autorität und Konflikten im Kontext von Führung.

ursache Einzelpersonen zugerechnet und mit Motivunterstellungen und Dämonisierungen begründet wird, steigt die Emotionalität der Akteure massiv an, die Heftigkeit des Konfliktgeschehens nimmt zu, eine Lösung rückt eher in die Ferne. Transformatives Arbeiten fängt daher mit »Selbstarbeit« an, mit dem Herstellen von Transparenz und einem Bewusstsein für die strukturellen Rahmenbedingungen konflikthafter Dynamiken. Dieses Buch bietet eine Fülle verschiedener Zugänge und Handlungskonzepte, die es möglich machen, Konflikte als Chance für die transformative Weiterentwicklung einer Organisation zu verstehen.

Ich denke, ich sollte mein Vorwort mit einer Warnung abschließen: Vermutlich wird es schwer sein, dieses Buch zu lesen, ohne selbst in einen transformativen Prozess zu geraten. Lesen Sie das Buch daher bitte nur, wenn Sie dazu bereit sind, sich diesem zu stellen.

Arist von Schlippe

wir den Begriff »neue Autorität« prägten, versuchten wir, Autorität als Beziehungsbegriff zu reformulieren. Denn Autorität – wir bezogen uns vor allem auf das Geschehen in Familien – sehen wir als unverzichtbar an, wenn es um das Zusammenleben von Menschen geht, die unterschiedlichen Generationen entstammen und über unterschiedliche Perspektiven auf die Reichweite ihrer Handlungen und Entscheidungen verfügen. Nur darf es keine Autorität sein, die sich in dem Kampf um die Macht erschöpft, die sich zwischen Ohnmacht und Macht aufreibt. Sie darf ihre Stärke nicht aus »der Faust« beziehen: Eine Autorität, der es darum geht, den anderen zu besiegen, zu dominieren und kleinzuhalten, ist zumindest in unserer Kultur keine Option. Im Gegenteil, es braucht ja gerade Bedingungen, innerhalb derer junge Menschen lernen, sich im Rahmen ihrer Entwicklung zunehmend selbst zu ermächtigen und Autorität zu erwerben. Um für die in diesem Prozess unabdingbaren Reibungsprozesse einen anderen Begriff von Stärke anzubieten, stellten wir der »Faust« das Bild des »Ankers« gegenüber, der seine Kraft aus der Beharrlichkeit der Präsenz bezieht. Die »neue Autorität«, wie wir sie versuchten zu skizzieren, definiert sich über Beziehung, Begegnung und über die Gleichberechtigung der Perspektiven (nicht der Entscheidungskompetenzen!).

Das in diesem Buch eingeführte Konzept der transformativen Autorität baut folgerichtig auf diesen Gedanken auf. Es versorgt den Autoritätsbegriff mit einer inhaltlichen Präzisierung, die es leichter machen dürfte, ihn zu akzeptieren, insbesondere wenn es um die Einführung im Organisationskontext geht. Ähnlich wie der Begriff »Autorität« hat auch das Verständnis von Führung viele Metamorphosen durchlaufen – und bis heute ist der Begriff in seiner Verwendung hoch ambivalent. Mit dem Adjektiv »transformativ« wird noch deutlicher, worum es eigentlich geht: um ein Bewusstsein für die Kraftfelder, in denen Menschen in unterschiedlichen Positionen stehen, die mit unterschiedlichen Verantwortlichkeiten verbunden sind. Konflikte sind in diesen Feldern unausweichlich. Doch heute wissen wir, dass viele Versuche, Konflikte im Sinn eines überkommenen Hierarchieverständnisses zu lösen, die Eskalationsdynamik noch verschärfen. Wenn etwa ein strukturbedingter Organisationskonflikt bearbeitet wird, indem die Konflikt-

Bewegung in der zweiten Hälfte des Jahrhunderts entstand sicher als Reaktion auf diese Exzesse, sie wurzelte in dem Traum, dass es möglich sein müsste, Beziehungsverhältnisse zu leben, die ohne Rückgriff auf Autorität auskommen könnten. Auch wenn diese Bewegung zu einer wichtigen Sensibilisierung für Machtverhältnisse führte, ist doch der Optimismus dieser Zeit verflogen. Die Abgrenzung steht ja immer in der Gefahr, sich im »Gegen« zu erschöpfen, die Gefahr und die realen Fälle kindlicher Verwahrlosung und Vernachlässigung sorgten für Ernüchterung. Und doch steht diese Bewegung symbolisch für eine dringend notwendige Auseinandersetzung: Die reine Berufung auf Befehle oder Ämter genügt heute nicht mehr als Legitimation. Langsam begann sich das Interesse von dem Blick auf die Qualitäten der Autoritätsperson auf die »Bedingungen der Autoritätsannahme durch den Beeinflussten« (Luhmann, 1964/1999, S. 98) zu verschieben. Zunehmend wurde Autorität als Beziehungsbegriff verstanden, der auf komplexen gesellschaftlichen (nicht einfach individuell zu verstehenden) Prozessen der Zuschreibung und der Annahme von Zuschreibung beruht.

Doch bis heute ist die Auseinandersetzung nicht abgeschlossen. Die schillernden Assoziationsräume, in denen sich der historisch belastete Begriff bewegt, sind schwer zu erschließen und offensichtlich je nach Gesprächsgegenüber sehr unterschiedlich. Wer heute mit dem Begriff »Autorität« operiert, kann sich daher schnell in einem Minenfeld wiederfinden.

Eine Möglichkeit wäre es, sich ganz von dem Begriff zu verabschieden. Doch zum einen verschwinden mit dem Begriff ja nicht die Phänomene, die durch ihn bezeichnet werden, zum anderen würde man damit auch eine Chance verpassen. Denn die hinter den verschiedenen Verständnissen des Begriffs stehenden mentalen Modelle (Seel, 1991) können bewusst gemacht und reflektiert werden, die mit ihnen verbundenen Mindsets können kritisch hinterfragt und dekonstruiert werden. Die Chance besteht darin, nicht einfach einen alten Begriff zu »recyceln«, sondern den kulturellen Wandel unseres Autoritätsverständnisses nachzuvollziehen und aus der Analyse zu einem veränderten Verständnis von Autorität zu gelangen.

Der israelische Psychologe Haim Omer hat dies vor einiger Zeit gemeinsam mit mir versucht (Omer u. von Schlippe, 2010). Indem

Vorwort von Arist von Schlippe

Der in diesem Buch vorgestellte Begriff der »transformativen Autorität« wirbt für das veränderte Verständnis eines alten Wortes. Es ist ein Wort, das eine schillernde Geschichte durchlaufen hat, besonders hierzulande. Bis heute wird, wenn es ausgesprochen, ein breites Bedeutungsfeld geöffnet. Wer »Autorität« hört, gerät schnell in eher unangenehm konnotierte Denkräume, die von Kategorien hierarchischer Über- und Unterordnung geprägt sind, deren Legitimität »von außen« kommt und zeitübergreifend Geltung beansprucht. Man sieht die blank geputzten Militärstiefel, spürt die düstere Atmosphäre eines Klassenzimmers oder eines spießigen Elternhauses. Und auch der Kontext von Führung wird eng mit der Idee des uneingeschränkten Weisungsrechts eines Vorgesetzten verbunden, sei er durch Amt oder auch durch sein Charisma legitimiert. Ein solches Assoziationsfeld sieht den Autoritätsbegriff im Spannungsfeld von Macht und Ohnmacht. Max Weber sah die »Pietät der Tradition und die Pietät gegen die Person des Herrn« als ihre beiden klassischen Grundelemente an (Weber, 1921/2000, S. 741). Das Zitat verweist darauf, dass die Berufung auf die mit Autorität verbundenen Machtansprüche manchmal religiös verbrämt und damit kritischer Hinterfragung elegant entzogen wurde.

Wir alle wissen, wie die Geschichte dieses Begriffs im vorigen Jahrhundert verlief. Es gab Ereignisse, in denen Menschen sich auf formale Autorität beriefen, um Verbrechen anzuordnen, zu begehen oder zu rechtfertigen. Erst im Nachhinein wurde erschreckend deutlich, wie gefährlich es sein kann, sich einer Dynamik zu überlassen, die ihre Berechtigung aus nicht hinterfragbarer Autorität bezieht. Nicht zuletzt aus diesem Grund sind derartige Autoritätsexzesse heute durch die Verfassung geächtet, ist etwa das Recht auf Widerstand im Grundgesetz garantiert (§ 20 Abs. 4). Die antiautoritäre

Konfliktbearbeitungsstile 100
Rahim Organizational Conflict Inventory 102
Inventar zur Erfassung interpersonaler Probleme 103
Inventar zum individuellen Konfliktlöseverhalten am Arbeitsplatz 104

Konfliktbearbeitungsstile von Autoritätsausprägungen 106
Konfliktbearbeitungsstil autoritäre Autorität 106
Konfliktbearbeitungsstil antiautoritäre Autorität 111
Konfliktbearbeitungsstil transformative Autorität 116

Die neue Praxis wirksamer Konfliktbearbeitung 122
Die Grundierung des Konfliktbearbeitungsstils 123
Phasen akuter Konfliktbearbeitung 126

Methoden für die Konfliktbearbeitung 132
Die 3-Körbe-Methode 132
Die Ankündigung 135
Entdämonisierung 140
Verhandlungsprozess 143
Aktives Hinhören 147
Einen Konflikt ansprechen 149
Wie Strukturen die Konfliktbearbeitung beeinflussen 152

Zukunft: Konflikte und Algorithmen 156

Dank 163

Anhang 164
Autoritärer Konfliktbearbeitungsstil 164
Antiautoritärer Konfliktbearbeitungsstil 166
Konfliktbearbeitungsstil transformative Autorität 167

Literatur 170

Inhalt

Vorwort von Arist von Schlippe 7

Vorwort 11

Einleitung 14

Führung: Im Konflikt mit dem Konflikt 17
»Ober sticht Unter«: Konflikte bei hierarchiebasierter Führung 17
Auf Augenhöhe verhandeln: Konflikte bei heterarchischer Führung ... 19
Warum die Art der Konfliktbearbeitung relevant für Organisation
und Gesellschaft ist 23

Basiswissen Konfliktbearbeitung 24
Konflikt: Wovon sprechen wir eigentlich? 25
Wie Konflikte eskalieren 28
Wie entscheidend die Konflikttemperatur ist 32
Konfliktarten 36
Konfliktideologie: Dämonische und tragische Sicht auf Konflikte 39
Konflikte wollen verhandelt, nicht entschieden werden 51
Die Konfliktlandkarte 53

Basiswissen Autorität 55
Definition des Begriffs Autorität 56
Autoritätshaltungen 58
Autoritäre Autorität 59
Antiautoritäre Autorität 64
Neue Autorität 67

Transformative Autorität 70
Autorität als Kraftfeld 71
Transformative Autorität als psychosozialer Evolutionsprozess 73
Das Haltungs- und Handlungskonzept der transformativen
Autoritätshaltung 76
Die sieben Elemente der transformativen Autorität 84

Bibliografische Information der Deutschen Nationalbibliothek:
Die Deutsche Nationalbibliothek verzeichnet diese Publikation in der
Deutschen Nationalbibliografie; detaillierte bibliografische Daten sind
im Internet über https://dnb.de abrufbar.

© 2020, Vandenhoeck & Ruprecht GmbH & Co. KG,
Theaterstraße 13, D-37073 Göttingen
Alle Rechte vorbehalten. Das Werk und seine Teile sind urheberrechtlich
geschützt. Jede Verwertung in anderen als den gesetzlich zugelassenen Fällen
bedarf der vorherigen schriftlichen Einwilligung des Verlages.

Umschlagabbildung: Yuliya Chsherbakova: Tangle tangled and untangled with
arrow/Shutterstock.com

Satz: SchwabScantechnik, Göttingen
Druck und Bindung: ⊕ Hubert & Co. BuchPartner, Göttingen
Printed in the EU

Vandenhoeck & Ruprecht Verlage | www.vandenhoeck-ruprecht-verlage.com

ISBN 978-3-525-45027-7

Frank H. Baumann-Habersack

Führen mit transformativer Autorität

Die neue Praxis wirksamer Konfliktbearbeitung

Mit 10 Abbildungen und 4 Tabellen

Vandenhoeck & Ruprecht

ROSA DI SHARON

Il suo nome deriva dal *Cantico dei Cantici*: "Io sono una rosa di Sharon, un giglio delle valli" (II, 1). Rosa è l'incarnazione della maternità. È bionda, con un viso morbido e un corpo voluttuoso. La sua unica preoccupazione è il bambino che porta in grembo. Tutti gli eventi esterni sono interpretati dalla giovane donna come segni divini: la morte improvvisa del cane di famiglia risuona come un segno dell'imminente morte del figlio. Rose si mostra spesso infantile e ingenua. Ad esempio, quando Connie se ne va e lei crede che sia andato a cercare dei libri per studiare. È anche timorosa e chiusa in se stessa e si lamenta incessantemente. Tuttavia, alla fine del romanzo, acquisisce nobiltà.

TOM

Tom è il figliol prodigo, ma è anche il più fragile. Condannato a sette anni di carcere, ma rilasciato dopo quattro anni per buona condotta, Tom ha già ucciso un uomo. La sua situazione di illegalità lo rende un pericolo per la sua famiglia. Infatti, la libertà vigilata non gli consente di attraversare le frontiere. Inoltre, Tom, che sopporta meno le umiliazioni e le ingiustizie, si spinge spesso oltre i limiti con le autorità locali: per lui nulla è più importante della dignità, che gli sceriffi cercano di togliergli. L'uccisione dell'assassino di Casy lo condanna infine alla clandestinità.

Il suo discorso è interessante e contiene le parole dell'ex pastore, che adotta una visione panteistica del mondo, governato da un'anima suprema: esiste un'anima gigantesca che è comune a tutti. Questo misticismo gli permette di prevedere di continuare a condividere la vita della sua famiglia in modo diffuso e invisibile. Tom vuole anche concentrarsi sull'azione collettiva e aprire la famiglia alla comunità.

ANALISI

UN CONTESTO STORICO DIFFICILE

Steinbeck racconta l'intollerabile realtà della vita dei lavoratori migranti che arrivano nel West per lavorare come raccoglitori di frutta stagionale.

La crisi economica

Il romanzo è ambientato durante la Grande Depressione, nota anche come crisi del 1929. A quel tempo, gli effetti della disoccupazione erano disastrosi e gran parte della popolazione soffriva di malnutrizione.

Il romanzo evidenzia in particolare lo sguardo duro rivolto ai poveri negli Stati Uniti. Infatti, la tradizione individualista americana considera la povertà come il risultato di una naturale inclinazione alla pigrizia. Pertanto, prima dell'introduzione del New Deal (movimento di riforma economica e sociale negli Stati Uniti nel 1933), gli aiuti pubblici e privati venivano distribuiti con parsimonia e a costo di umiliazioni, per dissuadere le persone dal ricorrervi. Ad esempio, per poter beneficiare degli aiuti, era necessaria una preventiva perquisizione accurata dell'abitazione della persona per verificare la mancanza di risorse, e i giornali americani usavano spesso titoli vessatori per i poveri, come "frode del welfare" o "truffatori dell'aiuto ai disoccupati". Tutto era stato predisposto per far sentire i poveri vergognosi e indegni.

L'Occidente

L'Occidente era visto come un'area di libertà grazie all'estensione delle sue terre vergini. Queste terre libere spingevano l'uomo occidentale verso l'individualismo. Questo luogo in cui tutti potevano possedere una fattoria semplicemente stabilendosi lì, generò naturalmente l'uguaglianza economica e politica; la libertà individuale e l'uguaglianza erano i valori che prevalevano. Così, l'uomo dell'Occidente non sostenne più i vincoli giuridici e ognuno mantenne l'ordine applicando la propria giustizia, o associandosi con altri occidentali. L'ideale dell'uomo occidentale era la libertà di ogni individuo di compiere il proprio destino e rifiutava qualsiasi politica organizzata o metodi razionali di governo.

Tuttavia, le cose cambiarono quando si raggiunsero le terre aride. Non era più possibile entrare in possesso di terreni per operare con i vecchi metodi di coltivazione isolata. Diventava necessario realizzare costose opere di irrigazione e sbloccare capitali troppo ingenti per un singolo agricoltore. La natura del territorio richiedeva quindi il superamento dell'individualismo a favore del sociale. Nacque così uno spirito di impresa e di avventura che portò a un rapido sviluppo industriale.

Migrazione

> *"La Highway 66 è la principale strada dei migranti. [...] La 66 è la strada della gente in fuga, dei rifugiati dalla polvere e dalla terra che si riduce, dal rumore dei trattori e dalla proprietà che si riduce, dalla lenta invasione del deserto verso nord, dai venti tortuosi che ululano dal Texas, dalle inondazioni che non portano ricchezza alla terra e rubano quella poca ricchezza che c'è. Da tutto questo la gente è in fuga, e arriva sulla 66 dalle strade secondarie affluenti, dalle piste dei carri e dalle strade di campagna piene di buche. La 66 è la strada madre, la strada della fuga"* (capitolo 12).

La siccità del Dust Bowl (espressione che si riferisce all'area dal Texas al South Dakota invasa da tempeste di polvere nel 1933), così come la fine della mezzadria e la sua sostituzione con l'agricoltura industrializzata, costrinsero le famiglie a fuggire verso l'Ovest. Al momento del raccolto, 150.000 migranti attraversavano la California, indigenti e senza casa. La gente del posto ne rimproverava l'ignoranza e la sporcizia e li accoglieva con ostilità, chiamandoli in modo dispregiativo *Okies* ed equiparandoli agli scimpanzé, evidenziando il rifiuto della miseria e della povertà, che veniva poi messa in relazione con la mancanza di merito. Questi lavoratori stagionali cadevano in servitù e non avevano nemmeno il diritto di voto.

Steinbeck, da giornalista impegnato, descrisse le difficili condizioni di vita di questi uomini costretti al nomadismo: alloggiavano in campi di fortuna chiamati "Hoovervilles" (in riferimento al presidente Hoover che era in carica all'epoca) paragonabili a baraccopoli, erano vittime della malnutrizione, prendevano varie malattie, ecc. Subirono un processo di progressiva disumanizzazione. Inoltre, i contadini, per paura di rivolte, facevano sorvegliare le loro installazioni da milizie armate dal grilletto facile. Tuttavia, nel 1932, il governo federale di Franklin Roosevelt volle aiutare questi lavoratori sviliti: furono creati quindici campi, nei quali furono installate strutture sanitarie di qualità per restituire agli uomini la loro dignità. Inoltre, queste comunità erano gestite dagli stessi residenti, secondo i principi del socialismo.

Nei suoi articoli, Steinbeck proponeva delle soluzioni: il dono di terre agricole agli emigranti e l'istituzione di una pianificazione della manodopera stagionale sul luogo del raccolto, per arginare il fenomeno dello spostamento di massa e la diminuzione dei salari che lo accompagnava.

DALLA FAME ALLA RABBIA

Il cibo svolge un ruolo essenziale in questo mondo rurale che possiede solo lo stretto necessario: simboleggia il dramma umano.

Le allusioni al cibo sono numerose in tutto il romanzo: "La mamma aprì il forno e tirò fuori il mucchio di ossa arrostite, croccanti e marroni, con ancora molta carne da rosicchiare" (capitolo 13); "La mamma passò le patate bollite e portò il mezzo sacco dalla tenda e lo mise insieme alla padella di maiale" (capitolo 18); "La mamma affettò il maiale salato nella sua seconda padella" (capitolo 28), ecc. La madre aspira a ricreare una casa attraverso i suoi pasti cucinati. In effetti, il buon cibo è associato al calore di una famiglia riunita sotto lo stesso tetto, in contrapposizione al cibo industriale: "panini avvolti in carta cerata, pane bianco, sottaceti, formaggio, Spam, un pezzo di torta marchiato come un pezzo di motore. Mangiava senza gusto" (capitolo 5). Steinbeck denuncia anche questo cibo fatto a catena per nutrire gli uomini che, grazie alla mediazione della macchina, il trattore, non sono più legati alla terra nutriente che ora è loro estranea:

> *"E questo è facile ed efficiente. Così facile che la meraviglia va via dal lavoro, così efficiente che la meraviglia va via dalla terra e dal suo lavoro, e con la meraviglia la comprensione profonda e la relazione. [...] Ma l'uomo macchina, che guida un trattore morto su una terra che non conosce e non ama, capisce solo la chimica; e disprezza la terra e se stesso" (capitolo 11).*

Sconfiggere la fame diventa la preoccupazione principale per la famiglia Joad; per questo motivo il maiale, simbolo dell'appetito soddisfatto, ossessiona le conversazioni. La mancanza di cibo provoca anche lo stravolgimento dei comportamenti, poiché la fame rende egoisti: all'inizio del romanzo, un trattorista dà un passaggio a Tom e Tom gli fa notare che, per poter sfamare la sua famiglia con il suo trattore, altre quindici famiglie muoiono di fame. Gli uomini affamati sono costretti a dimenticare il loro dovere di solidarietà per comprare il cibo e devono lottare semplicemente per sopravvivere. Ma Ma non si limita a lottare per la sua famiglia: adempie anche al suo dovere di accudire i bambini che incontra nelle Hooverville.

Tuttavia, sebbene la fame indebolisca l'uomo, essa genera in lui anche un sentimento di rivolta, perché l'uomo che ha sperimentato la fame non ha più paura: "Come si può spaventare un uomo la cui fame non è solo nel suo stomaco angusto, ma anche nelle misere pance dei suoi figli? Non potete spaventarlo: ha conosciuto una paura che va oltre ogni altra" (capitolo 19). L'insurrezione degli affamati è quindi percepita come irrimediabile e quasi organica: "E la rabbia cominciò a fermentare" (capitolo 21). Tutto avviene come se fosse una reazione chimica, dove la fame non può provocare altro che rabbia. Questa è vista positivamente, come un sentimento che unisce gli individui, a differenza della fame che disgrega una comunità per egoismo. È un segno di vitalità, la prova che c'è ancora abbastanza energia per uscire dall'oppressione, o anche per trovare una cura per la depressione: "E dove si radunò un certo numero di uomini, la paura scomparve dai loro volti e l'ira prese il suo posto. E le donne sospirarono di sollievo, perché sapevano che era tutto a posto:

la rottura non era arrivata; e la rottura non sarebbe mai arrivata finché la paura avesse potuto trasformarsi in ira" (capitolo 29).

LA NASCITA DI UNA COMUNITÀ

L'esodo forzato della famiglia Joad causa la lenta erosione della struttura familiare. La madre insiste sull'importanza di mantenere l'unità familiare e la solidarietà che lega i suoi membri: "Tutto ciò che abbiamo è la famiglia non spezzata" (capitolo 16). Ma è consapevole dei rischi dello sradicamento: "Erano i tempi in cui eravamo in campagna. Allora erano un confine per noi. I vecchi morivano e arrivavano i piccoli, e noi eravamo sempre una cosa sola, eravamo la famiglia, un po' intera e pulita. E ora non lo siamo più" (capitolo 25).

D'altra parte, la disintegrazione della famiglia significa l'adesione alla comunità nomade. Si inizia con l'unione dei Joad con i Wilson, alla morte del nonno: durante questo difficile evento i Wilson condividono la loro bibbia e la loro coperta. Il rigido cerchio familiare viene così spezzato a favore della nozione di una grande comunità familiare: "La sera accadde una cosa strana: le venti famiglie divennero una sola famiglia, i figli erano i figli di tutti. La perdita della casa divenne un'unica perdita, e il periodo d'oro del West un unico sogno" (capitolo 17). Le famiglie si riuniscono intorno ai falò e diventano una grande tribù. In questo modo Steinbeck rappresenta la forza dell'unità umana e celebra l'adattabilità che considera propria della specie umana: "Così cambiarono la loro vita sociale – cambiarono come in tutto l'universo solo l'uomo può cambiare" (capitolo 17). La scena finale è particolarmente rappresentativa dell'abolizione dei confini familiari, poiché il latte di Rose of Sharon, prodotto per il figlio morto, viene utilizzato per salvare un estraneo.

RIFERIMENTI FILOSOFICI

L'anima suprema (Ralph Waldo Emerson)

Ralph Waldo Emerson (scrittore e filosofo americano, 1803-1882) ha sviluppato una filosofia idealista secondo la quale l'individuo è in grado di entrare in intima risonanza con la natura.

In particolare, l'idea è ripresa da Casy e poi da Tom. L'anima umana anima e controlla tutti gli organi umani, non è una semplice funzione o una semplice opzione, è ciò su cui poggia tutto. È vasta e non la si può controllare; mentre noi non siamo nulla, essa è tutto. L'anima rende geniale l'intelligenza dell'uomo, fa della sua volontà una virtù e rende il suo affetto amore. Sublima tutti gli aspetti dell'uomo. Questa filosofia incoraggia la consapevolezza che l'uomo non è nulla e che deve obbedire all'anima o alla natura pura, per lasciarsi guidare da essa e da ciò che è al di là di essa.

Pragmatismo (William James)

La filosofia empirica di William James (filosofo americano, 1842-1910), il pragmatismo, si basa sull'idea che la conoscenza dia origine a diverse esperienze e derivi da un movimento errante attraverso esperienze intermedie.

È possibile stabilire un legame tra il pragmatismo e i lavoratori migranti desiderosi di raggiungere l'Occidente: questi "hobos" sono parte integrante dell'economia capitalista americana, caratterizzata da un'alternanza di boom e crisi. Questa economia utilizza pesantemente i concetti di assunzione e licenziamento della forza lavoro. Il lavoratore stagionale rappresenta la marcia verso la conoscenza. In altre parole, simboleggia il passaggio da un'esperienza all'altra, dall'agricoltura tradizionale all'agricoltura industrializzata: dall'esperienza delle prime comunità di pionieri dell'Ovest, paritarie, libere e individualiste, all'esperienza dell'industrializzazione resa necessaria dalla natura del territorio quando le terre fertili sono state tutte sfruttate e quando diventa necessario ricorrere alla comunità (per ragioni pratiche e finanziarie) per sfruttare le risorse rimaste.

Est contro Ovest

L'opposizione tra Oriente e Occidente è simbolica:

- L'Oriente incarna la storia, l'arte e la letteratura. L'uomo che va verso est percorre il cammino dei suoi antenati;
- L'Occidente rappresenta il futuro e lo spirito di avventura e di impresa. La strada verso l'Occidente è legata all'istinto migratorio di uccelli e quadrupedi. Questi fenomeni naturali interessano anche le nazioni e gli individui in determinati momenti della storia.

ULTERIORI RIFLESSIONI

ALCUNE DOMANDE SU CUI RIFLETTERE...

- Quali legami si possono stabilire tra *Furore* e *Idylle*, un romanzo di Guy de Maupassant?
- Qual è il ruolo del camion dei Joad nel romanzo?
- In che senso *Furore* è uno sviluppo del mito pastorale?
- Evidenziate i brani dell'opera di Steinbeck che illustrano il fenomeno della svalutazione.
- A quali risonanze bibliche fa riferimento il titolo del romanzo?
- In che modo l'adattamento cinematografico di *Furore* differisce dal libro?
- *Furore* ha avuto un'influenza anche nella musica. Fornite degli esempi e discutetene.
- Cosa si può dire del ruolo degli uomini nel romanzo?
- Sviluppate il tema dei "rossi" nel romanzo.
- Perché la mamma cerca più volte di far arrabbiare il marito?

ULTERIORI LETTURE

EDIZIONE DI RIFERIMENTO

Steinbeck, J. (2016) *The Grapes of Wrath*. Maryland: Hamilton Books.

STUDI DI RIFERIMENTO

Lemardeley-Cunci, M.-C. (1998) *Les Raisins de la colère de John Steinbeck*. Parigi: Gallimard.

ADATTAMENTI

The Grapes of Wrath. (1940) [Film]. John Ford. USA: Twentieth Century Fox Film Corporation.

Vogliamo sapere da voi!
Lasciate un commento sulla vostra biblioteca online
e condividete i vostri libri preferiti sui social media!

Perché scegliere Must Read?

Scoprite tutto quello che c'è da sapere su un libro, con i nostri riassunti e le nostre analisi concise e approfondite!

Scoprite il meglio della letteratura sotto una luce completamente nuova!

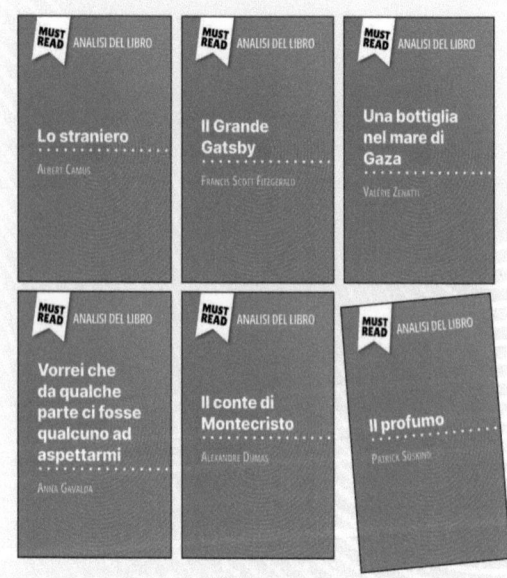

www.50minutes.com

Sebbene l'editore faccia ogni sforzo per verificare l'accuratezza delle informazioni pubblicate, 50minutes.com non si assume alcuna responsabilità per il contenuto di questo libro.

© 50minutes.com, 2023. Tutti i diritti riservati.

www.50minutes.com

Master ISBN: 9782808690973
ISBN cartaceo: 9782808612371
Deposito legale: D/2023/12603/1517

Copertura: © Primento

Concezione digitale a cura di Primento, il partner digitale degli editori.